Uma noite e a vida

CHRIS MELO

Uma noite e a vida

FÁBRICA231

Copyright © 2018 *by* Chris Melo

FÁBRICA231
O selo de entretenimento da Editora Rocco Ltda.

Direitos desta edição reservados à
EDITORA ROCCO LTDA.
Av. Presidente Wilson, 231 – 8º andar
20030-021 – Rio de Janeiro, RJ
Tel.: (21) 3525-2000 – Fax: (21) 3525-2001
rocco@rocco.com.br
www.rocco.com.br

Printed in Brazil/Impresso no Brasil

CIP-Brasil. Catalogação na fonte.
Sindicato Nacional dos Editores de Livros, RJ.

M485n
Melo, Chris
    Uma noite e a vida / Chris Melo. – 1. ed. – Rio de Janeiro: Fábrica231, 2018.

ISBN 978-85-9517-040-7
ISBN 978-85-9517-041-4 (e-book)

1. Romance brasileiro. I. Título.

18-48174
CDD: 869.3
CDU: 821.134.3(81)-3

Meri Gleice Rodrigues de Souza – Bibliotecária CRB-7/6439

O texto deste livro obedece às normas do
Acordo Ortográfico da Língua Portuguesa.

*Ao meu querido pai,
por segurar minha mão a cada passo.*

*Às minhas queridas filhas,
para que jamais se esqueçam
de que a vida não mostra
a direção para permitir
que vocês trilhem
seus próprios caminhos.*

"*Era alguma coisa que seria amor ou não seria. Caberia a ela, entre milhares de segundos, dar a leve ênfase de que o amor apenas carecia para ser.*"
(Clarice Lispector, in A *maçã no escuro*)

E quando eu estiver triste,
Simplesmente me abrace.
Quando eu estiver louco,
Subitamente se afaste.
Quando eu estiver fogo,
Suavemente se encaixe.

("Sutilmente", Skank)

Parte 1

Talvez aconteça alguma coisa no céu, um alinhamento planetário ou uma poderosa estrela cadente. Quem sabe haja um cupido entediado vagando por aí, disparando suas flechas aleatoriamente, ou de repente tudo seja um plano metódico, exato e repleto de propósitos. Há quem diga que não passa de reações químicas, instinto, parte da nossa concepção biológica. Vai saber...

Honestamente não importa, pode ser que não seja nada disso ou pode ser que seja um pouco disso tudo, é mistério e é bom que seja. Coisas grandiosas fogem à nossa percepção, escapam ao entendimento humano, e o instante em que olhamos o outro e imediatamente o separamos dos demais é tão bonito que merece permanecer inexplicável.

Todas as histórias de amor começam com a magia do encontro que se repete diariamente e de maneiras bem distintas ao redor do mundo, mas este aqui tinha que acontecer com eles e tinha que ser exatamente assim.

1

Feche os olhos, durma.
Abra os olhos, acorde.
Siga o roteiro entre uma coisa e outra.
Não saia do plano.

Seria fácil contar os dias de Virgínia se ela fizesse menos coisas, pensasse mais devagar e ouvisse músicas em um volume que não fosse feito para estourar seus tímpanos a qualquer momento. Seria mais fácil se ela não mudasse de ideia tantas vezes e se lesse um livro de cada vez. Mas a verdade é que Virgínia parece fazer questão de ser inquieta, inconstante e de natureza nômade.

Mesmo agora que possuía um endereço para suas correspondências e um número fixo de telefone, ela continuava com os pensamentos nas nuvens e o olhar por todas as direções.

A dificuldade em se adaptar àquela vida quieta, parada e cheia de paisagens repetidas quase a enlouquecia. Era complicado abrir os olhos, sempre desejosos por novidades e paisagens exuberantes, e saber exatamente o que veria. Eles andavam exigindo muito de sua imaginação e boa vontade.

Este dia era apenas mais uma representação do que costumava ser sua vida atual. Um dia entre os inúmeros em que ela saltava da cama antes da hora só para tirar fotografias do amanhecer — fotos estas que não possuem nenhum valor comercial e que ela costuma tirar por dois simples motivos: primeiro, por gostar demais da dificuldade de captar a melhor luz dessa hora e, segundo, porque são as fotos preferidas de alguém.

Depois, ela segue para seu emprego, que é lindo, fofo e entediante. Lindo porque ela tinha o dom de fazer as futuras mamães chorarem com suas fotografias; fofo porque os bebês ficavam ainda mais bonitos sob o foco de sua câmera; e entediante porque até felicidade demais cansa. Não a leve a mal. Virgínia costuma ser boa gente, mas passar horas e horas fazendo micagem para arrancar sorrisos ou quase virar cambalhota para pegar o melhor ângulo de uma barriga estourando de gravidez não era exatamente o sonho dessa jovem garota. Contudo, pagava o aluguel e algumas bobagens, então ela continuava lá até decidir o que seria da vida. Se é que um dia decidiria.

Quatro clientes tinham hora marcada para aquela sexta-feira quente de novembro em São Paulo: dois bebês que mal conseguiam se sentar de tão novinhos, uma grávida do tipo quase famosa, e uma garota de um ano e meio. O último nome da lista lhe deu um estralo na cabeça de tanta tensão. Precisou respirar fundo ao ler o nome da pessoinha que, por um lado, era especial por ter sido sua primeira cliente naquele estúdio, mas por outro, lhe causava arrepios, pois a danada era tão dócil quanto um leão esfomeado. Grande dia, dia lindo!

E, para ficar ainda melhor, havia recebido um telefonema da oficina avisando que seu *super-mega-power veículo* — leia-se carro popular velho-meio-capenga — não ficaria pronto no fim daquela tarde, conforme prometido.

A parte que lhe agradava nas sextas-feiras era quando podia enforcar umas horinhas e ir almoçar na casa dos pais. Ver sua irmã gêmea sempre lhe proporcionava uma alegria singela e profunda. Virgínia costumava dizer que a melhor parte dela estava guardada em Luiza e a irmã sempre sorria ao escutar isso. Hoje, no entanto, o dia parecia estar fadado a ser um tédio e nem a tarde em família seria possível. O pai ficou preso na fábrica, pois uma das máquinas estava em manutenção. A mãe precisou levar a irmã em uma consulta de rotina. E ela ainda tinha muitas horas pela frente para fotografar sorrisos desdentados.

* * *

Antes de atender a última cliente, Virgínia olhou para o relógio e se deu conta de que teria uma folguinha. Correu para a lanchonete da esquina, na qual sempre matava o tempo e comia porcarias. Olhou o cardápio e se deu conta de que tinha se tornado vegetariana havia quase vinte dias. Sentiu o cheiro do hambúrguer e pensou em uma salada. "Peça uma salada com queijo branco e torradas. Peça uma salada... É deliciosa, não tem carne e, para melhorar, é *light*."

Repetiu aquele mantra para não deixar escapar da mente sua convicção, mas foi só a garçonete chegar e ela pediu um hambúrguer com batatas e refrigerante.

"Sua fraca!", repreendeu-se mentalmente.

Estava na última mordida do lanche quando foi surpreendia por uma voz amiga e inquisidora:

— Você não tinha deixado de comer carne?

— E deixei...

Tatiana, sua melhor amiga, não disse nada, apenas ergueu a sobrancelha com aquele ar de superioridade que Virgínia odiava, embora amasse todo o restante dela.

— Não sabia que vinha, Tati. Está de passagem?

— Passei no estúdio e aquele estagiário bonitinho disse que você tinha saído para comer, mas que já voltava. Imaginei que estivesse aqui. Como é mesmo o nome dele?

— Marcelo. Jura que acha ele bonitinho?

— Opa! Muito!

— Vou reparar melhor.

— Faça isso. Demorou! Aliás, você precisa voltar a reparar ao seu redor.

— Sei lá, ele parece que tem dez anos... Está com fome?

— Não, já almocei.

Tatiana se sentou e ficou tamborilando os dedos na mesa com aquela cara pidona que Virgínia conhecia muito bem. Tão bem que fingiu não notar, numa tentativa de evitar descobrir o que aqueles olhinhos significavam.

— Veio entregar algum vestido por aqui? — Optou pelo trivial.

— Vim buscar uns tecidos.

Tatiana era assistente de um estilista. Ela havia se formado em moda quase um ano atrás e desenhava roupas lindas, mas trabalhava com um cara *narcisista* demais para prestar atenção nas criações dela. O silêncio pairou entre as duas até Virgínia tomar a última gota do refrigerante e se cansar daquela situação. Ela sabia como aquilo terminaria.

— Vai, desembucha. Fala logo o que você quer porque já estou ficando nervosa com essa sua batucada na mesa.

— Preciso de um favorzinho.

— Claro. De que tipo?

— O Ricardo...

— Não, não, não — disse Virgínia enquanto estendia o braço pedindo a conta.

— Ele vai dar uma olhadinha em uma banda nova hoje e quer que eu vá com ele.

— Ótimo. Boa sorte pra vocês.

— Vem com a gente.

— Não, Tati. Ele é *seu* namorado, *você* tem que aturar as esquisitices dele.

— Mas você é minha amiga e precisa entrar comigo nessas roubadas, nem que seja por solidariedade.

— Não apela, vai... Você sabe que eu acho a relação de vocês ótima, mas o Ricardo cisma em ser DJ e lá vamos nós para um monte de lugar trash para ele tocar. Ele cisma em cozinhar e eu tenho que ser cobaia junto com você. Agora ele acha que vai conseguir agenciar artistas novatos e eu tenho que ficar perambulando por aí feito seu chaveiro escutando músicas de qualidade altamente duvidosa.

— Mas a gente sempre se diverte.

— É, às vezes a gente se diverte de tão ruim que é.

— Não é verdade. Além disso, a banda de hoje parece ser bem legal. A gente viu uns vídeos deles na internet e eles são muito bons.

— Então a gente nem devia perder tempo indo até lá. Convenhamos, Tati. O seu namorado é um iludido.

Tatiana gosta do Ricardo. Gosta de verdade. Daquele jeito que dificulta que a pessoa consiga perceber as fraquezas do outro, sabe?

Daquele jeito que torna todos os sonhos e projetos dele importantes para ela, mesmo que a maior parte deles seja tremendamente estúpida. Porque no fundo o gostar traz consigo certa paciência, uma ternura resiliente, toda aquela compreensão generosa acerca da imperfeição do outro.

É por tudo isso que Tatiana se magoa com os comentários que sua melhor amiga faz sobre seu namorado falastrão, exibido e também um pouco metido a besta. Claro que Virgínia sabe que de vez em quando pega pesado, e é só para não ver aquele bico triste no rosto da amiga que ela aceita acumular em seu histórico essas saídas a três.

— Ok, eu vou com você para mais essa furada. Mas estou sem carro, então você vai ter que me buscar — decide Virgínia, rendida à lealdade que possui àquela amizade que nascera enquanto as duas ainda usavam aparelhos ortodônticos.

— Sabia que você não ia me deixar na mão!

— Mas isso precisa parar, Tati. Mesmo. Você não precisa de ajuda para lidar com a parte boa do seu relacionamento, também não deveria precisar para as partes chatas.

— Ah! Não é nada disso. Só gosto da sua companhia. Você sempre será minha favorita, amiga.

— Sei...

— Pego você às nove.

— Certo, estarei te esperando em frente ao Espaço Zen.

— Ainda nas aulas de yoga?

— Dois meses sem faltar a uma aula sequer — responde Virgínia, arrumando a postura cheia de orgulho.

— Impressionante! — debocha Tatiana.

— Eu sei.

As duas riem, se despedem e voltam para as vidas típicas de duas garotas que esperam por um bom futuro sem pensar demais sobre ele.

2

*A vida troca a música, mas você decide se quer dançar.
Você vai dançar, menina?*

Virgínia está sentada em posição de lótus na parte final de sua aula de yoga: ela está com o rosto sereno, postura ereta e pensando absurdos. Por fora ela é só mais uma entre as alunas enfileiradas em colchonetes de ginástica. Por dentro, procura palavrões para descrever sua contrariedade em relação à saída noturna que lhe aguardava. Ela não é o tipo de pessoa que consegue silenciar a mente e pensar "em uma luz branca".

Toda vez que a professora diz "Respirem fundo, esvaziem a mente e pensem no nada", Virgínia se pergunta como é o nada e isso desperta toda a capacidade que seu cérebro tem de filosofar, acabando com toda sua tentativa de meditação.

Ela tenta bravamente não abrir um dos olhos a cada instante para espiar o que está acontecendo e conferir se todo mundo está tão concentrado quanto parece. Esforça-se para respirar suavemente e não balançar a cabeça tentando chacoalhar os pensamentos para fora de si. A professora, uma mulher magra de cabelos cacheados e voz serena, parece perceber que Virgínia é uma farsa e lhe lança um sorriso torto ao se despedir.

No vestiário, um banho rápido, uma careta para o espelho e ela já está de jeans, pronta para arrasar. Quer dizer, o espírito não era bem esse, ela estava mais a fim de ir para seu minúsculo apartamento dar comida ao seu gato e assistir a algum filme bobo na TV, mas quando Virgínia se olha no espelho, ela sempre diz que está pronta para arrasar.

No caminho que os separava até o destino daquela noite, Ricardo — o empolgado — falava pelos cotovelos enquanto recebia olhares embevecidos de Tatiana e acenos de cabeça totalmente desinteressados de Virgínia. Veja bem, ele não é de todo ruim, até que é um namorado bem bacana e carinhoso. Contudo, há defeitos nele que a incomodam demais, mesmo sem que ela consiga entender muito bem o motivo. Talvez fosse aquela mania dele de passar o dia contando vantagens ou seu jeito "acabei de lavar o rosto" de sempre.

Assim que chegaram, Virgínia tentou não pensar na postura "atração da festa" do namorado da amiga e tratou de procurar por coisas boas no lugar. Isso é bem típico dela. Normalmente, sempre arruma um jeito de curtir seja lá o que for. Talvez isso seja um reflexo dos muitos lugares por onde passou e da quantidade de gente diferente com as quais aprendeu a conviver.

Sentou-se no bar e lembrou de pedir um refrigerante diet.

"Sem álcool, garota. Vamos esquecer a escorregada do almoço e fingir que você continua na linha."

Antes que possa parecer que Virgínia é metida a ser certinha, adianto que não. Toda essa coisa de não comer carne, não beber, não fumar e fazer meditação é por conta dos últimos acontecimentos. Ela andou fazendo umas besteiras em sua fase mochileira e decidiu colocar a vida em ordem desde que voltou. Só que, honestamente, esse não é muito o forte dela. Sua melhor versão é, sem dúvida, a desencanada.

Ricardo deu dois beijinhos em Tatiana e foi exibir a figura pelo ambiente. A banda ainda não estava tocando e as duas ficaram tagarelando e maldizendo seus empregos, como de costume. O tipo de amizade que une essas duas é algo raro de se ver. Elas são diferentes e não tentam ser iguais. Não existe aquilo de querer convencer a outra sobre seu estilo de vida ou sobre suas próprias escolhas. A única coisa em comum entre as duas era o fato de se respeitarem, se amarem e acreditarem que sempre seria assim. Sabemos que o futuro é incerto demais para promessas, mas podemos dizer que tem dado certo desde os tempos do ensino médio.

A banda começa a arranhar os primeiros acordes e todo mundo se levanta para ficar mais perto do palco. Ricardo acena e as duas vão em sua direção. Quando a primeira música invade o ambiente, Virgínia arregala os olhos e Tatiana sorri. Sim, a banda era boa, muito melhor do que o mais otimista de seus pensamentos poderia prever.

Ela se deixa levar pelo som e, sem perceber, começa a esquecer que não queria estar ali, esquece também todas as bobagens que povoam seus pensamentos desde que voltou da Argentina. Aos poucos, seu corpo dança, aplaude e solta gritinhos. A banda começa a fazer um cover de uma de suas canções preferidas: "Piece of My Heart".

Virgínia fecha os olhos ligeiramente escondidos por sua franja desalinhada e quase sofre ao ouvir aquelas frases que pareciam falar sobre ela e sobre o único e desastroso amor que conheceu. O calor aumenta, tudo nela se aquece de um jeito quase sufocante e ela tira um elástico de sua pequena bolsa para prender os cabelos no alto da cabeça.

Neste exato momento, no instante em que Virgínia está imersa na pequena bolha em que só cabe seu jeito despreocupado, seu coração partido, seus ares de menina e toda sua despretensiosa beleza, um rapaz a observa. Uma pena o celular vibrar e tirá-la do transe. Uma pena ela olhar para aquele número e reconhecê-lo. Sua bolha colorida estourou imediatamente e a tensão retesou todos os seus músculos de uma só vez. Ela atendeu, tentando se desvencilhar das pessoas para conseguir chegar ao lado de fora do bar.

— Alô?
— Oi. Que barulho é esse?
— Não estou te ouvindo, espere um minuto.
— Onde você está?
— O quê? Espere.

O som da música fica para trás e Virgínia se prepara para ouvir a voz daquele cara que parece sentir toda vez que ela começa a ter um gosto de passado dentro dela.

— Onde você está?

— Que diferença faz? Por que está me ligando?
— Não sei. Estava pensando em você. Tenho sentido sua falta. Acho que foi por isso que liguei.

Virgínia olha para os pés e não encontra palavras.

— Ainda está aí?
— Estou, mas não sei o que te dizer, Miguel.
— Quando é que você vai voltar, amor?
— Já conversamos sobre isso e você sabe que não tem essa de voltar.
— Virgínia, você não pode sumir assim sem mais nem men...
— Alô? Alô? Miguel? — Olha para o celular desligado. — Não acredito! Bateria dos infernos!

Sem notar que está sendo observada, ela esbraveja e lança olhares ameaçadores para o pobre aparelho escondido em sua mão. O rapaz, que havia saído para mais um de seus inúmeros cigarros e por ver a figura que antes despertou sua adoração mudar tão drasticamente de um instante para o outro, sorri e tira do bolso seu celular.

— Tudo bem? — diz ele, retirando Virgínia de sua irritação.
— Oi. Desculpe, não percebi que você estava aí.
— Notei. Toma, pode usar o meu. — Ele estende o celular e, como ela não se move, ele continua. — Sério, use. Pelo menos para avisar que a bateria acabou e que você liga depois. Pareceu importante.
— "Pareceu", é? Mas não é ou, pelo menos, não deveria ser.
— Tem certeza? — Ele traga profundamente e a palavra "gatinho" invade os pensamentos de Virgínia.
— Tenho. Mas obrigada pela gentileza.
— Sem problemas.

Enquanto ele coloca o celular de volta no bolso, ela pensa em perguntar seu nome e em como continuar aquela conversa, mas uma garota daquelas que chamamos de *estilosa* atravessa a porta feito um foguete e só para quando já está enroscada nele. Virgínia franze a testa, entorta os lábios e volta para dentro.

Ela vê Tatiana e Ricardo aos beijos e se sente a maior *vela* do mundo. Olha para o balcão do bar e pensa:

"Aaaahhh.... que se dane!"
— O que você vai querer?
— Surpreenda-me! — grita ela, tentando se fazer escutar, e o barman sorri.

Ele serviu uma tequila e ela se achou muito óbvia. Depois de beber num gole só e fazer a típica careta que todo mundo faz chupando limão sem se dar conta do quão ridículo é, Virgínia tenta voltar a não pensar e só curtir a surpresa daquela música. Ela tenta e, aparentemente, consegue. Mas sabemos que ela não para de imaginar cenários apocalípticos envolvendo conversas com ex-namorados. Ela só consegue imaginar Miguel achando que ela desligou na cara dele. Ela gosta daquela sensação e sente um prazer quase íntimo ao supor que ele devia estar furioso. Essa imagem faz com que ela decida desligar de verdade caso ele volte a ligar ou, melhor, não atender da próxima vez. Isso! Estava decidido. Contudo, ela olha o copo vazio em cima do balcão e se lembra de que não é muito boa em manter firme suas decisões. Pede mais uma tequila e repete o ritual.

O show acaba, todos aplaudem e querem mais. A banda toca mais duas e se despede de verdade. Tatiana a convida para ir conversar com os músicos, mas Virgínia não quer presenciar mais aquele momento "eu conheço umas pessoas do meio" de Ricardo.

Ela paga a conta e se prepara para ir embora. Vê sua amiga ao longe e faz um sinal dizendo que vai esperar na calçada. Assim que sai, vê o carinha do celular com um cigarro na mão como se aquela cena estivesse congelada no tempo. Ele a vê e vem em sua direção.

— Já vai? — pergunta ele.
— Já — responde ela sorrindo.
— Pensei que estivesse curtindo.
— Curti, adorei a banda... — responde ela, imaginando como ele poderia saber.
— Eles são bons. O próximo show também parece que vai ser demais!
— São bons mesmo. Ah... é? Não vai dar pra ficar...
— Que pena.
— Você já conhecia a banda que tocou?

— Sim. A Fabi é irmã do baterista.
— Ah... Saquei. — Virgínia pensa em como ele combina com aquela garota e tenta adivinhar que tipo de cara ele seria.
— Espere aí. — Ele entra no bar e volta rapidamente. Puxa uma das mãos dela e começa a escrever alguma coisa. — Olha só, semana que vem eles vão tocar nesse lugar, se quiser aparecer...
Ela olha a letra dele rabiscada em sua mão e não sabe o que pensar. Tatiana e Ricardo aparecem chamando por ela.
— Preciso ir. Valeu pela dica — diz ela levantando a mão e se questionando se parecia idiota demais ao fazer aquilo.
— Vê se aparece.
— Certo. Tchau.
Ela já ia se virando para ir embora, mas ele chama sua atenção.
— Ei, você não me disse seu nome!
— Virgínia. Eu me chamo Virgínia.
— Legal te conhecer, Virgínia. Caio.
— Muito prazer.
Ela vai embora ainda com aquela sensação de novidade, enquanto ele bebe o último gole de seu copo e dá mais um trago no cigarro.

3

Um quebra-cabeça é sempre uma única imagem.
Mesmo quando está desmontado.
Mesmo quando está aos pedaços.

Virgínia cruzou a porta de seu apartamento arrancando os sapatos e o jeans. O calor estava infernal e ela não pensou duas vezes antes de se livrar do restante da roupa e se encaminhar para o chuveiro. Em frente ao espelho, enquanto analisava a pele, os poros e as ideias, ela se depara com a mão rabiscada e pensa por dois segundos se deveria deixar a água e o sabão apagarem aquele recado estranho ou se aquilo valeria um pedaço qualquer de papel para ser anotado. Os dois segundos viraram minutos quando ela se pegou pensando no cabelo lindamente bagunçado do desconhecido e na garota metida a descolada que cruzou seu caminho e quase derrubou o cara num beijo. Se ao menos uma das duas coisas não estivesse tão marcante em sua memória, seria mais fácil decidir. Talvez ele fosse só um garoto gente boa daqueles que se enturmam com facilidade. Mesmo assim, ela não se convencia: era estranho imaginar que existe alguém no mundo capaz de segurar a mão de dez desconhecidas por noite rabiscando nomes de bar só por ser gente boa ou enturmado. Sorriu ao ver seu reflexo no espelho imaginando que talvez alguma palavra boa também tenha cruzado os pensamentos dele enquanto tinham aquela conversa sem sentido. Olhou a mão uma vez mais, correu para a sala e anotou em um dos papéis coloridos presos em seu mural. Pensaria depois. Precisava aprender a ser menos imediatista e também parar de querer respostas para tudo. Enquanto escrevia, ficou em dúvida na última palavra por não entender a grafia, então começou a anotar as várias possibilidades do que poderia ser aquele rabisco final. Será que é um *s*, um *5*? Inclinando a cabeça parece um *a* meio torto...

Depois do banho e de abrir todas as janelas, o apartamento volta a ser habitável e Virgínia deita em sua cama olhando para a luz do poste refletindo no teto. Chico — o gato — deita em seus pés e parece reclamar de alguma coisa. Ela se vira e ele se ajeita em sua panturrilha, sentindo-se quase dono daquela parte de Virgínia, que sempre acha graça da exigência do felino. Seus pensamentos voltam a se concentrar nas horas que havia acabado de viver e novamente sorri ao se lembrar da surpresa boa que fora aquela noite: a música, o telefonema do cretino, o sorriso do... do... Como era mesmo o nome dele? Caio? Fazia tempo que não ouvia este nome. Não é exótico, mas se tornou incomum, só que depois se lembrou de que incomum mesmo eram os nomes das filhas do Pepeu Gomes com a Baby do Brasil. De qualquer forma, era inusitado. Nunca conhecera nenhum Caio e ficou imaginando de onde teria saído esse nome. Balançou a cabeça como sempre faz ao perceber que está desperdiçando neurônio com algo altamente inútil. Principalmente porque Virgínia também não era um nome popular entre garotas de sua idade.

Ouviu o que parecia ser uma briga, gritos de alegria ou apenas duas travestis conversando pela rua. A princípio, ela sempre se perguntava se deveria fechar as janelas ou chamar a polícia, mas, com o tempo, percebeu que aquele era o som habitual das madrugadas da região central de São Paulo. Por esse motivo, Virgínia apenas jogou um travesseiro na cabeça e tentou não pensar em mais nada. Nunca funciona. Ela sempre passeia entre um assunto e outro, ou entre um rosto e outro, até se render exausta ao nada que só o sono consegue colocar em sua cabeça.

O dia amanheceu e encontrou Virgínia praticamente na mesma posição que a noite a deixara, o que era extremamente atípico. Costumava sempre saltar da cama muito cedo, fosse por um motivo importante ou banal. Contrariando seu temperamento noturno, costumava começar o dia com o sol raiando e olhos sonolentos. Conseguia pular da cama mesmo que tivesse tido poucas horas de sono. Sua preguiça ficava guardada em algum lugar dentro dela até se manifestar no fim da tarde, quando uma vontade súbita de fechar os olhos a acometia por alguns instantes. No entanto, aquele dia já tinha claridade e cheiro de café pelo prédio enquanto ela continuava dormindo. Caso Chico não tivesse começado a lamber os dedos de seus pés lhe causando ligeiras cócegas, ela ainda estaria ali deitada entre travesseiros, com os cabelos espalhados pelo rosto e com um raio de sol percorrendo o corpo.

Depois do susto ao ver o tanto que dormira, Virgínia olhou para o relógio e cronometrou seu dia. Na galeria do prédio em que seu apartamento ficava, comprou um suco, mandou imprimir duas fotografias e passou na farmácia. Ela sempre se espantava com a praticidade que era morar naquele lugar. Tão prático que a fazia temer se acomodar e acabar morrendo ali mesmo, naquele apartamento alugado de um dormitório que, de tão pequeno, mal cabiam seus equipamentos fotográficos. É assim que a cabeça dela funciona agora: rápido demais. Tem dificuldade em voltar a viver um dia de cada vez, uma hora de cada vez. Ela não quer pensar assim, nem sentir nada disso, mas ultimamente é só assim que ela sabe viver.

Obviamente, essas cobranças são todas jogadas na conta do tempo que passou ao lado de Miguel. Sempre seriam ao lado dele todas as suas memórias de tempo perdido e a piscante e alerta lembrança de sua genuína capacidade de fazer péssimas escolhas, ou de deixar que os outros escolhessem por ela.

Virgínia olha as fotos e tenta não pensar mais nisso. Pega o metrô e segue para a periferia da cidade ao encontro de sua família. Ela chega e torce para que ninguém repare em seu atraso, mas é claro que a mãe olha de soslaio para o relógio pendurado na parede da cozinha assim que vê a filha cruzar o batente da porta.

— Já estava esperando o telefone tocar trazendo alguma desculpa sua... Pensei que não viesse mais.

— Por que eu faria isso?

Virgínia entra e beija a mãe, que retribui com carinho.
— E o papai?
— Está no quintal. Cismou em fazer churrasco mesmo eu dizendo que você não está comendo carne.
— Tudo bem. Acho que não quero mais ser vegetariana — responde, tentando ser engraçada.
— Mais tarde suas tias virão aqui para te ver — comenta a mãe sem entender a graça.
— Desculpe, mas vou trabalhar. É aniversário da sobrinha de uma das recepcionistas do estúdio, vou fazer as fotografias. Graninha extra é sempre bem-vinda.

Silvia não diz nada, apenas torna seus movimentos bruscos espirrando água para fora da pia enquanto termina de lavar uma tigela. Há um tipo de tensão que espera a próxima reação, aquela pela qual você torce e até provoca porque deseja ouvir mais, falar mais. E há a tensão incômoda do silêncio. Aquela em que ninguém quer mais tocar no assunto, ninguém tem paciência para ouvir o que já ouviu tantas vezes e muito menos repetir um discurso velho e cansado. Esse segundo tipo de tensão existia entre Silvia e Virgínia desde que a filha passara muito tempo longe de casa, um tempo muito maior do que o combinado, um tempo que só acabou porque Luiza fora internada às pressas com meningite. Para piorar, quando voltou, sua menina linda, saudável e forte havia desistido dos estudos, da pequena fábrica de embalagens do pai e de morar debaixo do mesmo teto que eles.

O que deu errado?

Ao ver o silêncio e a ruga entre os olhos da mãe, Virgínia quis dizer que estava bem e que a mãe deveria se orgulhar dela, mas apenas suspirou.

Será que a gente sempre acaba se tornando alguém muito diferente do que nossos pais esperam?
— E a Lu?
— Está no quarto.
— Como ela está?
— Bem, mas sente sua falta.

Aquela frase carregada de acusação faz Virgínia pensar sobre o motivo de ainda gostar tanto de estar naquela casa. Mesmo agora, com aquela cobrança encrustada em todos os gestos de sua mãe, ela ainda se sentia protegida ali, se sentia parte de alguma coisa.

Enquanto segue pelo corredor em direção ao quarto da irmã, ela tenta acreditar que todas as explicações que não tem e nunca teria deixariam, um dia, de ser necessárias para todos, principalmente para ela mesma. A porta está aberta e Virgínia vê sua irmã sentada perto da janela, olhando para fora com o rosto sério. Ela entra sem bater e segue de mansinho até colocar a mão em sua cabeça. Luiza sorri e Virgínia senta em seu colo.

— Oi, gêmea.

— Oi.

— Olha o que eu trouxe pra você.

Sorrisos despertam enquanto duas fotografias do sol nascendo são mostradas. Uma ainda tinha o tom violeta da noite enquanto um traço de fogo parece surgir ao fundo, a outra tem o amarelo misturado ao laranja e ao céu azul. Luiza passa os dedos pelas figuras e diz "favoritas" com muito esforço. Poucos entenderiam, mas Virgínia conhece tudo da irmã.

Ela se levanta e coloca as fotografias entre tantas outras do mural. Um mural repleto de imagens do sol nascendo. Um lugar do quarto de Luiza que guarda um pouco do que acontece lá fora no mundo de sua irmã.

— Você está bem? Parece triste, Lulu.

— Bem...

Virgínia empurra a cadeira de sua irmã e se senta na cama de frente para ela. Acaba se vendo tão velha que, pela primeira vez, se sente cansada. Naquele momento, toda sua maturidade pesou sobre sua cabeça. Sempre precisou entender que a irmã necessitava de mais atenção, mais empenho e mais cuidado do que ela. Ela sempre ficava quietinha enquanto sua mãe cuidava de Luiza ou deixava de pedir alguma coisa porque sabia que a irmã precisava de algo muito caro. Ela não se importava. Mesmo. De verdade. Elas sempre se divertiram juntas e são amigas como poucas. Não há drama, mas há um cuidado que só quem tem um parente com problemas de saúde consegue entender. Tudo corria bem, ou quase bem, até Virgínia viver a loucura argentina e se ausentar por pouco mais de dois anos. Agora, tinha que lidar com aquele olhar acusatório da mãe e com a culpa que ela expulsava todo dia de si, mas que sempre insistia em voltar. Todas essas coisas fizeram com que Virgínia se tornasse a irmã mais velha mesmo sem ser. Há muito ela não se sente a gêmea que acabou de assoprar as velinhas de número vinte e quatro com a irmã. Em alguns momentos, sentia-se uns sete anos mais velha e não os reais quinze minutos. Fatídicos quinze minutos que separavam Virgínia e Luiza, que separavam a discrepância de suas vidas.

A conversa com a irmã gira em torno de bobagens, trabalho e programas de TV. Virgínia conta sobre suas clientes metidas a modelo, sobre as crianças fofas e as irritantes também. Depois, faz Luiza lhe mostrar quais foram suas últimas inspirações para as aulas de pintura, quais filmes ela tem visto e se o fisioterapeuta continua sendo o bonitão do Diogo que ela conheceu certa vez. Aos poucos e sem perceber, as duas abandonam suas consternações e voltam a ser apenas duas irmãs passando um tempo enfurnadas no quarto e conversando sobre amenidades. Caio atravessa seu pensamento e Virgínia sente vontade de falar sobre ele, mas se dá conta de que não há nada para ser contado. Apenas cruzou com ele e só trocou meia dúzia de frases soltas. Mesmo assim, a sensação de ter a mão dele segurando a dela enquanto a caneta deslizava por sua pele era algo que não sumia. Quando o pai veio chamá-las para o almoço, passou o braço pelas duas e as beijou na testa. Aquelas eram as suas duas meninas, tão iguais, tão diferentes.

Virgínia olha em volta e se dá conta de que sempre exagera, inclusive no sentir e no pensar. Tudo era apenas uma questão de tempo. Tudo ficaria no passado: sua ausência, suas escolhas e burradas.

Enquanto mastiga de tudo o que tem na mesa, tudo mesmo, inclusive a carne, a cena da noite anterior ainda se repete em sua mente. É preciso apertar um lábio no outro para não deixar escapar mais um sorrisinho bobo. Era tão ridículo ficar pensando no cara que gastou dois minutos com ela. Era carência demais. Só pode! Muitos meses to-tal-men-te só, sem nem beijar ninguém... Ela suspira desanimada e todos olham em sua direção. Luiza sorri e Virgínia pisca para ela. Felizmente, só a irmã conhecia seus trejeitos de solidão.

Sob protestos e com a promessa de voltar no meio da semana, ela se despede de todos e aceita a carona que o pai lhe oferece até o salão no qual será o aniversário. Dentro do carro, Virgínia pega o celular pensando em ligar para a oficina e dá de cara com sete ligações perdidas. Esbraveja um palavrão e o pai lhe olha torto. Miguel estava marcando em cima e ela já estava começando a se irritar. Essa atitude dele era tão previsível que seria engraçado, se não fosse triste. Miguel tinha o dom de desaparecer e depois voltar a ligar como se nada tivesse mudado. Ele andava pelo mundo seguindo um calendário próprio e extremamente egoísta. Quando estava por perto, era sempre bom, muito bom, mas acontece que ele quase nunca estava, e agora, bem longe dele, Virgínia percebia que o tipo de relacionamento que tiveram estava fadado ao fracasso. Ela era inexperiente demais e ele charmoso demais, uma péssima combinação. Além disso, era aquele tipo de envolvimento que só era bom quando estavam juntos e, de preferência, aos beijos. Quando um se via longe do outro era como se não fizessem parte da mesma vida. Era como se Miguel a fizesse se sentir bem e mal. Sentia-se bem ao estar com ele, ao testemunhar suas expressões empolgadas e seus olhos acesos, ao ouvir suas ideias. Sentia-se bem debaixo de seus carinhos, mas quando ele saía, fosse para ir até a esquina ou para qualquer outro lugar, Virgínia olhava para si e para sua vida e sentia-se mal. Prometia terminar, prometia ter aquela conversa para definir a vida, mas era só ele chegar com aquela presença dominante que ela perdia os pensamentos e as palavras. Foi assim até ela receber um telefonema de sua mãe avisando sobre a internação da irmã. Deixou um bilhete e partiu.

Estava tão frágil e falida que precisou pedir ao pai que lhe comprasse uma passagem de volta ao Brasil. Ao chegar no hospital, pela primeira vez, viu seus pais olharem com mais preocupação para ela do que para a irmã doente. Naquele momento, ela soube que sua vida estava muito errada.

* * *

O celular tocou a semana inteira, inclusive de madrugada, e Virgínia se manteve firme em sua decisão de não atender. Ela adoraria desconhecer a natureza de sua promessa, mas no fundo sabia o motivo de não atender em vez de atender e ser estupidamente grossa ou, quem sabe, ficar muda, deixá-lo falar todas as baboseiras que fosse capaz de pensar, mandá-lo ao inferno e depois desligar. Sabia que não ouvir a voz de Miguel era melhor do que algum tipo de enfrentamento, pois fugir era a única coisa que vinha funcionando. Todas as outras alternativas sucumbiram uma a uma, fosse pela fraqueza dela ou pelo jeito ardiloso dele. No fundo, Virgínia tinha medo de ouvi-lo e só com isso acabar cedendo.

Desde que voltou ao Brasil, se sentia puxando um cabo de guerra. Um que tinha na outra ponta seus pais, que não eram capazes de perdoar totalmente seu sumiço e ainda estavam desapontados por ela não voltar para casa e finalmente ir atrás de seu diploma universitário. Ao lado deles, aumentando a pressão, havia Miguel marcando território, trazendo a tentação de sua presença. E o mais difícil: um pedaço dela mesma puxava a corda do outro lado com força, tentando sabotá-la a qualquer custo.

Enquanto o tempo passava, Virgínia transitava por seus dias e por seu apartamento olhando por baixo da franja aquele papel pink pendurado entre fotografias, recortes e penduricalhos. Pesquisou o endereço pela internet e descobriu que apenas um deles existia. Por muitas vezes se perguntou sobre o motivo de estar tão envolvida com aquela possibilidade de reencontro. Era quase absurdo ficar pensando e repensando sobre alguém que mal conhecia. Talvez estivesse idealizando, querendo desviar seus pensamentos para algo novo, ou simplesmente estava começando a se sentir pronta para voltar ao jogo. Independentemente do motivo, lá estava a imagem do rapaz com ar displicente entre os flashes do seu trabalho, seus pés descalços durante o descanso e a rotina de sua vida.

O fim de semana chegou e Tatiana tentou mais uma vez arrastá-la para um patético programa a três que, dessa vez, foi rejeitado veementemente. A amiga insistiu, mas Virgínia disse que estava cansada demais e que dessa vez ficaria em casa de pijamas. Mentira, mas colou. Obviamente, Tati ficou com aquela usual cara de cachorro abandonado, mas um almoço e um cinema certamente resolveriam aquilo. Tendo planos ou não, Virgínia queria estar livre para decidir se iria ao encontro. Encontro não... convite, ou seja lá o nome que aquilo tenha.

De vez em quando, a vida precisa de uma novidade. O tempo embola a gente em seu emaranhado arrastado, em suas batidas monocórdias na rotina, nas metas e em tudo aquilo que você faz e já nem lembra mais do motivo. A vida quase grita por uma novidade. O tempo tiquetaqueou tentando resistir às cócegas que a figura daquele garoto fazia na mente dela. Ficou deitada no sofá com seu gato exigindo cafuné até conseguir se decidir. Aos quarenta e cinco do segundo tempo, a ilusão do novo, de viver horas não premeditadas, não ensaiadas e inesperadas venceu a inércia do conforto e da falsa segurança que habita as paredes das nossas casas. Resolveu que iria só para ver no que daria. Poderia chegar lá e ver Caio com aquela garota loira, alta, linda, modernete e cheia de saliva. Caso isso acontecesse, ela repetiria o ritual de solteira desinteressada, voltaria para o apartamento e dormiria com o sempre fiel Chico. Se ele estivesse sozinho, porém... Bem, se ele estivesse sozinho, ela teria que improvisar, porque não tinha a menor ideia do que faria.

4

Parem os ponteiros, adormeçam meu juízo.
Silenciem as buzinas, escondam os ladrões.
Há uma canção tocando, uma brisa em meu rosto.
E eu só quero dançar.

Era para ser um local barulhento, com seguranças na porta, cheio de gente ao redor, com filas para entrar e um monte de gente bebendo e fumando pelas calçadas, mas era um galpão tranquilo com poucas pessoas em frente. Caio estava encostado no muro, olhando em volta e parecendo ansioso a esperar por alguém.

Por alguns segundos, Virgínia se sentiu deslocada, como se o tempo e o espaço à sua volta estivessem lhe pregando uma peça. Ao encontrá-la com o olhar confuso, Caio se adiantou caminhando em sua direção e oferecendo a ela seu melhor sorriso.

— Não está com cara de que vai ter um show de rock aqui — diz Virgínia desconfiada.

— Não vai.

Ela olha em volta e dá um passo para trás.

— É uma mostra de curtas independentes. Eu queria te ver de novo, na hora só consegui pensar nisso — confessa.

— Podia ter pedido meu telefone — sussurrou Virgínia.

— É... Podia, mas isso seria o óbvio e você merecia algo mais original. Além disso, achei que ia gostar daqui.

— Você não sabe do que gosto... Nem me conhece.

— Então me deixa conhecer.

Virgínia não conseguiu conter o sorriso que esticou levemente o canto dos seus lábios.

— Eu poderia não ter vindo. Quase não vim.

— É, mas eu te encontraria.

— Certo, seu esquisito. Você está bem assustador agora.

— Desculpe. Desculpe. — Ele passa as mãos pelo cabelo parecendo não saber o que fazer. — Eu só queria te ver de novo e juro que é só isso. Eu te vi na pista do show naquele dia e você estava tão conectada com a música, foi tão bonito ver... Só queria saber quem era aquela garota.

— Ok... — Virgínia enfiou as mãos nos bolsos sem jeito. — O que está planejando? — indagou.

— Planejando?

— É. Para onde você me fez vir?

— Ah... sim. Bem, primeiro vamos ver três curtas inéditos que podem ser grandes merdas ou pequenas joias que só um seleto grupo conhecerá por enquanto.

— E depois?

— Pro depois acontecer você tem que aceitar dar o primeiro passo.

Virgínia hesitou, mas olhou em volta e se perguntou o que poderia acontecer de ruim. Sua parte audaciosa e aventureira se acendeu como um fósforo sendo riscado e ela gostou de se lembrar da sensação. Sua ousadia sempre vence e, por isso, ela deu um passo à frente. Caio sorriu triunfante.

— Ok, eu topo, mas é bom você saber que eu já me livrei de caras maiores do que você.

— Você não vai querer se livrar de mim.

Arrogante. Charmoso, mas arrogante.

— Você é sempre confiante assim?

— Não — mentiu. — Mas algo me diz que a gente vai se dar bem.

— Vamos ver.

Muitas frases ficaram suspensas no ar, argumentos presos nos pensamentos deles. Caio quis dizer que havia planejado cada hora daquela noite e que ela estaria perdidamente apaixonada antes mesmo das três da manhã. Virgínia quis dizer que não era um desafio, que não queria ser convencida de nada, mas que estava se divertindo com o empenho dele. Mas não disseram nada, apenas se olharam especulando o que não podiam adivinhar.

Eles já estavam em frente ao portão aguardando sua vez para entrarem quando as luzes se apagaram seguidas de um burburinho. Os dois olharam para o teto e depois um para o outro. Havia luz nos postes, mas o galpão continuava às escuras.

Dez minutos depois, receberam a notícia de que o problema não seria resolvido e que os curtas seriam exibidos apenas no dia seguinte.

— É, acho que vamos ter que pular para o segundo passo, anfitrião — debochou.

— O problema é que o próximo passo não está disponível a esta hora.

— Tudo bem. A gente podia comer alguma coisa. Eu estou morrendo de fome. O que acha?

— Pode ser — respondeu frustrado.

A noite estava agradável, clara, agitada e quente. As calçadas estavam cheias de cadeiras e pessoas sorrindo e falando alto. Eles poderiam ter parado em qualquer lugar, mas continuavam a caminhar como se andar um do lado do outro ouvindo Caio falar dos bares da região fosse a melhor conversa da vida. No fim da rua, na lanchonete mais vazia, eles se sentaram e comeram cachorro-quente completo, daqueles com purê, milho, ervilha e batata-palha, tão cheio que cai metade no guardanapo, mas que você gosta mesmo assim.

Caio viu duas crianças de rua fazendo malabares no farol e pediu dois lanches para a viagem.

— Está com tanta fome assim?

— Não é para mim.

Voltaram a caminhar e algo amoleceu no coração dela quando viu as crianças mordendo os sanduíches.

— Você é um cara legal — falou baixinho.

— Nada. Foi só para te impressionar — brincou. — Ei, amigão, me empresta? — pediu Caio, apontando para os malabares que estavam na calçada.

— Pega aí.

Caio pegou e começou a lançar os malabares para o alto um por um, arrancando um sorriso imenso de Virgínia. Ele aumentou o grau de dificuldade e acabou cometendo um erro deixando tudo cair. Um dos malabares atingiu sua testa, arrancando-lhe um pequeno gemido de dor.

— Cara, você é muito ruim! — disse um dos meninos enquanto mastigava.

Virgínia gargalhou enquanto seu acompanhante exibicionista esfregava os dedos na testa.

— Vem, vamos dar o fora daqui — sugeriu Caio esticando uma das mãos.

— Certo, qual é o destino desta vez?

— Calma, você vai ver.

— Acha mesmo que esse mistério todo conta pontos pra você? E... Olha... Não estou querendo te desanimar, não, mas até agora nós contabilizamos um apagão, um cachorro-quente e um espetáculo circense de quinta categoria — provoca Virgínia com um sorriso.

— Essa doeu, feriu meu coração, mas ok. Estou ferido, mas não estou morto. A gente ainda tem uma longa noite pela frente.

— A noite toda?!

— Claro, garota. A magia só acaba quando o dia amanhece.

Virgínia gargalha e Caio a puxa pela mão.

— Isso aqui é São Paulo, príncipe. Não é um reino encantado, não.

— Mas eu amo essa cidade. Está certo, não tem o charme de Paris nem é vibrante como Barcelona ou cool como Londres, mas é São Paulo, gata. A gente tem música de todo tipo, comida de todo tipo, gente de todo tipo.

— Arte de todo tipo...

Os olhos de Virgínia já não estavam mais em Caio quando ela deixou escapar a última frase, eles já encaravam um muro enorme todo grafitado. Três metros de cores, rostos, lágrimas e um protesto silencioso gritando no meio da rua. Ela pegou a câmera da bolsa e tirou uma sequência de fotos. Ele também queria ter uma câmera naquele momento, mas não para fotografar o muro, e sim para registrar aquela garota séria e compenetrada que, de uma hora para outra, surgiu bem na sua frente.

Depois de disparar uma dezena de fotos e se sentir satisfeita com o resultado, Virgínia caminhava distraída encarando a tela da câmera, admirada com os detalhes dos traços, das sombras, da luz e como a realidade é apenas um ponto de vista. Um ângulo escolhido, uma lente, uma perspectiva. Nada é real, tudo é resultado de olhares e sensações. Perdida mais uma vez em pensamentos, não viu um buraco escondido dentro de uma poça. Enfiou o pé na água até a canela e apoiou uma das mãos no chão para não cair totalmente.

— Você está bem?

— Acho que torci o pé.

— Sério? Vem, eu te ajudo.

Caio a apoiou até se sentarem na calçada. Virgínia guardou a câmera na bolsa e passou os dedos na palma da mão arranhada. Olhou a barra da calça encharcada e se sentiu envergonhada.

— Está doendo muito?

— Até que não.

— Que bom.

Os dois estavam a centímetros um do outro e naquele momento nenhum deles teve tempo de se lembrar de que tudo estava dando errado naquela noite, que nada estava saindo como planejado e que aquilo nem parecia um encontro.

— Foi legal você ter reparado nos garotos no farol. Tenho medo de, por ver tanto uma coisa, deixar de notar, sabe?

— Como assim?

— Eu moro em um apartamentinho bem no centro e no começo eu ficava mal com tantos mendigos e crianças de rua. Agora, acho que reparo menos ou me acostumei. Sei lá — falou com pesar.

— Georg Simmel fala algo próximo disso... Essa invisibilidade das coisas que na verdade somos apenas nós que cansamos de ver.

— Exatamente isso.

— Mas não dá pra sofrer o tempo todo com algo insolúvel. É autoflagelo...

— Mas dá pra fazer um pouquinho, né? Pelo menos um pouco.
— Sei lá, adianta alguma coisa? Às vezes, parece que tudo o que a gente faz na vida tem o mesmo efeito de jogar sal no mar.
— Cara... Você não faz ideia...

Virgínia não conseguiu articular que entendia perfeitamente o que significava aquela sensação de impotência, aquela frustração que sempre a atingia, não importava o quanto corresse, o quanto tentasse. A inevitabilidade do fracasso que a alcançava toda noite enquanto se sentava e imaginava que o mundo seria exatamente o mesmo se ela não existisse.

— Então você mora no centro?
— É, aluguei lá porque é perto do meu trabalho e, sabe como é, melhor uns perrengues, mas viver por conta própria.
— Queria ser assim.
— Por quê?
— Está ouvindo isso? — Caio questionou verdadeiramente distraído.
— É um saxofone?
— É *Louis Armstrong*, meu bem. Consegue andar?
— Acho que sim.

Caio se levantou e ofereceu a mão para a garota que de repente poderia ser o grande amor da sua vida, apesar de ter pensado a mesma coisa quando conheceu Fabi e as cinco anteriores também.

No final da rua, um artista tocava "What a Wonderful World" enquanto as pessoas andavam de um lado para o outro sem o notar. Caio o encarou por alguns segundos e pareceu gostar. Depois, enlaçou Virgínia e começou a dançar com ela sussurrando os versos da canção em seu ouvido. Ela o achou meio excessivo e se sentiu constrangida com aquela cena, mas percebeu que o prazer que sentia era maior do que a vergonha. O som e a voz, o cheiro e a proximidade do corpo, o calor dos lábios dele tocando sua palma ferida e o hálito dele dançando acordes em sua pele valiam cada olhar, cochicho ou palminhas dos transeuntes.

— Obrigado, obrigado — repetia Caio fazendo uma reverência afetada de agradecimento.

— Você é louco — disse Virgínia enquanto o aplaudia.
— Um pouco. — E estalou um beijo em sua bochecha.

Voltaram a caminhar, de mãos dadas desta vez, falavam sobre música, as melhores performances de todos os tempos e notaram que suas predileções, embora fossem distintas, apontavam sempre para o passado.

— Nina Simone... Eu ouviria eternamente, ou Ella Fitzgerald. Ah... sim... Ella seria o CD que eu salvaria no caso de um apocalipse zumbi. Se bem que...

— Janis Joplin ou Bob Dylan, acho que são meus favoritos porque eu sempre volto para eles depois de uma temporada ouvindo outras coisas. Mas num apocalipse zumbi, duvido que me lembraria de salvar algum CD.

— Você está mancando — Caio muda de assunto perdendo a vibração que sempre tem quando fala de música, cinema ou livros.

— É? Nem tinha notado.

— Vamos sentar um pouco pra você descansar.

— Pode ser ali mesmo.

Com um pacote imenso de pipoca e um litro de um vinho vagabundo comprado em um boteco duvidoso, eles se sentaram em uma escadaria e, por alguns instantes, ficaram em silêncio sentindo o salgado e o ácido na boca, a brisa no rosto e a doce presença um do outro.

— O que você faz da vida, Caio?

— Até que você se segurou bem até chegarmos à parte séria da conversa.

— Você nem imagina o quanto. Tem uma dúzia de perguntas que estou segurando desde o momento em que te vi.

— Estou me formando em publicidade e é só o que me vem em mente agora.

— Quem era a garota loira?

— Opa... Agora virou um interrogatório de verdade. — Ele ri, mas como Virgínia não o acompanha, ele para. — Ficamos aquela noite. Só isso.

— Certo.

— E você. O que me conta?

— Sou escoteira, meu livro favorito é *Orgulho e preconceito*, meu filme predileto é *E o vento levou* e minha cor é violeta.

— Sério?

— Não, mas achei que essa seria a resposta padrão. Embora eu goste do livro e do filme de verdade.

Caio sentiu algo entre afeto e desejo, mas não soube decifrar por pura inexperiência, e Virgínia não quis dar a resposta que sabia que o agradaria. Engraçado pensar que ser o ideal do outro pode não parecer o melhor plano, mas ela pensou e declinou a oportunidade de impressionar.

— Ok, o dia está amanhecendo, meu roteiro foi para as cucuias e este o foi o pior primeiro encontro de todos os tempos.

— Concordo plenamente.

— Mas antes do sol chegar acabando com tudo, você precisa me dizer se vai me dar uma segunda chance.

Ela o encarou seriamente a princípio. Depois, sorriu.

— Fazer o quê? "Eu preciso dos ovos."

Caio ficou em silêncio meio atônito, meio embasbacado, apaixonado talvez.

— É do filme *Noivo neurótico, noiva nervosa*. Já assistiu? Um dos personagens responde isso quando o terapeuta lhe sugere que enfim explique ao irmão que pensa ser uma galinha que é impossível que ele seja uma ave. Desculpe, estou parecendo uma doida... É uma analogia. Para mim, significa que a gente aceita a loucura dos outros só porque de alguma forma faz sentido para a nossa.

Eles permanecem em silêncio enquanto os primeiros raios de sol atingem o lado de cá do mundo.

— Isso foi um sim bem esquisito, mas foi um sim — explica-se meio embaraçada.

— Eu sei.

5

É possível existir versões mais felizes de nós mesmos?

Uma montanha de gelo amontoada dentro de uma sacola plástica derretia sobre um tornozelo roxo e inchado. Virgínia roía as unhas enquanto previa que aquela receita caseira não daria certo. Ela tentou bravamente tirar um cochilo, ler alguma coisa e não chamar por ninguém. Porém, o tom lilás começou a ceder espaço para um roxo-sangue-pisado e o que era um pequeno inchaço, já estava parecendo uma bola de pingue-pongue enfiada por baixo de sua pele. Depois de algumas horas e muitos analgésicos, acabou ligando para a casa dos pais.

Precisou ficar escutando o pai preocupado e perder uma horinha no hospital até ganhar uma daquelas botas pretas, pesadas e nada charmosas. Ganhou também uma receita e indicação de repouso por quatorze dias. QUATORZE DIAS! Parecia uma eternidade. Não conseguiu evitar o desfile de xingamentos em sua cabeça enquanto seu pai a levava para a casa em que foi criada. Queria poder se esticar em sua cama e dormir, mas teve que admitir que estava sem poder de argumentação.

Horas depois, já estava cansada de ficar no sofá procurando uma posição confortável. A mãe e a irmã tinham saído. Parece que a prima mais velha estava grávida e todos foram até a casa dela para cumprimentá-la e levar presentes. Virgínia olhou sua bota e agradeceu por tê-la livrado dessa. No fim da tarde, quase morrendo de tédio, cansaço e preguiça, arrastou-se até o escritório da casa, ligou o computador e foi xeretar as redes sociais. Assim que entrou, viu uma solicitação de amizade. Reconheceria aqueles olhinhos de longe: Caio. Aceitou e foi direto para as fotografias, mas não havia muitas. As poucas que tinham, eram sempre de festas, bares e com um monte de gente ou de coisas relacionadas a música. Nas raras em que ele aparecia, sempre estava com expressão animada. No entanto, tinha algo nele que ainda não conseguia decifrar. Lembrou-se das horas que passaram juntos e da maneira como tudo nele se contradizia. Caio parecia falante, desinibido e até meio arrogante de vez em quando. Contudo, seu olhar, às vezes, se perdia em um ponto que só ele enxergava, suas palavras saíam pela metade e seu sorriso ficava preso no canto dos lábios. O cara inventou a maior cena só para vê-la novamente, mas hesitou em tocar sua mão e não a beijou mesmo ela estando bêbada de dor e carência. Além disso, correu o risco de se meter na maior encrenca. Ao ver que o local não era o combinado e que estava quase vazio, chegou a cogitar estar sendo arrastada para alguma armadilha, sequestro ou sabe Deus o quê. Já estava mal-humorada por ter perdido o ônibus e ter ficado um tempão esperando por outro, e vê-lo encostado naquele muro com cara de bobo só piorou a situação. Chegou a sentir vontade de socá-lo, mas quando viu sua preocupação e que os planos envolviam curtas-metragens sentiu que não havia nada de perigoso, pelo menos não na etapa um.

    A sequência atrapalhada da noite acabou se mostrando perfeita; talvez se os planos dele tivessem dado certo, ela teria se entediado depois de trinta minutos. Virgínia gostou de verdade dos momentos imprevistos, dos instantes em que ele não sabia muito o que dizer nem o que fazer. A melhor parte da noite foi o seu olhar de preocupação ao vê-la mancando ou talvez sua expressão envergonhada após derrubar os malabares. É claro que seu jeito vibrante, artístico e inteligente era envolvente e sedutor, mas isso parecia quase ensaiado, embora delicioso.

Havia algo nele que Virgínia entendia. Aquela inocência toda. Era como se ele não conhecesse a desilusão, como se seu coração nunca tivesse sido partido, e essa constatação a fez sentir saudades do tempo em que também não conhecia nenhuma dessas coisas.

    Agora, olhando aquele par de fotos, Virgínia se lembrava de Caio com a outra garota. Ela relembra os dois agarrados, dele sempre fumando naquela calçada, e se pergunta por que ele se mostrou tão diferente na noite passada. Acaba se dando conta de que ele não acendera um único cigarro sequer durante a noite toda. As imagens da semana anterior, assim como aquelas fotos, pareciam apenas uma versão desatualizada dele.

    Pensar tanto sobre ele a fez imaginar o que ele estaria pensando sobre ela: aquele momento em que paramos e imaginamos o que nossa figura — corpo e ideias — causa no outro.

    O que será que Caio vê em mim quando me olha?

    Continuou olhando o perfil dele e se deu conta do tanto de garota que deixava recados em seu mural, incluindo alguns bem ousados. Ele devia se divertir com tanta babação. Virgínia acaba achando graça. Aquilo era quase esperado e por isso não sentiu nem uma pontinha de ciúmes. Certo, uma pontinha, talvez... Caio era o típico mocinho largadinho. Bonito, mas com a barba por fazer. Daqueles que se arrumam fazendo um tremendo esforço em parecer que não se arrumaram. Gatinho na medida para ela e, pelo visto, para um punhado de outras.

    Por fim, não conseguiu ter certeza sobre nada a respeito dele. Não conseguia chegar a conclusão nenhuma. Mas sabia ele que tinha sido ótima companhia, que ela seria capaz de passar várias noites só olhando e sorrindo para ele, e que apenas andar de mãos dadas conversando sobre outro século já tinha sido bom demais.

    Encarou o pé, tirou uma foto e postou com a seguinte legenda: *Souvenir* de onde estive ontem. Marcou Caio na fotografia e ficou olhando para a tela como se uma resposta imediata fosse algo obrigatório. Não aconteceu. Provavelmente estaria descansando, ela também deveria estar. Decidiu tomar mais um analgésico e ir se deitar no quarto que, um dia, dividiu com a irmã.

* * *

Quando Virgínia voltou a abrir os olhos, o quarto estava tão claro e sua cabeça tão dolorida que chegou a pensar que tivesse dormido por apenas quinze minutos. Espreguiçou-se e ouviu vozes. Procurou o celular e percebeu que havia dormido até o outro dia. Levantou, foi ao banheiro e mesmo de rosto lavado percebeu que não conseguiria disfarçar a ressaca. Uma ressaca tardia provocada por noite alucinante, manhã no hospital, tarde de tédio e doze horas de sono embalada por analgésicos e anti-inflamatórios. Foi até a cozinha e, pelo jeito que olharam para ela, imaginou o trapo que estava.

— Estou com dor. — Disfarçou.

— Coma alguma coisa para poder tomar o remédio. — Lá estava o tom acusatório da mãe novamente.

Virgínia começou a mastigar enquanto se esforçava em não estourar seu cérebro. Depois, tomou os remédios e voltou para a cama. Dormiu até o início da tarde e, após um banho e uma nova refeição, estava se sentindo muito melhor. Mal conseguia acreditar no tanto que havia sido capaz de dormir. Lembrou-se da foto postada no dia anterior e correu, ou melhor, mancou até o celular. Nem bem abriu e já clicou nas atualizações. Sorriu ao ver o comentário:

Precisa frequentar lugares melhores.

Curtiu e notou que o comentário era de poucos minutos atrás. Um novo aviso de atualização piscou, mas dessa vez, era uma mensagem privada. Virgínia olha para cima, aperta os olhos e tenta inutilmente afastar a ansiedade infantil que a domina. Respira fundo e clica.

"Oi, você está bem? Precisou imobilizar? Então foi sério?"

"Oi, estou bem. Precisou, mas não foi tão sério assim, só uma luxação boba..."

"Você não me deu seu telefone."

"Você não me pediu."

"Você me distraiu tanto que cometi esse erro idiota... Ainda não acredito que luxou, caramba, andamos tanto..."

Uma daquelas carinhas chateadas aparece e Virgínia o imagina naquela expressão e tem vontade de encostar a cabeça em seu peito em uma dança desajeitada de novo.

Não há momento mais deliciosamente tolo e bom do que a descoberta dos sentimentos, gestos e reações. É bonito presenciar duas pessoas se envolvendo, se permitindo fantasiar o outro, despertar sensações inéditas em si e especular o desconhecido. Lá estavam aqueles dois experimentando uma relação que mal germinara, mas já existia, nem que fosse em pensamento, desejo e um pedacinho de esperança. Aquele mistério indecifrável que faz os seres andarem aos pares. A busca incessante do par.

"Está doendo?"

"Agora menos... Você é um perigo para a minha saúde, sr. Caio."

"Você também é um perigo, só que em outros aspectos."

Sorrisos bobos dos dois lados.

"E quais aspectos seriam esses?", provoca.

A resposta demora a vir e Virgínia imagina Caio sentado, com a cabeça jogada para trás, passando as mãos pelos cabelos e sorrindo sem saber o que dizer. Seu pai aparece na porta dizendo que precisa de ajuda com um aplicativo novo de e-mails e corta seus pensamentos com tanta aspereza que quase lhe fere a mente.

"Preciso ir. Conversamos mais tarde? Até mais."

"Sim... Claro... Até."

"Ah, anote aí: 989-3341. Bj"

Na noite do encontro, após o sol não deixar nenhuma dúvida de que a noite havia chegado ao fim, eles se despediram brevemente no ponto de ônibus. Depois de se abraçarem e Virgínia jurar que seria beijada, ele apenas sussurrou um "até a próxima" em seu ouvido. Agora, novamente a despedida rápida, casual e inexpressiva surgia destoando de todo o resto.

Após ajudar o pai, o restante do dia foi em família. Havia tempo que as três mulheres da casa não se sentavam no mesmo sofá, escolhiam um filme e assistiam em silêncio. Virgínia encostou a cabeça no ombro da mãe enquanto ela segurava uma de suas mãos.

Talvez um dia elas se perdoassem de verdade e aquela cobrança cedesse espaço a algo mais leve, mais terno e menos cinza. Uma deixaria de tentar entender as razões que as afastaram e a outra pararia de querer receber apoio até em suas insanidades. Descobrir que o alvo dos seus mais belos sentimentos não é a pessoa que você almejou que fosse é a parte mais difícil das relações. Nem todo mundo consegue reaprender a amar e são raros os que realmente querem fazer isso. No entanto, aquela cena familiar, calma e sem palavras, era a prova de que tentativas sinceras são capazes de te fazer voltar a acreditar.

No mesmo dia, Virgínia ligou para o estúdio e reorganizou sua agenda. Não deixaria de fotografar os bebês e as gestantes que tiram fotos todos os meses para registrar o que a passagem do tempo é capaz de fazer com um ser humano em formação, dentro ou fora da barriga. Sua mãe reclamou quando a ouviu dizer que trabalharia mesmo com o pé imobilizado e que apenas diminuiria o ritmo durante aqueles dias. Por ela, a filha deveria ficar deitada o tempo inteiro, a vida inteira. Assim, não correria o risco de sumir de novo e fazer bobagens. Trocou novas mensagens com Caio e ele também achou que ela não deveria trabalhar, mas parou de insistir nisso quando Virgínia o lembrou sobre a conversa de preferir passar por um perrengue a ter que abaixar a cabeça de vez. Era sua escolha, a única certeza de sua vida.

Já em seu apartamento, o interfone toca e uma Tatiana de braços cruzados e sobrancelha erguida é recebida.

— Quer me explicar como conseguiu torcer o pé em casa e de pijamas?

— Estava tentando um novo passo de dança.

— Engraçadinha. Engraçadinha e traidora.

Virgínia dá passagem para a amiga entrar. Tatiana avisa que pegou seu carro na oficina e o guardou no estacionamento da esquina, conforme a amiga pedira.

— Não sei por que você não vende aquilo, se quase não usa.

— Mas eu uso.
— Ah! Sim, as pequenas viagens e fotos tiradas em pedacinhos bucólicos do mundo. — ironiza.
— Adoro como você me leva a sério. E não uso só para isso, às vezes trabalho até muito tarde.
— Eu sei, mas estou brava porque está rolando alguma coisa e você está escondendo. Eu nunca escondo nada de você.
— Não estava acontecendo nada. Você é que é paranoica.
— Não "*estava*"?
— Na verdade ainda não estou.
— "*Ainda*"?
— Quer parar com essa repetição irritante?
— Então desembucha!
— Eu conheci um carinha semana passada naquele bar que fomos juntas. Achei que não o veria novamente, mas acabei vendo e foi legal, bem legal.
— Tão legal que resultou nisso — retruca Tatiana apontando para o pé da amiga.
— Meu nível de carência afeta diretamente a definição de legal.
— Estou vendo. — As duas riem.

Tatiana cumpriu o ritual de melhor amiga fazendo um verdadeiro interrogatório, queria saber cada detalhe sobre aquele momento. Saber como ele era, se tinha rolado beijo, se tinha rolado sexo e o quanto a amiga estava envolvida, mas Virgínia se limitava a sorrir, responder sim, não e não sei. O máximo que confessou foi que achou ele diferente, mas que não conseguia explicar o motivo. Como narrar aquela noite? Não conseguia. As palavras escapavam quando ela tentava dizer o que viu, o que sentiu e como ele conseguia ser encantadoramente estúpido.

Não soube contar como ela parecia estar andando por São Paulo pela primeira vez. Parecia fantasioso demais dizer que havia uma atmosfera nova e levemente febril em torno deles. Mal conseguia pensar naqueles momentos sem duvidar de que eles realmente existiram. Então preferiu banalizar e dizer que fora apenas uma noite bacana. Seu cérebro quase gritou quando ela mencionou uma palavra tão sem graça quanto "bacana". A palavra certa era: memorável. No entanto, jamais seria capaz de verbalizar todas aquelas lembranças. Tudo o de melhor e pior da vida de Virgínia estava destinado a ser apenas dela, a ficar preso dentro de sua memória e coração.

— Fico feliz em saber que se divertiu. Estava na hora.
— É... Acho que tem razão, Tati. E diversão é a palavra certa, havia tempo que eu não me divertia tanto.
— E ele nem te beijou, como é mesmo o nome desse santo fazedor de milagres?
— Caio, e posso te afirmar que de santo ele não tem nem o nome.

As duas gargalharam e Virgínia direcionou o foco da conversa para Tatiana, que mudou o foco para Ricardo e passou o resto do dia falando dele.

Caio usou as redes sociais e o aplicativo de mensagens para marcar presença na vida de Virgínia nos dias seguintes. Trocavam mensagens fofas, cheias de referências às horas que passaram juntos e repletas de vontade de viver tudo aquilo de novo, ou melhor, viver tudo novo de novo. Há entre eles diferenças imensas, mas não podemos negar que naquele instante estavam sintonizados. Totalmente alinhados em uma frequência que não era nem de jazz e nem de rock, era em algum lugar entre uma coisa e outra, no qual só eles são capazes de dançar, curtir e querer mais.

Virgínia já estava ficando viciada em checar o celular a cada segundo, esperando pedaços de Caio em sua tela. Postou a foto que tirou dele enquanto, de costas, olhava distraído para o saxofonista com a seguinte legenda: *"Encantador... o saxofone, claro!"* e esperou que ele lhe mandasse uma mensagem sobre aquilo, mas a mensagem não veio. Não veio na quarta, nem na quinta e nem na sexta... Ele não lhe mandou mais mensagens ou visualizou o "oi" que ela enviou quando não aguentou mais tanto silêncio. Caio acabou sumindo completamente de uma hora para outra. Exatamente. Desaparecera! Nem seu perfil na rede social existia mais. Ela fez de tudo para entender ou para arrumar um jeito de encontrá-lo, mas o que poderia fazer? Chegou a ligar, mas o telefone estava indisponível. Percebeu o quão pouco sabia sobre Caio e teve que aceitar que só podia esperar.

Mas que diabos estava acontecendo?

6

*Um menino que joga dados viciados
Acredita que toda sorte está a seu favor.
Mas dados viciados não são sorte,
São armadilhas.*

Assim que Virgínia subiu para o ônibus, Caio sentiu que tinha cumprido a missão de achar sua garota no mundo para, no momento seguinte, sentir-se o maior idiota do mundo. Havia se esquecido de pedir o número de telefone dela. Como pôde ter passado a noite toda com ela e não ter mencionado isso em momento algum? Pedir o telefone era a primeira coisa que deveria ter feito. Mesmo que nunca ligasse, precisava ter a opção.

Ainda no ônibus, pegou o celular, entrou na rede social e, se sentindo um verdadeiro gênio do mundo investigativo, foi criando uma linha com perfis de pessoas que o ligava a Virgínia: Fabi, o irmão dela que tocava na banda... Vasculha, vasculha... Olha os comentários até encontrar um rosto conhecido, nada. O sinal some, a internet trava e ele perde o raciocínio. Não era possível, ele tinha encontrado uma pessoa com gostos tão antiquados quanto os seus. Exatamente, ela não era óbvia como as mulheres com quem ele costumava sair, e agora ele não tinha nem o telefone dela.

O ônibus vira a esquina, e os prédios conhecidos o avisam que é hora de descer. Caio enfia o celular no bolso, antes de subir para seu apartamento, compra um maço de cigarros e fuma como se o mundo dependesse de suas baforadas para continuar a girar.

Assim que termina de subir o último lance de escada, Caio percebe algo de diferente no hall. Confere o número na parede se certificando de que realmente está no segundo andar e o número dois no meio da parede branca parece mais confundi-lo do que acalmá-lo. Há um capacho na porta, um daqueles tapetes com "bem-vindo" escrito na frente, e ele jamais se preocuparia em colocar algo semelhante em sua porta.

Colocou a chave e a girou acreditando que não abriria, mas a porta desencostou como se estranhasse tanta hesitação. Seu apartamento estava limpo, com sacolas de compras em cima da mesa e um baseado fumado pela metade no cinzeiro. Em sua cama, Fabi dormia de calcinha como se aquele colchão já estivesse acostumado à sua presença.

Não sabia se foi pela pipoca, pelo vinho barato ou pela procedência do cachorro-quente, mas sentiu vontade de vomitar. Caio se jogou no sofá e percebeu que tinha almofadas. Almofadas no seu recanto imundo de música, cigarros e caos. Mas que diabos...

Pegou o celular e agora com o seu wi-fi procurou postagens pela hashtag do nome do local em que estiveram no dia do show. Não era um lugar muito famoso, mas lá estava uma foto incrível do teto, com parte das luzes apontadas em uma direção, com uma mistura de texturas que incluíam a madeira das vigas, do ferro da estrutura, das telhas e do forro. Uma foto incrível e linda de um teto horroroso postada por Virgínia.

— Oi, gatinho, demorou.

Caio envia uma solicitação de amizade e desliga a tela rapidamente.

— Desde quando você está aqui, Fabi?

— Então... É uma looooonga história. — Fabi se jogou em seu colo e o beijou longamente. — Como foi lá no interior com seus pais?

— É... Tudo bem... Normal.

— Que bom. Vou fazer café pra gente. Está com fome? Eu estou morrendo de fome...

Caso houvesse um campeonato de ser humano capaz de proferir mais palavras sem parar ao menos para respirar, sem sombra de dúvidas essa garota seria a campeã. Ela falou tanto e coisas tão variadas que em certo momento Caio parou de acompanhar. Ele simplesmente deixou que ela falasse o quanto fosse capaz enquanto ficava imaginando o tamanho da fixação que manteve por ela durante os anos de faculdade. Sempre a desejou, mas ela nunca deu a mínima.

Eram frequentadores do mesmo bar em frente à universidade, provavelmente seus diplomas viriam com a assinatura do mesmo garçom, pois eles frequentaram muito mais aquelas mesas do que qualquer sala de aula. Caio sempre a cobiçando, ela sempre desfilando seu completo desprezo por ele. Foi assim até a semana passada. Ela parecia triste, estava menos voluptuosa do que de costume, mas ele não se importou ou quis saber o motivo. Ela amanheceu em seu colchão e agora ele procurava o fascínio que a manteve interessante por tanto tempo.

A verdade é que Caio sempre criava uma expectativa exacerbada em relação às mulheres e, por isso, acumulava conquistas seguidas de absoluto desinteresse.

Depois do café, Fabi fez tudo o que Caio mais gostava. Tudo mesmo. Eles ficaram horas no quarto e acabaram dormindo. Na madrugada, acordaram e Fabi contou que o apartamento dela estava com problemas elétricos e que quase tinha pegado fogo. Cada amiga teve que procurar um canto para ficar.

— Como você entrou aqui?
— O pai de um amigo meu é chaveiro.
— Ah...

Não precisou dizer que se sentia segura para fazer isso, já que ele se rastejou por tantos anos atrás dela. Era como se houvesse um contrato silencioso entre eles que dizia: você me queria há muito tempo, enfim percebi que você é o cara certo. Estamos juntos, então não tem problemas eu me instalar na sua casa enquanto você vai visitar os seus pais.

Fabi lhe beijou a boca e o corpo por mais algumas vezes e voltou a dormir. Caio, não. Ele encarou o teto imaginando o que faria. Logo ele, que era péssimo em tomar decisões e a reagir ao que quer que fosse. Logo ele, que tinha como lema de vida deixar rolar. Assim que Fabi saiu para trabalhar, Caio voltou a respirar. Tomou banho, fumou, ligou o som e seu coração voltou a dar sinal de vida quando os primeiros acordes de "Dream a Little Dream of Me" ecoou por sua quitinete. Mais uma vez o destino conversava com ele através de uma canção e ele foi depressa para o notebook. Abriu a rede social e viu que Virgínia tinha aceitado sua solicitação e mais, postado uma foto e lhe marcado.

A foto não era boa, seu pé estava machucado e a coisa tinha sido pior do que parecia, mas mesmo assim, estava criada a conexão e era um alívio saber que aquele momento que viveram não estava fadado a ser o único.

Ao longo dos dias, passaram a trocar pequenas mensagens. Todo dia passou a ser igual: Fabi saía para trabalhar e Caio passava os dias com sua nova fixação, falando com ela, stalkeando suas fotografias ou imaginando como seria a próxima vez em que se encontrassem.

Até tentou planejar um jeito de fazer sua nova colega de quarto dar o fora, mas se convenceu de que logo entregaria aquele apartamento, logo o trocaria por um maior. Em breve estaria formado, trabalhando em alguma empresa bacana, e aquele quitinete de quinta categoria na rua de sua antiga universidade seria parte de um passado nebuloso.

Tudo parecia ir bem, exatamente como o planejado. Ele estava confiante, quase eufórico, afinal, Caio sempre conseguia tudo o que queria. Conseguia que os pais o bancassem mesmo com sua péssima atitude, conseguia todas as mulheres que quisesse e até um diploma pelo qual não se esforçou nem um pouco. Agora, faltava pouco para ter a garota mais interessante com a qual já cruzou e com ela finalmente seria diferente. No dia seguinte, ela permaneceria em sua mente, ela se manteria em seus pensamentos e enfim essa busca insaciável terminaria.

Fabi estava no banho, tinha acabado de voltar do trabalho. Caio só gritou que ia comprar cigarros. Fez isso nos últimos dias, estava tentando limitar o tempo que passavam juntos. Ficava um tempo enrolando no bar antes de voltar e irem para a faculdade.

Desceu quase saltitante, cantarolava algo que só ele era capaz de entender. Caminhou meio quarteirão e se deu conta de que estava sem o celular. Voltou o mais depressa que pôde. De repente sentiu como se uma tragédia estivesse se anunciando. Assim que abriu a porta encontrou a namorada com seu celular na mão. Em questão de segundos, seu cérebro revisou todas as mensagens que trocou com Virgínia, cada frase, vídeo e trechos de música. Cada comentário em suas fotos e emojis de duplo sentido. Ele estava encrencado e sabia disso.

Fabi começou a atirar tudo na direção dele sem uma palavra sequer, justo ela que falava até dormindo. Primeiro foi um copo, depois uma cadeira. Enquanto ele abaixava atrás do sofá para se defender dos objetos voadores, Fabi pegou o celular e foi para o banheiro. Ficou trancada lá dentro enquanto Caio batia na porta dizendo uma sequência de bobagens.

Quando finalmente abriu a porta, seus olhos estavam injetados e tinha uma tesoura nas mãos. Caio se espremeu apavorado no batente enquanto Fabi foi direto para os seus CDs. Ela começou a assassinar cada um de seus amores e Caio encontrou seu celular boiando no vaso sanitário. Nem pensou na dignidade na hora de resgatá-lo.

— Não faz isso não, Fabi. Esse vinil é uma raridade! Vvvvrrrrraaaaalllllllll

— Vamos conversar. Conversar! Que tal? — falou parecendo tentar amansar um cão raivoso.

Fabi voltou à etapa um e Caio não teve outra saída a não ser fugir desviando das coisas que ela jogava nele. Suas coisas, seus pertences, seu pequeno tesouro. O que mais poderia fazer a não ser partir? Ele não estava acostumado a perder, mas também não tinha o hábito de lutar, então se perdeu em sua falta de reação, na falta de argumentos e na habilidade nula de resolver conflitos.

Ainda deu tempo de ouvir algo batendo na porta e espatifando no chão enquanto ele tentava recuperar o ar no corredor.
Será que foi o notebook? O aparelho de som?
Mas que filha de uma...

7

Não se pode acostumar com sonhos.
Sonhos não são controlados.
Nem a vida é.

A princípio, Virgínia pensava em Caio a cada segundo. Depois, ela foi aceitando a ideia de que seu celular não tinha mais os alertas fofos com *"coisa linda"*, *"pode sair da minha cabeça um minuto, por favor?"*, *"estou ouvindo a música que em breve será a sua favorita"* ou *"queria que você estivesse aqui agora"* escritos. Caio passou a ser um cuco incessante que aparecia de hora em hora dentro de sua cabeça. Aparecia, mostrava que ainda estava ali e depois sumia.

Obviamente, uma ponta de decepção rondava os pensamentos dela. Não era bem esse o final que havia imaginado para aquela história. Na verdade, nem teve tempo de imaginar muito, quando a melhor parte do devaneio estava começando, ele sumiu. Ninguém poderia supor um total desaparecimento como aquele. Pensando bem, até que combinava com eles, era tão surreal quanto passar a noite perambulando por uma São Paulo paralela na qual tornozelos torcidos quase não doem. Até que era uma boa história, tirando o fato de que jamais poderia contá-la a ninguém, pois certamente duvidariam de que ela havia dançado com alguém como se fosse a própria Cinderela urbana.

Aquele sábado amanheceu chuvoso e com ar de férias se aproximando. Virgínia sempre gostou do fim do ano e não era bem por conta do menor número de dias úteis. Ela gostava mesmo era de ver como, de alguma maneira incompreensível, as coisas pareciam diferentes. Aquela sensação de ano acabando e de ter o futuro se anunciando bem ali na esquina, quase chegando... As possibilidades. Virgínia gosta de saber que o ali na frente pode ser totalmente diferente e quase torce para que realmente seja, quase pede para a vida lhe pregar o susto da novidade.

Fosse pelo ar fresco do dia ou pura e simplesmente por seu ótimo estado de espírito, Virgínia não estava zangada em ter que ir ao estúdio em pleno sábado para atender clientes. Não era raro isso acontecer, muitas pessoas preferem os sábados para serem fotografadas sem a pressa do trabalho ou dos compromissos. Uma de suas clientes pediu para ser fotografada no quartinho do bebê que estava prestes a chegar. Virgínia não se importou em fazer sua vontade, era parte do trabalho, mesmo que isso custasse um pequeno passeio mancando e com um saco plástico no pé. Cruzou a porta de vidro e abriu o guarda-chuva. Começou a andar distraída pela calçada até o momento em que foi atravessar a rua e reconheceu o rapaz do outro lado. Ele estava com as mãos enfiadas nos bolsos, repleto de respingos de chuva e tentando se proteger sob o toldo de uma banca de jornal. Ela foi até ele, que parecia não tê-la visto até então.

— Caio?
— Virgínia!

Ele parecia ter levado um susto ao vê-la, o que a fez se questionar se não era ela quem deveria estar chocada.

— Que surpresa! — arriscou Virgínia.
— Pois é...

Um caminhão de perguntas lutava para escorregar de sua cabeça para a boca, mas conseguiu controlar todas e manter um sorriso estranho no rosto.

— Eu trabalho ali — diz Virgínia apontando em direção ao estúdio. — Está esperando alguém?
— Não, estava de passagem. E você, indo para casa?
— Não... Para a casa de uma cliente...
— Que pena.

Agora as perguntas já estavam na ponta da língua de Virgínia e ela chegou a mordê-la para conseguir não despejar sobre ele um interrogatório.

Quem era esse cara? Será que, um dia, o encontraria de uma maneira habitual e não sempre acompanhado de um susto? Sentiu-se entontecida e meio sem estoque de palavras para conseguir formular frases. Ficou totalmente confusa e sem saber o que dizer. Segundos têm a capacidade de durar mais do que o normal nesses momentos sutilmente constrangedores. Os dois olharam para os lados e, depois, para os pingos que caíam entre a banca de jornal e o guarda-chuva dela. Os olhares se cruzaram e eles se viram pela poeira d'água que se formava no ar. Ver é tão diferente de olhar. Acredite, não são sinônimos perfeitos. Eles se olhavam há minutos, mas só se viram naquele milésimo de instante, e Virgínia voltou a articular os pensamentos com aquele vislumbre imenso. Tão grande que não caberia nem em milhares de palavras.

— Se você não se importar de ver uma barriga de quase nove meses explodindo, pode vir comigo, não vou demorar.

— Não quero atrapalhar.

— É só não ficar na frente da barriga dela. — Ela sorri e nada resistiria àquilo.

— Tem certeza de que sua cliente não vai se importar?

— Claro que não, ela é do tipo exibicionista. Sei o que estou fazendo, não arriscaria meu emprego por algumas horinhas contigo — diz isso apertando os olhos, balançando a cabeça e apontando o nariz em sua direção. Caio não consegue responder à sua graça por estar ocupado demais se concentrando em não beijá-la.

O caminho é curto e logo Virgínia está disparando flashes para todos os lados. O olhar de Caio está preso nela como se fotografar fosse alguma atividade excêntrica, a qual nunca tivesse presenciado antes. Entre uma foto e outra, ela escorrega os olhos em sua direção e estica um dos cantos da boca. É quase um espanto vê-lo ali. Quase um sobressalto bom olhar para o lado e ver Caio a encarando. Ele só podia ser fruto de sua imaginação. O cara mais estranho que já

conheceu, ou melhor, que não conseguia conhecer, mas que mesmo assim, gostava de ter por perto.
   O que é isso que eu vejo quando olho para ele?
   De volta à rua, o clima está menos denso entre eles e também no céu. Caio começa a sair de seu estado letárgico e acha graça ao vê-la amarrando novamente um saco plástico no pé imobilizado.
   — Preciso dizer que você está um charme com esse visual.
   — HA HA. Não posso molhar essa tranqueira. Não vejo a hora de arrancar isso...
   — Mas essa mancadinha ao andar lhe cai tão bem.
   — É mesmo? — responde ironicamente, colocando as mãos na cintura.
   — É sim, com toda certeza.
   Enquanto eles começam a caminhar em silêncio, Virgínia se pergunta se Caio tem um manual com uma lista de respostas certas para serem ditas em situações específicas. Eles seguem andando por alguns minutos sem terem ainda um destino definido — em todos os sentidos. Mais uma vez, é ela quem quebra o silêncio:
   — Está com fome?
   — Até que estou.
   — Está a fim de um hambúrguer?
   — Claro. Estou sempre a fim de qualquer coisa para esticar o momento com você.
   Ela para, fecha e coloca na bolsa o guarda-chuva e, chacoalhando levemente as mãos no ar para secá-las, olha para Caio e diz:
   — E do que mais você está sempre a fim? — Sua expressão é mais de graça do que de sedução.
   — Ah... lobinha... — Caio balança a cabeça em negação, tentando afugentar a resposta.
   — Como é que você me chamou? — interrompe com estranheza.
   — Deixa pra lá. Vamos logo comer esse hambúrguer.
   Ele passa o braço por seus ombros e voltam a caminhar.
   Enquanto comem, Virgínia olha para Caio por entre a franja e o hambúrguer. Tenta decifrar alguma coisa e tenta também adivinhar

até quando ele vai fazer de conta de que sumir e, logo depois, reaparecer em frente ao seu trabalho era algo absolutamente trivial. Ela não consegue mais ficar quieta e acaba dizendo em volume baixo:
— Você sumiu...
— Não sei o que aconteceu com a minha conta. Sério.
— Você acessa em lugares públicos?
— Na faculdade.
— Deve ter deixado logado.
— Pode ser. E pra piorar, deixei meu celular cair na privada.

Era só isso? Dias especulando o sumiço de Caio e era só mais uma conta invadida e um celular quebrado? Como não pensou nisso antes? A solução era tão ridícula que perdeu a coragem de mencionar o reencontro *por acaso*. Será que era isso mesmo?

— Por falar nisso, você podia me dar o número do seu telefone de novo? — ele pede.

Terminaram o lanche e não conseguiam se levantar. A vontade de ficar era forte demais, mas o pé de Virgínia voltava a latejar e o peso da bota lhe incomodava demais. Não queria se despedir, mas não aguentava mais forçar aquele pé, até seus quadris estavam doloridos.

— Tenho que ir, essa coisa é muito incômoda — disse fazendo um biquinho e apontando para o pé.

— Já?

Ela afirmou com a cabeça sem desfazer o muxoxo dos lábios. Teve uma ideia e quis expulsá-la porque era péssima. Olhou de novo para ele e a ideia piscava em sua cabeça feito um semáforo encrencado. A parte sensata dela dizia para que se despedisse e deixasse de tomar atitudes impensadas, mas a outra parte, aquela que guardava suas maiores qualidades e também todos os seus defeitos, nunca disse para ela esperar, seja lá o que fosse. Caio a olha e ela adoraria saber o que se passa em sua cabeça, mas não pode, então decide que precisa de mais tempo com ele para tentar fazê-lo dizer. O lado *"vou pagar para ver"* de Virgínia acaba vencendo — sempre vence — e ela para de pensar.

— Quer me ver esticar as pernas no sofá da minha casa? Divido uns analgésicos com você. Programão!

— Estou dentro. Faço tudo por uns analgésicos.
— Mas já aviso que Chico é ciumento.
— Chico?
— Meu gato. É que eu durmo com ele toda noite e ele acaba achando que é meu dono.
— Pode deixar que vou mudar isso.
Virgínia gargalha.
— Você só pode estar de brincadeira... É muita arrogância.
Não estava, mas Caio achou melhor deixar assim, então sorriu de volta e não disse mais nada.

"Casa de menina" foi a primeira coisa que Caio pensou ao atravessar a porta do apartamento de Virgínia, e o motivo deste pensamento foi a organização. O apartamento é tão pequeno que ela sempre mantém tudo arrumado por ter impressão de que não caberia ali se cada coisa não estivesse em seu lugar. Exatamente por isso, ela segue instintivamente para o quarto e guarda a bolsa no armário. Quando volta, vê Caio observando seu mural de fotografias.
— Você tirou todas essas fotos?
— Sim.
— Isso é um deserto?
— É o Atacama.
Caio passa os olhos pelas fotos com o cuidado que merece o momento em que desvendamos parte de alguém.
— Esteve em todos esses lugares? Você tem sessenta anos?
— E trinta e duas plásticas, mas até que estou enxuta. — Ela sorri e, vendo o rosto curioso dele, acha que precisa dizer mais. — Não fiz faculdade, viajei assim que me formei no ensino médio e troquei a vida de estudante pela de mochileira. Foi assim que arranjei tempo pra fazer tudo isso. Fiquei zanzando por aí e tirando fotos para montar um portfólio.
Ela sente vontade de contar que juntou dinheiro a adolescência toda trabalhando com seu pai e que o convenceu a lhe dar o valor que gastaria com a formatura do ensino médio para que pudesse passar dois meses de férias antes de voltar e cursar administração

em uma das melhores universidades de São Paulo. Quis olhar para ele e dizer: fui viajar sem parar pela América por dois meses, mas quando cheguei em Buenos Aires, me apaixonei por um cara mais velho e fiquei por pouco mais de dois anos lá. E o pior, talvez ainda estivesse se minha irmã não tivesse ficado muito doente. Essa sou eu, ou pelo menos era. No entanto, ela não queria afugentá-lo com sua história maluca, bastava tê-lo convidado para aquele programa enfadonho. Assim, Virgínia opta pela normalidade e aponta as fotos, diz os lugares em que as tirou, fala quais são suas preferidas e acaba se distraindo. Caio a ouve com atenção, mas seu pensamento está em sua quitinete e nos anos de faculdade. Enquanto ele tentava curar seu mau humor e toda insatisfação com cigarros e mulheres, ela estava fotografando a Cordilheira dos Andes, Machu Picchu e a Ilha de Páscoa, e isso era tão surpreendente que ele se perguntava quais histórias mais aquele rosto e corpo de menina guardavam.

— Que foi? Estou te entediando com essa história de fotografia, né? Desculpe, eu me empolgo...

— Não. Suas fotos são lindas.

— Obrigada.

As palavras ficam suspensas no espaço desconhecido que existe entre eles. Os pensamentos vagam entre a vontade de saber mais do outro e a relevância que isso teria para aquele momento. Os dois adorariam saber como chegaram até ali, mas, afinal, que diferença isso faria se a única coisa realmente importante é que estavam ali?

Virgínia liga a TV e joga o controle para Caio.

— Veja se acha algo que preste ou que seja tão ruim a ponto de valer a pena.

Ela traz pipoca, refrigerante e tem certeza de que ele sairá correndo a qualquer momento. Porém, surpreendentemente, as horas começam a passar e eles continuam sentados, fazendo carinho em Chico — que se vendeu tão facilmente que causou revolta em sua dona —, zapeando na TV, falando amenidades e esquecendo a tensão inicial. Ela o observa em *seu* apartamento, sentado em *seu* sofá, com o *seu* gato no colo e acha que ele fica bem demais naquele contexto. Ela sabe que é infantil pensar nessas coisas, mas pensa mesmo assim.

Caio nem se lembra de onde está, só sabe que não quer ir embora nunca mais.

Virgínia se levanta e segue para a cozinha. Caio a admira e sorri ao vê-la caminhar mancando. Quando sua silhueta some na escuridão do outro cômodo, ele se pergunta como ela consegue continuar bonita mesmo com o pé imobilizado e sem nenhuma maquiagem. Um barulho vem da cozinha e chama sua atenção, Virgínia atravessa a sala tentando apressar o passo em direção ao quarto e ele fica sem entender.

— Caramba, a lua está gigantesca. Vou fotografar... Vem aqui ver.

Ele se levanta e a segue. Fica parado na porta enquanto ela se inclina na janela. Aproveita para observar o quarto e não precisa perguntar para saber que a verdadeira cor preferida dela é turquesa e que ela marca as páginas favoritas dos livros com post-its coloridos. Olha o criado-mudo e vê três livros empilhados, não consegue decifrar quais são, mas acha graça em perceber que ela lê vários ao mesmo tempo. O momento fotógrafa passa e ela coloca a câmera de volta em seu lugar. Volta para a janela, dessa vez só para apreciar. Pequenas gotas de garoa surgem no contraste da noite com a claridade vinda da luz do poste. Virgínia sempre fica bem sob essa luz. Caio a olha fixamente e duvida que haja paisagem mais bonita do que aquela, mesmo assim, aceita sua mão estendida e debruça com ela na janela. Os dois se espremem e a cabeça dela descansa em seu ombro, ele cheira seus cabelos e beija sua cabeça.

— Quem disse que São Paulo não tem seus encantos? Aqui há muros surpreendentes e há luas de tirar o fôlego — diz Virgínia olhando para o céu.

— Você é um encanto, principalmente com essa carinha de sono.

Ela vira o rosto na direção dele e pisca os olhos devagar. Caio afasta o cabelo que cobre parte do rosto dela e passa o dedo em sua bochecha.

— Acho que já está na hora de eu ir. Você está com jeito de cansada e eu notei que está com dificuldade em apoiar o pé.

— Pelo visto sou uma péssima fingidora.

— Melhor assim.
Os dois estão tão próximos que mal conseguem raciocinar.
— Caio?
— O quê?
— Quando é que você vai me beijar, hein?
Ele ri do jeito como ela consegue ser atrevida sem deixar de ser natural.
— Agora.
— Ah... Bom...
O primeiro beijo é sempre um momento revelador e não foi diferente com eles. Enquanto seus lábios, línguas e mãos se tocavam, Virgínia não queria pensar. Cada vez que um pensamento lhe surgia, ela tentava afastá-lo com veemência, mas não adiantou. Quando deu por si, já estava pensando que aquele beijo era o melhor que já tinha provado e essa afirmação funcionou como a ponta de um novelo interminável de ilusões e contentamento. Ela passaria a vida sendo beijada por ele e seria uma vida feliz só por isso.

Caio não conseguiria pensar nem que quisesse, ele era uma explosão de sensações e só dava conta de sentir. Sentia a boca macia de Virgínia, o jeito dengoso com que ela apoiava as mãos sobre seu peito e o sabor da melhor garota que já tinha conhecido. Sentia as mãos dela deslizando para sua nuca, a maneira que a língua dela roçava na dele e o jeito delicado que a ponta do nariz dela tocava em seu rosto. Tudo o que ele queria sentir com ela estava presente em seu corpo e mais um tanto de coisa que ele jamais seria capaz de almejar.

Ela se desequilibrou e Caio notou que ela estava apoiada somente em um pé. Ele queria seguir em frente. Queria arrancar a roupa dela e passar a noite inteira ali, mas tinha aquele pé no meio no caminho. E era o pé de Virgínia, a garota que enruga o nariz e faz bico ao mexer com sua libido, a garota que o fez ficar sem fumar à espera daquele beijo. Ele precisava ser legal com ela, tinha que arrumar uma maneira de ser decente pelo menos uma vez na vida. Por isso, respirou fundo e parou de beijá-la. Foi com dificuldade que ele conseguiu desgrudar a boca da dela, abraçá-la e dizer que iria embora para que ela pudesse descansar. Foi com uma bravura quase sobre-humana que ele resistiu ao jeito que ela o abraçou encostando seu corpo no dele e apoiando sua cabeça em seu peito. Tinha gestos inocentemente perigosos e ele não entendia como esse contraste era possível.

Os dois esperaram pelo elevador de mãos dadas e em silêncio. Quando a porta abriu, Caio lhe deu um estalinho e foi embora. Virgínia seguia de volta para seu apartamento com aquele típico sorriso bobo, quando Caio segurou a porta do elevador e voltou a chamá-la.

— Virgínia!

Ela se vira e sorri.

— Você acha que eu inventar uma mentira só para poder voltar a te ver, aparecer do nada na porta do seu trabalho e querer te ver amanhã de novo, me torna um perseguidor quase profissional?

— Acho... Mas até que eu estou gostando.

— Isso é um sim?

— É um sim bem esquisito, mas é.

Caio solta a porta do elevador e volta a beijá-la. Segura sua cabeça entre as mãos e mordisca seus lábios.

— Então até amanhã, lobinha.

— Até daqui a pouco, seu maluco.

Sim, o primeiro beijo é totalmente revelador e mesmo que você anteveja ou premedite esse momento, você não tem ideia do que os lábios do outro vão te provocar. Você pode até supor que esse contato despertará os seus instintos mais carnais, o que normalmente ninguém prevê é que *primeiros beijos* também podem te fazer se apaixonar.

8

*A paixão pode ser um belo caminho até o amor.
O corpo pode ser uma bela estrada até o coração.*

Enclausurado no elevador, Caio andava de um lado para o outro tentando conter a ebulição que acontecia dentro dele. Teve vontade de dar uns socos nas paredes para ver se liberava um pouco de energia, mas sabia que não adiantaria. Estava tomado por algo que não conseguia definir, mas que parecia que o faria explodir a qualquer momento.

Virgínia foi até a cozinha e bebeu um copo d'água gelado, mas não adiantou. Pensou em entrar no chuveiro para esfriar os ânimos, mas não tinha certeza se queria realmente deixar de sentir toda aquela energia que percorria seu corpo. Parecia que Caio havia juntado alguns fios soltos dentro dela e agora, finalmente, sua eletricidade estava de volta. E como era bom se sentir assim, tão viva, tão, tão... Foi até a janela para vê-lo mais um pouquinho, quem sabe gritar seu nome e pedir para que voltasse. Danem-se as regras, o amanhã e todo o resto. Precisava sentir mais daquilo, precisava dele naquele instante alucinado.

Os minutos começaram a passar e nada de Caio chegar ao portão do prédio, olhou para a sala e viu por baixo da porta que a luz do hall estava acesa. Abriu a porta e encontrou Caio em frente à porta.

— É quase uma da manhã... Estava aqui pensando, tecnicamente já é amanhã.

— Verdade. Você tem toda razão.
As mãos dela se enroscaram na camisa dele com tanta força que quase rasgaram o tecido. O casal entrou no apartamento com alegria e desespero. Seus corações batiam tão alto e tão depressa que de repente pareceu carnaval. Seus abraços pareciam exercícios de yoga avançada e seus beijos tirados de poemas. A lua pediu para o sol se atrasar ao menos um pouquinho só para deixar a noite mais longa para eles e também para, quem sabe, um compositor se inspirar naquele amor todo.

Ele ainda está aqui, ela pensa repetidamente.

O dia já estava claro e Virgínia observava Caio dormindo. Ela ajeita o travesseiro só para poder olhá-lo melhor enquanto ele dorme tão profundamente que parece sonhar. Sorriu roendo as unhas ao pensar em todos os beijos, abraços e amassos que trocaram. Aquela noite ao lado dele foi a prova de que ela não precisava estar em lugares inusitados para se sentir extraída da realidade. Era a presença dele que deixava tudo diferente. As cenas da noite anterior ainda estão tão frescas que Virgínia volta a sentir o arrepio que lhe correu a coluna ao ver Caio parado em sua porta. Ela enruga a testa e espreme os olhos ao pensar no tsunami que invadiu seu apartamento junto com ele. Chegaram a quebrar um abajur com tanta empolgação. Empolgação que só serenou quando ela o acertou sem querer com a linda e charmosa bota imobilizadora. Primeiro pediu desculpas e ele gemeu de dor, depois, gargalharam e se olharam com ternura. Trocaram beijos até sentirem cãibras no rosto, adormeceram abraçados como se fossem namorados há tempos e ainda estavam ali deitados como se já pertencessem à vida um do outro.

Nós nem transamos e ele ainda está aqui.

Caio se estica e interrompe seus pensamentos. Ela passa a mãos em seus cabelos e sente os lábios formigarem. Virgínia tem vontade de gargalhar, acordá-lo e dizer que em quinze dias saiu da descrença na humanidade à defensoria da existência de almas gêmeas. Que se dane a lógica e tudo o que viveu até hoje. Nem tudo tem resposta, lembra-se, Virgínia?

Ele ainda está aqui e eu estou com as tais ridículas borboletas no estômago. Para o inferno todo o resto.

Ela se levanta e vai para o chuveiro, depois, toma um suco e espicha a cabeça em direção à porta do quarto. Ele ainda dorme tranquilamente, até parece estar dopado. O celular de Virgínia vibra em cima da mesa e ela bufa ao ver aquele número de novo. Miguel parece ter um radar que pressente o risco e, toda vez que começa a ser esquecido, parece que algum alarme soa avisando que é hora de voltar a cercá-la e bagunçar seus sentimentos. Porém, desta vez, ele estava atrasado, já não restava muito a ser salvo daquele relacionamento. Por isso, ela ajeita algumas coisas para Caio, escreve um bilhete e resolve descer para atender e despachá-lo de vez. Ela desce sem pressa porque sabe que ele vai ligar repetidas vezes até arrumar algo — ou alguém — para se distrair. Ao chegar à calçada, o telefone toca novamente e Virgínia atende:

— Fala, *trasto*.

— Quem está falando?

— Você liga para o meu número e quer saber quem está falando, Miguel? Larga de ser ridículo...

— Nunca te vi falando assim... Por que está me tratando desse jeito, Virgínia?

— Porque estou farta de você me ligar!

— Quando uma pessoa vive com você e deixa um bilhete dizendo que viajou às pressas porque a irmã está doente, fica subentendido que ela voltará.

Virgínia tem vontade de jogar o celular no chão e pisar em cima.

— Só que essa pessoa já disse um zilhão de vezes que não vai voltar e você continua a perseguindo feito um espírito obsessor. Além disso, nem vem dar uma de vítima, você demorou uns dez dias para me ligar quando eu voltei para o Brasil, muito provavelmente porque demorou todo esse tempo pra voltar pra casa... Miguel, chega! Acabou!

— Eu não vou desistir de você.

— Você já me fez trocar de e-mail por não suportar tantas mensagens, não me faça trocar o número do meu telefone... Me esquece!

— Eu vou até aí. Se você está dizendo que não vem, eu vou até aí, porque eu quero ver você repetir tudo isso olhando pra mim. Quero ver você me encarar e dizer que não me ama mais!

Virgínia pensa nos olhos verdes de Miguel e sente as pernas fraquejarem. Sacode a cabeça, lembra-se de Caio e dá fim àquela conversa:

— Quer saber? Tem um cara lindo na minha cama agora e eu tenho mais o que fazer do que ficar nesse papo furado com você! *Adiós!*

Ela grunhe com raiva, bufa, respira e resolve comprar um café para Caio antes de voltar. Era provocação demais a vida fazer Miguel aparecer bem agora que ela estava querendo se acertar com uma nova pessoa. Será que era pedir demais um pouquinho de silêncio e falta de memória? Virgínia queria uma borracha bem grande para apagar aquele cara de sua vida e tudo o que ela foi enquanto esteve com ele. Queria seguir em frente, dona das rédeas de sua vida e, se possível, nos braços de Caio, que cá entre nós, eram belos braços.

Caio sente cócegas no nariz e pequenas patas sobre sua cabeça. Chico parece ter se arrependido por ter sido um bom anfitrião na noite passada, acabou perdendo seu lugar na cama e agora quer vingança. No entanto, Caio faz cafuné em suas orelhas e o gatinho aceita suas desculpas. Aparentemente, o charme dele era mesmo fora do comum de tão irresistível. Ele senta na cama e vê um bilhete sobre um pano.

Desculpe pelo café da manhã, mas o único homem dessa casa come ração, então você não tinha muitas opções. Deixei uma toalha pra você no banheiro. Volto já. ;–)

Caio retira o pano e vê um copo de suco e torradas. Cheira e toma um gole. Sorri por Virgínia adivinhar que aquilo não faz parte do grupo de alimentos aceitos pelo seu estômago. Ele anda pela casa e fica desapontado por não vê-la ali.

Aonde será ela que foi?

Virgínia abre a porta ainda mal-humorada por conta do telefonema de Miguel. Segue para o quarto, mas vê a cama vazia. Abre a

janela e encosta-se ao parapeito. Caio não demora a aparecer e ele está com os cabelos úmidos.
Ai, caramba, como ele é bonito quando acorda.
— Bom dia. Te trouxe café.
— Bom dia. Não precisava ter saído só para isso.
— Foi bom. Eu devia estar sugando todas as suas energias de tanto te olhar.
Ele ri e se aproxima. Virgínia está com roupa de domingo: shorts, regata, chinelo, e tem tanta pele à mostra que... que...
— Epa, estou vendo os seus dois pés. O que aconteceu?
— Arranquei.
— E podia ter tirado?
— Ah... Se eu só fizesse o que posso.
— Me deixa ver.
Virgínia se senta na janela e estica o pé para Caio.
— Está meio verde. — Ele observa.
— Verde é bom.
— Ah, é?
— É, sim.
Ele faz cara de quem não está muito convencido e passa as mãos pelo pé e pela canela dela. Virgínia fecha os olhos, sorri e pensa que essa agitação provocada pelo toque dele não pode ser só carência. Caio percebe que ela está gostando e sobe as mãos até sua coxa. Virgínia abre os olhos e encontra com os dele. Todo aquele turbilhão de sensações retorna!
Em plena luz do dia, de rosto lavado e depois de ter passado horas apenas abraçados. Aquilo se mostrava diferente do que já haviam experimentado. Cada movimento soava como novo e enquanto tiravam as roupas, o eixo do mundo deslocou. O momento em que um descobria o outro teve direito a palpitações, mãos suadas e tremores pelo corpo. Mas foi mais do que isso, foi bonito. Começou desajeitado, apressado e só depois acalmou num ritmo que só pertence aos dois. Demorou um pouco para os corpos se acostumarem, parecia que as sensações transbordavam deles, um para o outro, num fluxo frenético, num volume maior do que podiam suportar. Quando con-

seguiram equilibrar as emoções, entrelaçaram os dedos, os corpos e os sentidos, e ao ouvir o último gemido de Virgínia, Caio teve certeza de que tudo ficaria bem. Algo dentro dele decidiu que, de um jeito ou de outro, conseguiria arrumar uma maneira de se livrar de Fabi e de arrumar sua vida só para ficar com aquela mulher para sempre. Só para poder acordar e vê-la de cabelos lavados, pés descalços e roupas de domingo. Ele faria tudo para poder ficar com ela, poder lhe tirar a roupa e fazê-la dele sempre que quisesse — e ele nem se importaria em tomar suco de laranja e comer torrada integral todo santo dia. Tinha que ser assim, porque, pela primeira vez, não era apenas um corpo ao seu lado depois do sexo, era Virgínia deitada sobre ele de olhos fechados, lábios vermelhos e bochechas coradas depois de amar.

Ela ainda está inerte tentando diminuir sua frequência cardíaca e normalizar sua respiração. Todo o corpo de Virgínia parece arder como se ela tivesse passado o dia tomando sol. Tenta, mas não se lembra de ter se sentindo assim antes, não se lembra de ter tido medo de abrir os olhos e acordar. O coração acelerado de Caio bate sob seu ouvido e ela se prende àquele som para saber que foi real.

Quem é esse cara e que poder é esse que tem sobre meus sentidos?
Ela abre os olhos devagar e quando ele lhe beija a mão, ela não tem mais medo. Tantas pessoas cruzam nosso caminho, tantos nos olham, nos tocam e fazem parte de nossa vida de maneira insignificante. Tanta gente passa sem a gente notar, mas basta uma única pessoa para revirar tudo, e basta uma para colocar tudo no lugar.

Ela escorrega o corpo para o lado, Caio se vira para abraçá-la e vê os livros de seu criado-mudo, Virginia Woolf está escrito em um deles. Ele estica o braço e retira o livro da pilha. Caio o abre, folheia e lê algumas frases marcadas, alguns trechos daquela história perturbadora sobre a mente inquieta de uma mulher que só deveria se preocupar em preparar uma festa, mas está ali presa entre as imutáveis lembranças, o sufocante presente e o futuro que insiste em ser breve. Virgínia interrompe sua leitura dizendo que em seu aniversário de quinze anos, a mãe lhe dera aquele exemplar de presente.

— É uma edição antiga.
— Era dela.
— Por isso se chama Virgínia? Então eu acertei... Sempre penso em lobo quando leio Woolf, sei que tem um "o" a mais e a pronúncia não é a mesma, mas sempre penso. Além disso, é um animal que combina com ela. O mistério, a força, a virilidade... Você não acha?
— Acho sim. Minha mãe é professora de literatura e sempre foi fã das inglesas. Virgínia é sua favorita... É uma apaixonada. Uma pena ter parado de dar aulas quando eu e minha irmã nascemos.
— Você tem uma gêmea?
— Sim, mas eu sou a da franja, então não dá pra confundir, viu? — diz sorrindo.

Caio apoia o livro e a beija.

— Não vai me dizer que ela se chama Charlote ou Emily.
— Não, minha mãe diz que ninguém pode ser uma versão de outro.

Caio lhe beija o queixo, morde de leve seu pescoço e assopra sua orelha.

— "Uma versão"?
— Tem certeza que quer falar sobre isso?
— Claro! Quero saber tudo sobre você, sua vida...
— Então melhor parar com isso porque assim não consigo pensar.
— Ok — diz ele olhando para ela e sorrindo satisfeito.
— Minha mãe é a caçula de três irmãs: Maria Lúcia, Maria Clara e ela, Maria Silvia. A primeira filha recebeu o nome das duas avós e as outras duas apenas versões pioradas do nome da primogênita. Minha mãe não sabia que teria duas meninas, só sabia que se tivesse uma a chamaria de Virgínia. Quando minha irmã nasceu e sobreviveu aos minutos que ficou sem respirar, é claro que minha mãe pensou em chamá-la de Charlote ou outro nome de escritora e completar o par, mas ela merecia mais que isso, mais do que uma variação do nome preferido da nossa mãe... Então lhe chamaram de Luiza, que significa lutadora, guerreira ou algo do tipo.
— É uma boa história.

— Até que é mesmo... E você, tem irmãos?
— Não.

A resposta curta de Caio faz Virgínia pensar que ele não quer falar sobre isso, por isso, ela fica quieta especulando do que era feita essa parte silenciosa dele. Não sentia perigo, mas sentia que ele tinha pedaços escondidos e que havia segredos nele. Caio se aninha nela e não quer pensar em nada, só quer ficar ali encostado na pele dela, sentindo seus dedos deslizarem pelo seu cabelo e fingindo que a vida toda é boa. Gosta de ouvir Virgínia falar serenamente, de seus gestos suaves e do som delicado de sua voz ecoando pelo quarto.

Ele sorri e volta a beijá-la enquanto pensa que quer muito mais de seus sorrisos, beijos, abraços, sussurros, amor e conversas. Ele a quer ocupando todos os espaços de sua vida e ele a quer porque soube desde a primeira vez que botou os olhos nela que aquela garota não era uma simples versão das outras, era mais que isso, era o seu par, a garota que foi feita na medida para ele.

9

É possível que todos precisem de alguém para amar no mundo.

Aquela segunda-feira parecia menos zangada e aborrecida que todas as outras, a semana tinha um ar mais leve e Virgínia tomava seu suco olhando pela janela, tentando encontrar alguma desculpa para que não pudesse ir trabalhar. Queria ficar ali e transformar seu final de semana em um feriado prolongado.
Será que consigo transformar a vida em férias?
Seu celular vibrava incansavelmente em cima da mesa, mas ela não notava nada que estivesse fora de sua área encantada. Principalmente depois que Caio chegou na cozinha, enlaçou sua cintura e enterrou o rosto em seu pescoço. Teve vontade de pegar a estrada com ele, de viajar para longe e fotografá-lo em muitas luzes. Queria ter uma pasta em seu computador com o nome dele e acabar com a memória de tanta foto que colocaria ali. Estava obcecada e sabia. E gostava.
— Seu celular não para.
— Puxa vida, estava tentando ignorar.
— Olha, longe de mim querer ser o sensato do casal, mas pode ser importante.
Virgínia suspira resignada e atende. Sabia que estava atrasada, sabia que tinha que estar no estúdio para uma reunião, então ela se limita a atender e a responder que infelizmente só conseguiria ir na parte da tarde.

— Você está enforcando trabalho, mocinha?
— Ah... Perdi o juízo. — E se joga em seus braços.
— Então tem que valer a pena. O que vamos fazer com essas horas que você roubou da vida só pra gente? — Caio assume sua postura showman e começa a divagar. — A gente podia escalar uma montanha, escrever um poema, inventar um novo ritmo, atualizar o Kama Sutra, bater um novo recorde de... de...
— Ou comer guioza lá na Liberdade — Virgínia o interrompe sorrindo.
Caio faz cara de pensativo.
— E chupar picolé de melão — prossegue ela.
— Perfeito.

Sentados em uma mureta, Caio e Virgínia saboreavam o melhor da culinária de rua do bairro mais oriental de São Paulo. O sol estava alto e quente, mas as sombras das árvores amenizavam o calor. Um cachorro com cara de fome passou e Caio deu parte de sua refeição para ele, depois, coçou a cabeça do bichinho o fazendo ter dúvidas se preferia a comida ou o afago.
— Pobrezinho — disse Virgínia se abaixando e acariciando o focinho do cão abandonado.
— Dá tempo de darmos uma volta?
— Dá, sim.
De mãos dadas, eles caminharam distraídos pelas ruas inertes entre as cores, os objetos e os cheiros daquele lugar que parece diferente, mas é comum para os paulistanos. Distraídos naquela sensação calma, amiga e tremendamente feliz que pairava sobre eles.
— Quase fui atropelada aqui uma vez.
— Sério? Por um carro?
— Claro. Pelo que seria? — Ela riu alto.
— É que aqui tem mais trânsito de pessoas do que de carro.
— Eu queria tirar uma foto da ponte com as luminárias, mas tinha que ser de um determinado ponto e me distraí. Fui andando de costas e não vi que um carro estava passando. Vem aqui que vou te mostrar.

Virgínia levou Caio até o outro lado da rua, levantou as mãos, esticou os dedos em formato de L até encontrar o enquadramento que julgava perfeito. Quando encontrou, sorriu.

— Vem ver.

Caio se posicionou atrás dela, colocou a cabeça em seu ombro para conseguir ter o mesmo ponto de vista e também sorriu. Enlaçou sua cintura e ficaram assim por alguns segundos, presos naquele pequeno pedaço do mundo que só os dois podiam ver.

— Por que você desistiu disso, Vi?
— Do quê? — Ela se vira para ele enlaçando seu pescoço.
— Das fotos.
— Eu tiro fotos todos os dias.
— Você sabe do que estou falando.
— Tentei bastante, mas ser iniciante em qualquer área não é fácil, nesta então... Não consegui nada. Ninguém comprou minhas fotos, mal conseguia contatos. Sei lá... E eu precisava de dinheiro.
— Imagino, mas você devia tentar de novo. Tem talento.

Ele a beija e, por alguns segundos, afasta um pouquinho as frustrações dela. Enquanto o beijo dura, Virgínia se esquece de que muitas pessoas com talento batem cartão todos os dias em algum lugar porque precisam pagar as contas.

— Preciso ir.
— Isso é outra analogia?
— Não. É só a realidade do momento, mas eu entendi o raciocínio.
— Certo. Só por agora então.

Quando se despediram na estação do metrô, Caio se decepcionou um pouco por não se sentir abandonado com a ausência de sua garota, sua natureza afetada pela idealização imaginou que sentiria falta de ar quando respirasse algo que não fosse o perfume dos cabelos dela. Temeu que o objeto de sua paixão escapasse de seu pensamento como aconteceu com todas as outras, percebeu que não se sentia tomado pela lembrança e nem desesperado pelo próximo encontro. Caio queria manter a sensação espetacular do primeiro beijo, primeiro toque. Ele queria o frenesi.

Encostou a cabeça no vidro e quase adormeceu até ouvir o nome da estação em que deveria descer. Foi até a faculdade e, depois de algum tempo de espera, entregou o protocolo e recebeu seus documentos de volta. Tudo carimbado e assinado, tudo certo com o trabalho de conclusão — que pagou para alguém fazer — e com suas notas, agora era esperar a formatura. A esta altura do ano, quase ninguém estava indo mais às aulas, ainda mais os alunos do último semestre.

Na volta, passou no shopping para comprar uma troca de roupa. Também passou na assistência técnica, onde ficou sabendo que seu celular tinha salvação e quase saltou de alegria com essa descoberta. Depois, foi até o hotel meia estrela em que se instalou desde o fatídico dia em que Fabi o expulsou de sua própria casa. Tomou banho, se barbeou e pensou que Virgínia ia gostar de vê-lo com roupas novas e barbeado. Percebeu que pensou nela quando passou pelo departamento de artes da universidade e também ao encarar uma vitrine e ver um manequim enfiado em um jeans sem lycra, mas justo nos quadris, como os que ela usa. Caio se deu conta de que não tinha mais aquela inicial urgência em relação a ela, mas que, de uma forma incompreensível, havia pensado nela o tempo todo e gostou desta constatação.

À noite, depois de jantarem um macarrão feito por ele e se amarem no tapete da sala, Caio colocou *Noivo neurótico, noiva nervosa* para eles assistirem. As luzes estavam apagadas e ele achou bonito ver as imagens do filme refletidas nos olhos de caramelo dela, e teve certeza de que se lembraria daquela cena em algum momento. Sabia que aquelas pestanas negras invadiriam sua mente daqui a três semanas ou três anos. Aquilo era bonito demais para ser esquecido.

— Eu também preciso dos ovos, Vi — ele disse, mais apaixonado do que sabia.

— Eu sei. — E sorriu.

10

Como a gente faz para merecer o futuro quando fez tudo errado no passado?

A parte mais perigosa da mentira é que, com o tempo, você começa a acreditar nela. Você repete tantas vezes para si o mesmo discurso covarde e escapista que tais pensamentos começam a se alojar em você, dando a falsa esperança das soluções fáceis. Quando Caio acordou e se olhou no espelho do quarto de Virgínia, ele sorriu e quase agradeceu por ter sido escolhido pelos deuses a ser o cara mais irresistível do planeta. Ele só não o fez por não acreditar em deuses e também por falta de hábito em agradecer.

O apartamento estava vazio, sua namorada já tinha saído para o trabalho. Deixou um bilhete dizendo que deixasse a chave com o porteiro e que amanhã eles poderiam se ver novamente, pois hoje precisava dormir cedo por conta de um trabalho pela manhã no dia seguinte.

Ao andar pela rua voltando para o hotel, Caio se sentia um desses personagens de filme alternativo: displicente e bonito no tanto certo, levemente cult e totalmente charmoso. Só lhe faltava a jaqueta pendurada no dedo indicador sobre o ombro para completar o visual, já que o cigarro no canto da boca e o olhar sedutor estavam ali prontos para arrasar corações. Ele estava mergulhado na ilusão de que tinha a vida que todos adorariam ter e de que era o cara mais sortudo da galáxia. Afinal de contas, tudo estava conforme planejado, inclusive a doce, única e deliciosa Virgínia já demonstrava olhares de súplicas amorosas em sua direção. Para ficar ainda melhor, tinha algum dinheiro que lhe permitia levar aquela vida medíocre, mas suficiente para seu padrão miseravelmente acomodado. Ele estava mergulhado em suas mentiras e estava começando a ser feliz dentro daquele cenário cheio de rachaduras prestes a ruir.

Na maior parte do tempo, não há nada de errado em sofrer de ilusão crônica e querer acreditar que nada poderia ser melhor. O problema é que a sorrateira verdade sempre está à espreita se divertindo dos iludidos, ela espera você estar no auge da felicidade forjada para voltar a aparecer. E, quando ela ressurge, nunca é de uma maneira delicada ou gentil; a verdade costuma desabar sobre você e te nocautear com tanta força que te tira o rumo.

A verdade de Caio apareceu em forma de pai. Um pai de olhos inflamados, mãos trêmulas e voz embargada. No exato momento em que Caio o avistou, todas as suas mentiras foram se encolhendo e forçando a cabeça dele a trabalhar em busca de novas desculpas. Como não encontrou, ele partiu para o velho e costumeiro tom arrogante e grosseiro que costumava usar. Aquele batido estilo de "a melhor defesa é o ataque".

— O que é que o senhor está fazendo aqui?

— Eu é que te pergunto: o que você está fazendo nesse hotel de quinta enquanto uma garota destrói o apartamento que EU pago o aluguel?

— Não precisava ter vindo, eu já ia resolver tudo...

— Ia? Como? Posso saber? Porque o proprietário me ligou dizendo que você não aparece lá há dias. Eu precisei pedir ajuda do delegado da nossa cidade para rastrear seu cartão de crédito e conseguir te encontrar... Nem o celular você atende! O que você está pensando da vida, seu moleque?

Caio ameaça entrar no hotel sem se dar conta de que aquele senhor quase enfartando em sua frente não estava ali pelo prejuízo que ele sempre arrumava um jeito de causar, e sim porque estava morto de preocupação com aquele filho totalmente imbecil.

— Você não vai me virar as costas. Está entendendo? Estou cansado dessa sua atitude. Quando é que você vai crescer e dar um jeito nessa sua vida? Eu e sua mãe não vamos viver para sempre!
— Eu não pedi que viesse e também não pedi sua ajuda. Dá para me deixar em paz e parar de gritar como se eu tivesse doze anos?
— Você parece ter doze anos...
— Mas não tenho. Só quero que me deixe em paz... Dá para calar a boca por um segundo?!

O pai de Caio não sabe o que dizer e nem o que fazer, por isso acaba virando a mão bem no meio da cara do filho. Foi a última tentativa desesperada de fazer Caio acordar. Quem sabe fazê-lo sair daquela apatia e perceber o quão inútil ele era, mas a mentira é companheira dos fracos e Caio se agarra a ela como a única coisa que lhe resta. Ele prefere acreditar que está sendo injustiçado, que o mundo está contra ele e todas aquelas baboseiras que as pessoas dizem para se isentar de suas responsabilidades. Embora pareça, ele não é fingidor, ele sente tudo isso de verdade e sofre intensamente dentro de sua realidade inventada. É triste vê-lo se escondendo do que é só para continuar confortável no que pensa ser.

Aquele momento, que deveria ser revelador, acaba sendo apenas mais um estopim para sua autopiedade e, enquanto o pai balbucia que ele precisa voltar para casa e colocar a cabeça no lugar, Caio diz que não precisa deles — embora precise até para respirar, já que respira mais nicotina do que oxigênio que é de graça — e sai correndo, envergonhado, nervoso e com medo de que alguém pudesse testemunhar aquela cena humilhante.

Seu pai fica parado olhando o filho fugir até não conseguir mais vê-lo, depois, vira as costas e vai embora pisando com tanta firmeza que parece querer abrir o chão sob seus pés. Tudo tão previsivelmente caótico, triste e repetitivo. Tão previsível quanto a próxima atitude de Caio: correr feito um cachorro abandonado para o único lugar que podia: o apartamento — e a vida — de Virgínia.

11

*Entre o tempo que preciso
E o tempo que a vida me dá
Moram todos os meus problemas.*

Já era fim de noite quando Virgínia saltou do ônibus e seguia para seu apartamento. Estava louca para se esticar em sua cama, se enroscar no seu gatinho e dormir profundamente. Ela havia passado as últimas horas na casa de seus pais para compensar o fim de semana sem dar sinal de vida. Combinou de se encontrar com Tatiana lá e ficou tagarelando com a irmã e a amiga por horas a fio. Estava distraída, cansada e com uma satisfação tranquila. Sua imagem era exatamente oposta ao que ela encontrou sentado no degrau do comércio abandonado ao lado do prédio em que mora.

— Caio? Está tudo bem? — perguntou mais por conta do jeito atordoado dele do que pelo fato de ele estar de plantão ao lado de seu apartamento uma hora daquelas.

— Você demorou. Onde estava? No bilhete você dizia que precisava dormir cedo para trabalhar amanhã...

Virgínia não gostou do tom de cobrança dele, mas relevou e preferiu pular a parte do "quem você pensa que é?" e partir logo para o "que diabos você está fazendo aqui?".

— O que aconteceu?
— Um monte de coisas.
— Um monte de coisas ruins, pelo visto.
— Você nem imagina...

Virgínia está sentada em seu sofá com os olhos arregalados e a boca semiaberta enquanto Caio discursa sobre sua falta de sorte. Ele arruma um jeito de dizer que perdeu o apartamento e que brigou com o pai, omitindo Fabi, o ataque de fúria da garota e toda a incapacidade que ele tem de tomar conta de sua própria vida. Em certo momento, ela nem o ouve mais. Só enxerga seus gestos exagerados, seu semblante tenso e como ele parece um garoto mimado contando para a mãe que um menino bobo o chamou de feio na escola. Ela olha para o relógio do celular e pensa que não conseguirá dormir nem por três horas, depois, divaga sobre ter adivinhado que Caio era algum tipo de mauricinho bancado pelos pais, já que nunca o viu ter hora para nada e nem mencionar um emprego. Chegou a cogitar que ele podia ser um assassino de aluguel, um traficante ou um cafetão. Contudo, desistiu do pensamento por saber que até essas coisas exigem profissionalismo, empenho e compromisso. Aquele cara bonitinho estava mais para filho único estragado pelos pais e, agora, olhando para ele choramingando feito um bebê que perdeu a mamadeira, ela quase prefere que ele fosse um matador de aluguel.

Caio se agacha em sua frente, se apoia em seus joelhos e lhe pergunta algo que ela não ouve. Virgínia está tão zonza de sono e do falatório dele que fica sem reação e acaba dizendo a primeira coisa que lhe vem à mente:

— Não sei o que dizer.

— Diz que eu posso ficar aqui por uns dias até acertar as coisas.

— Você pode ficar aqui por uns dias até acertar as coisas, mas...

— Não, não... Sem "mas", por favor — diz ele, intensificando sua cara de vira-lata sem dono.

— É que esse "mas" é importante, eu preciso desse "mas" — diz ela séria.

— Amanhã. Pode ser? Hoje só me deixa ficar aqui com você.

Virgínia pensa na importância do "mas", pois logo depois dele vem o "isso vai estragar tudo". Principalmente porque ela conhece sua propensão a silenciar e depois a fugir de situações de crise. Ainda assim, ela suspira resignada, cruza os braços em torno do pescoço dele e o beija no rosto. Tenta lembrar que, por algum motivo absolutamente inexplicável, ela o deixara entrar em sua vida e, exatamente por essa razão, ele estava ali pedindo sua ajuda agora. Percebeu que gostava um pouco menos dele com aquela expressão perdida, mas sentiu sinceramente que precisava apoiá-lo, mesmo sem entender muito bem qual era o problema.

— Vamos dormir. Amanhã, quando você estiver mais calmo, a gente conversa e tenta encontrar uma solução. Está bem?

Naquela noite, os dois dormiram mais agarrados do que o normal e, enquanto Caio respirava em seu ouvido, Virgínia pensava em como cimentar aquele sentimento antes que ele escapasse de dentro dela, pois queria demais dar certo com aquele cara que sabia deixar tudo meio mágico, divertido e bom — salvo o último par de horas.

Caio repassa mentalmente a cena que viveu com o pai, sente um misto de vergonha, insegurança e raiva. Ele aperta um pouco mais o corpo de Virgínia contra o dele e agradece por estar no escuro sentindo o cheiro dela. Tem vontade de chorar, mas não sabe muito bem como, então fica ali quieto torcendo para o dia não amanhecer.

Quando Caio abre os olhos, o dia já estava alto, mostrando não se importar muito com os desejos noturnos de jovens corações perdidos. O lado da cama que abrigava Virgínia agora tinha o lençol bagunçado, uma peça de roupa dela e um bilhete recheado de fofices. Ele o pega e sorri ao ler. Lá estava o jeito espirituoso dela, o carinho sem sufocar. Nenhuma recomendação, aviso ou qualquer coisa do tipo.

Ah! Era bem possível amar essa garota. Sinceramente, não era uma tarefa difícil amar Virgínia Lobinha...

Ele se senta e olha em volta. Repara nos penduricalhos dela, nos lençóis coloridos e em como sempre coloca os chinelos no mesmo canto. Ela não tinha jeito de ser obcecada por organização, mesmo assim tudo ali estava extremamente arrumado. Uma estrutura consistente para que a garota pudesse flutuar sobre ela. Caio pensa em seu apartamento e tem saudade do seu colchão. Quer dizer, não chega a ser uma saudade, estava mais para uma ausência instalada bem no meio da sua vida. Pensou no pai dizendo para não voltar lá porque Fabi tinha destruído tudo... Apertou a mandíbula pensando na maluca. Resolveu ir até lá e ver o tamanho da destruição, quem sabe não conseguiria salvar nem que fosse um CD.

Da calçada, Caio olha para cima e é como se tudo o que viveu naquele apartamento tivesse acontecido no século passado. Sabe também que sua ida até lá foi em vão, mesmo assim, continua ali olhando para cima, olhando a janela do lugar em que viveu por quatro anos, que agora lhe pareciam nebulosos de tanto álcool, nicotina e Bukowski. Era hora de dizer adeus e ele até queria, mas não era bem assim que tinha imaginado. Seus planos incluíam um lugar maior, melhor e sem frufrus, tantas fotos, ou um apanhador de sonhos pendurado na janela.

Acendeu um cigarro, deu de ombros e ficou por meia hora feito uma estaca enfiada no chão. Foi retirado de seu transe ao ver um dos moradores entrando. Aproveitou e entrou junto. Subiu as escadas e ficou em frente à porta que tantas vezes atravessou. Um barulho vinha lá de dentro e ele resolveu bater. Uma garota abriu a fresta da porta e o encarou curiosa. Ele esticou os olhos para dentro do apartamento e viu que estava em reforma.

— Oi, posso ajudar? — diz a garota.

Caio olha para ela e repara que é bonita.

— É que eu morava aqui — responde, desejando ter algo melhor para dizer.

Ela apenas sorri e balança a cabeça em um gesto que poderia significar "o pobrezinho da namorada louca" ou também "sim, mas não mora mais, então cai fora".

— Desculpe, mas não tinha nada no apartamento quando você o alugou? — pergunta ele esperançoso.

— Na verdade ele não foi alugado ainda, eu trabalho na imobiliária. Tinha algumas coisas, mas a maioria estava destruída.

Era a opção do "pobrezinho" aquele gesto da cabeça. Então, Caio inclina a cabeça e abusa de seu charme olhando de volta para ela.

— Tudo bem, então, obrigado mesmo assim.

Ela sorri encantada e resolve cooperar:

— Coloquei tudo em um saco de lixo, ainda deve estar por aqui, se quiser levar.
— Eu adoraria.
Ela entra deixando a porta aberta como um convite. Caio olha a silhueta dela se esgueirando pela sua antiga quitinete até desaparecer entrando na cozinha. Ele respira fundo, encara o teto e encosta no batente tentando esfriar os ânimos. A garota volta e lhe entrega o saco preto com o resto de sua vida dentro.
— É tudo que eu achei.
— Valeu mesmo.
Caio segue em direção à escada e a garota chama por ele:
— Ei... Se precisar alugar algum outro lugar... — diz ela, esticando um cartão em sua direção.
Caio pega o cartão e tenta bravamente não notar o sorriso malicioso dela. Tenta também responder bem depressa.
— Ok. — E foge, antes que todas as frases prontas pré-fabricadas por seu cérebro pegador escapem por sua boca.
Na calçada, ele vasculha o conteúdo estraçalhado de sua vida e encontra misturados aos destroços os carregadores de baterias do celular e do notebook, seu isqueiro favorito e o CD de Ella Fitzgerald. Maravilha! Nem tudo estava perdido, havia esperança!
Decidiu que precisaria do cartão de crédito mantido pelos pais para pagar o conserto do celular e comprar algumas roupas. Ele não queria se dobrar, mas não tinha opção. Deu uma última olhadinha para a janela de sua antiga moradia, lembrou-se de que não queria mais aquela vida e ficou feliz por estar virando as costas para aquele lugar. Talvez fosse o acaso interferindo a seu favor, gostou daquele pensamento e preferiu acreditar nele. Partiu confiante.
Além das coisas básicas, Caio comprou alguma coisa para o jantar e recebeu Virgínia com beijos de agradecimento e empolgação. "So in Love", de Cole Porter, tocava, e Caio disse em seu ouvido que, pensando bem, salvaria aquele CD de qualquer apocalipse só para dançar eternamente aquela música com ela.
Eles se beijaram, jantaram juntos e riram de bobagens. Assistiram à TV e cochilaram juntos no sofá, fizeram tudo o que deveriam, mas

não houve conversa. Eles se empenhavam em tentar não adiantar o futuro e viver uma horinha de cada vez.

Agora está bom, deixemos assim...
Ela estava cansada e preocupada por conta de um SMS que recebera de Miguel. Quando se levantou do sofá, notou a bagunça da cozinha e as sacolas pelo seu minúsculo quarto e sentiu que ia sufocar. Até o Chico parecia deslocado andando de um lado para o outro e miando contrariado, mas Caio estava com a mão sobre a sua, seu olhar sobre o seu e sua doce presença se sobrepunha ao resto.

Deixemos assim...
Não conversaram naquela noite e nem nas seguintes. Os dias foram passando e eles se escondiam nos beijos e nos corpos um do outro. Virgínia saía para trabalhar e Caio passava o dia pensando em estratégias a serem aplicadas no dia seguinte, sempre no dia seguinte. A situação já parecia estar traçada: ele ficaria ali entulhando seu apartamento e sua vida, se escondendo de algo que só ele sabia o que era. Ela, por sua vez, ficaria quieta fingindo não notar a situação provisória/permanente em que eles estavam até chegar o dia em que não o suportaria mais e fugiria para um lugar bem longe sem nem dizer adeus. Porque era assim que ela agia e era isso que Caio ainda não sabia.

Contudo, na madrugada de sábado, em mais um daqueles momentos de sugar a energia de Caio enquanto ele dormia — era quase um novo passatempo ficar o admirando durante o sono —, sentiu algo importante, algo tão profundo que pedia para ser salvo. Pensou que seria mais fácil colocá-lo para fora, dizer que não tinha nada a ver com seus problemas e que ela mal dava conta da própria vida. Só que ele estava ali junto com um sentimento que ela até poderia chamar de amor. E se fosse? Merecia uma tentativa. Mas podia não ser e isso significava que ela estava desperdiçando mais tempo de sua vida com um cara que não valia a pena. Precisava se decidir, não sabia o que fazer, mas sabia por onde começar.

— Ei, acorde — diz Virgínia baixinho enquanto dá batidinhas no nariz de Caio.

Ele geme, se mexe e luta para acordar.

— Acorde, nós vamos sair.
— Agora?
— É. Agora.

O dia ainda está escuro enquanto Virgínia dirige e Caio a olha intrigado. Ele desistiu de perguntar aonde estavam indo quando ela respondeu pela quinquagésima nona vez que ele veria, mas que também não criasse expectativas, pois não era nenhum lugar extraordinário ou tremendamente especial. A estrada estava vazia e tinha uma música tocando, mas nenhum dos dois prestava atenção. Cada um estava perdido em seus próprios pensamentos e naquela paisagem violeta do céu. Virgínia pegou uma estradinha de terra e parou o carro embaixo de uma árvore.

— Vem, agora a gente segue a pé.
— Sério? Está ficando cada vez melhor...
— É. — Ela ri da cara insatisfeita, entediada e preguiçosa dele.

Virgínia caminha na frente subindo um pequeno monte enquanto Caio sofre para acompanhá-la.

— Você tem o ritmo de uma senhora de oitenta anos. Esses cigarros estão acabando com seu fôlego.
— Não foi bem isso que você disse na noite passada.
— Você é tão pretensioso. — Ela revira os olhos e sorri daquele jeito que ele gosta.

Ele ri também e acelera o passo para salvar o seu restinho de orgulho. Quando alcançam o topo do monte, o sol estava começando a nascer e Virgínia começa a fotografá-lo. Caio se senta e acende um cigarro. A paisagem vai mudando de cor e ele se lembra do primeiro sol que viu nascer ao lado de Virgínia.

Cara, ela é bonita..., pensa, enquanto ela confere as fotos na máquina e vem mostrá-las para ele.

Caio segura a máquina e olha o visor passando as fotos uma a uma.

Como pode ser o mesmo sol? Parece outro lugar visto pelos olhos dela. Tudo parecia melhor visto pela lente de Virgínia.

Ela se senta ao lado dele e encosta a cabeça em seu ombro. Um longo minuto de silêncio paira entre eles. Virgínia morde os lábios, suspira e se força a falar:

— Já dissemos que não gostamos de ver o sol nascer. Mesmo assim, pelo menos uma vez por mês, eu pulo da cama e tento encontrar um ângulo que eu ainda não tenha fotografado do dia amanhecendo. Faço isso só porque são as fotos favoritas da Luiza e por achar que tenho uma dívida com ela, já que eu a sacaneei nascendo quinze minutos antes, deixando-a sozinha naquela enrascada. Quinze minutos foram responsáveis por eu poder estar aqui com você agora e ela estar na casa dos nossos pais vivendo com inúmeras limitações... Eu não sei quem decidiu que seria assim, mas, na maioria das vezes, só consigo pensar que se existe um Deus, ele é meio sádico.

Caio sentiu que ela tinha planos. Um daqueles planos mirabolantes que surgem disfarçados de conversa trivial, mas que na verdade são verdadeiras armadilhas. Então ele traga profundamente seu cigarro e se prepara para se manter firme sem cair naquela historinha.

— O que você está fazendo, Vi? Por que me trouxe aqui e está me contando essas coisas?

— Estou sendo ridícula, vulnerável e mostrando algo em mim que você não saiba na esperança de também começar a te conhecer. Estou querendo encontrar em você alguma coisa que valha muito a pena para eu não sair correndo dessa relação.

Ele abaixa a cabeça e perde as palavras. Era uma armadilha, mas não estava disfarçada. A surpresa provocada pela sinceridade dela o emudece, e ele fica sem ação. Virgínia também se assusta com suas próprias palavras, mas tenta disfarçar para não permitir que ele note o tamanho daquele momento. Para que ele não desconfie que é a primeira vez que ela quer ficar, que é a primeira vez que ela dá chances para que alguém fique.

— Caio, eu só estou tentando entender o motivo de eu ainda não ter te colocado para fora do meu apartamento. Você vai ter que me ajudar com isso.

Virgínia segura o queixo dele e lhe dá um daqueles beijos que tenta dizer "confie em mim", que tenta dizer que eles estavam se tornando uma canção desafinada e que uma música incrível na voz errada normalmente vira um fracasso, não importa o quão boa seja a letra ou os acordes. Depois, olha para ele, sorri e volta a tentar quebrar aquela barreira que ela suspeita que não existe só entre eles, e sim, dentro dele.

— E aí? Vai começar a falar ou vai correr o risco de perder o que a gente tem? O que vai ser?

12

Você merece os meus segredos porque me deu seu coração.
Ou será que te dei o meu?
Ou só somos nós perdendo a razão?

É cansativo e desgastante se esconder. É apavorante a sensação de que, a qualquer momento, você pode ser descoberto. Caio, naquele instante, em cima daquele monte, vendo os primeiros raios de sol iluminarem os cabelos castanhos de Virgínia, se sentiu extremamente cansado. Seu cérebro acostumado a criar saídas criativas e bem-humoradas até tentou livrá-lo daquela situação, mas aquela mulher com rosto de menina lhe pareceu a pessoa certa para abrigar seus segredos, suas verdades.

— A Fabi destruiu minhas coisas e, pelo que fiquei sabendo, continuou fazendo isso por alguns dias. Eu não soube lidar com a situação, saí da quitinete, deixando ela lá. Ligaram para o meu pai, nós brigamos.

— O que a Fabi estava fazendo na sua quitinete?

— Ela estava morando lá até arrumarem um problema elétrico no apartamento dela.

— A verdade, Caio. Falo sério.

— Essa foi a motivação inicial, mas ela achava que a gente estava namorando.

— Ah... Ela achava?

As batidas do coração de Virgínia começaram a doer como se cada vez que ele batesse contra seu peito espetasse em alguma coisa.

Caio começou a chorar e não sabia muito bem como aquilo tinha começado e nem o motivo. Talvez fosse tristeza ao constatar o tanto de mágoa que espalhou ou talvez fosse vergonha em pronunciar aquelas coisas em voz alta. Virgínia torcia para que fosse por arrependimento.

— Vi, eu senti algo diferente quando te vi de olhos fechados, tão parada no meio daquela pista no show. Parecia que você sentia cada palavra daquela música e eu me vi enfeitiçado por aquilo, mas depois eu fui para o interior, tive uma semana de cão com os meus pais que só sabem sentir vergonha de mim, e muitas vezes eles têm razão, outras nem tanto... Voltei, a gente teve aquela noite bizarra e maravilhosa, claro que eu queria mais, só que era fantasia, sabe?

— Sei.

— A Fabi estava na minha casa, instalada e tudo. Ela era só uma garota e eu pensei que eu era só um cara pra ela, mas pela reação que ela teve quando descobriu nossas conversas...

— Ela apagou sua conta. Destruiu seu celular — adivinhou.

— Exatamente.

— Você mereceu.

— É...

— Sabe, Caio? Não vou discursar como se eu fosse uma pessoa que nunca tivesse feito besteira na vida, porque fiz, mas você precisa entender que seus pais, eu e a Fabi sentimos as reações provocadas por suas atitudes. Nós fazemos parte desse mundinho que você acha que é só seu.

Caio encostou a testa no ombro de Virgínia e chorou mais um pouco, ela afagou os cabelos dele e seu coração abrandou. Lembrou-se de seu recomeço e de como também se sentiu perdida no emaranhado de ilusões em que havia se metido. Virgínia não parava de pensar nas primeiras vezes em que se sentiu perdida, na primeira vez em que não pôde contar com seus pais porque teve vergonha. Ela conhecia aquele exato segundo em que nos descobrimos absolutamente sozinhos no mundo. Aquela solidão que acreditamos merecer. A mais dolorida.

Ele intuiu que podia dar as rédeas da sua vida para ela, deixar que o guiasse neste momento em que estava sem rumo. Presumiu que era o que os dois queriam, que ela, ao iniciar aquele confronto e lhe cobrar a verdade, queria lhe mostrar o seu jeito de levar a vida e lhe ensinar o caminho da felicidade.

No entanto, não havia um plano, havia duas pessoas crescendo, apesar de não entenderem muito bem como a vida funciona, se apaixonando, apesar de ainda não saberem se isso faz mais mal do que bem. Tinha Virgínia envolvida e com uma vontade sincera em ajudar. Tinha Caio possuído por um novo anseio, por algo que ele não sabia o que era, mas tinha certeza de que não se parecia em nada com o que viveu até ali.

Havia uma força que parecia os unir, um sólido querer e dois corações ansiosos em ver alguma coisa dando certo.

— Bom, acho que agora a gente precisa de um bom café da manhã. Tem um lugar bem gostoso na estrada. Vamos. — E começa a caminhar de volta para o carro.

— Estou quebrado. Não quero usar mais o dinheiro dos meus pais — Falou enquanto a seguia.

— Tudo bem, eu pago essa.

— Vou dar um jeito. Vou arrumar um emprego e vai ficar tudo bem, Vi. Se precisar arrumo dois, três até.

— Epa... Pera lá, também não precisa exagerar. Não quero que fique tão cansado assim — diz parando de andar.

— E eu posso saber por quê?

Virgínia sussurra algo em seu ouvido e um sorriso malicioso lhe escapa. Eles se abraçam e se beijam.

— Mas isso nem é esforço, lobinha. Posso morrer treinando.

— Auuuuuuuuu... — Virgínia uiva e eles gargalham.

— Obrigado por me trazer até aqui.

— De nada.

Ela achou que Caio falava do monte, mas ele falava da vida.

13

E se você vier, desse jeito assim
E quiser me levar, do meu jeito assim,
Te prometo um afago, um abraço apertado
E todos os meus sins.

Há dias em que tudo parece mais fácil. Você olha em volta e acha que vai dar tudo certo, que todos os problemas são ridiculamente pequenos e que ali, bem ali, aquele futuro incrivelmente bom está à sua espera. Uma vida linda e faceira esperando você para chamá-la de sua, só sua. Foi assim que Virgínia e Caio amanheceram naquele domingo ensolarado. Claro, nenhuma nuvem teria o atrevimento de aparecer naquela manhã destinada a ser perfeita. A parte engraçada é perceber que basta se sentir parte dos planos um do outro para que as esperanças se renovem e basta uma única esperança para desmontar todos os medos. A parte nada engraçada é que esses instantes são apenas pausas entre um acontecimento e outro. A gente sabe disso, eles sabem disso, mas quando a pausa vem, nada mais importa e tanto faz se ela é só um domingo perdido na semana, é esse pequeno momento que sustenta todo o resto.

Virgínia olha para o celular e se dá conta de que a manhã está quase no fim. Seu estômago está roncando e ela se lembra de que precisa alimentar Chico, que tem sofrido com seu descaso desde que ela arrumou um gato mais bonito, dengoso e bem melhor em chamego. Ela sabe que precisa se levantar e cumprir o papel que lhe cabe na vida, mas Caio está com a barba por fazer roçando o queixo em sua nuca e sair dali parece tão errado... Mesmo assim,

ela se desvencilha dos braços de polvo dele e se senta na beirada da cama.
— Aonde você pensa que vai?
— Eu não me importaria em jejuar o domingo todo só pra não ter que sair da cama e ficar enroscada em você o resto do dia. Juro! Mas o Chico não ganha nada em troca do jejum dele, então... Além disso, preciso dar um pulo na casa dos meus pais.

Caio faz cara de insatisfeito, mas se levanta também.
— Você pode ficar aí, se quiser... — diz Virgínia enquanto se veste.
— Como assim? Não quer companhia?
— Não é isso. É que eu só vou levar as fotos que revelamos ontem para a Luiza e mostrar que eu ainda estou viva. Volto logo.
— Você está com vergonha do seu namorado ferrado?
— Vergonha? Está maluco? Claro que não!

Virgínia encara o semblante desconfiado de Caio e percebe que precisa se explicar:
— Só pensei em evitar te fazer encarar olhares tortos, perguntas de duplo sentido e constrangimento. Você disse que precisava de um tempo para encarar seus pais, não precisa encarar os meus.

Ele se desarma, a abraça e diz:
— E aquela história sobre enfrentar os problemas?
— É isso que eu vou fazer, mas esses são os meus problemas.
— Pensei que aquele momento poético, revelador e com alta dose de dramaticidade vivido no alto de uma colina tivesse um significado profundo, ou pelo menos a papagaiada toda tivesse deixado claro que decidimos ficar juntos.
— E decidimos.
— Por isso os meus problemas viraram oficialmente seus desde ontem.
— É... — diz Virgínia sorrindo ao entender a linha de raciocínio de Caio. Ela sempre acha delicioso a maneira como funcionam os pensamentos dele.
— Então vamos lá entregar as fotos para a Luiza, mostrar que você está viva e que arrumou um problemão nos últimos tempos.

Ele pisca e Virgínia derrete. Ah! Ela poderia elevar o seu amor por aquele Caio a níveis nunca antes alcançados, a níveis que nem saberia medir de tão altos. Com certeza poderia.

Durante o caminho, Virgínia dava instruções a Caio. Explicava que ele devia tratar sua irmã de maneira normal, pois ela só tinha dificuldades em se comunicar e se locomover, de resto, devia ser mais inteligente do que eles dois juntos. Disse também que a mãe não era ruim, apenas preocupada demais e que ele deveria ignorar certos comentários e que o pai era a parte fácil, mas que era um pouquinho ciumento...

— Para de falar, Virgínia. Eu sei me comportar. Quer relaxar?

— Estou parecendo uma maluca, né?

— É — diz ele sorrindo.

— Desculpe.

Caio passa o braço pelo ombro dela, que se apoia nele enquanto olham para São Paulo pela janela do metrô. Embora eles não saibam, seus pensamentos se completam como em um jogral. Virgínia nunca levara nenhum namorado até a casa dos pais, tampouco Caio tinha o hábito de fazer visitas de domingo aos pais das garotas com as quais costumava sair. No entanto, essa parte nem era a mais importante, a novidade mesmo ficou por conta de um pensamento totalmente inédito neles: nenhum dos dois se importava muito com nada relacionado a si mesmo, mas com a ideia de causar constrangimento ou mágoa ao outro. O verdadeiro incômodo e preocupação deles era a possibilidade de um trazer para o outro mais do que sorrisos e afagos. Ele não quer que Virgínia se chateie com mais nada, ela não quer que Caio passe por mais um momento embaraçoso e, mesmo sabendo que é impossível evitar os aborrecimentos da vida, eles o fariam se pudessem. E assim, sem notar, enquanto um pensa no bem-estar do outro, é que o sentimento cresce e vai ocupando cada espacinho vazio que encontra dentro deles.

A casa da família de Virgínia não mudou quase nada desde o tempo em que foi comprada, há vinte e oito anos. Em contrapartida, todo o restante estava bem diferente. O bairro tinha crescido, a família estava trincada e a casa estava cercada de prédios, comércios e carros. Mesmo assim, ao cruzar o portão, Caio teve a sensação de estar entrando em uma casa conhecida, uma da sua infância ou de algum filme antigo. O chão de madeira, o cheiro de comida e um porta-retratos exibindo uma Virgínia sem os dois dentes da frente o fez ter vontade de sorrir. Tudo ali tinha cara de família e, a princípio, ele achou que sua namorada podia não bater muito bem e ter exagerado na medida de seus receios. No entanto, sua ilusão acaba ao sentir o peso do olhar questionador de dona Silvia sobre ele enquanto Virgínia os apresenta, e a sensação que ele tem se assemelha a uma facada entre as costelas, ou pior.

Todos entram e seguem para a sala, e lá está Luiza de sorriso aberto esperando pela irmã, que faz o ritual de sempre se sentando em seu colo, enfiando a cabeça em seu ombro e lhe entregando as fotografias tiradas especialmente para ela. Caio observa aquela cena e se lembra do que Virgínia lhe contou no dia anterior. Percebe que ela escolhera compartilhar com ele algo verdadeiramente valioso e fica feliz por não ter se escondido dela.

O pai de Virgínia cumprimentou Caio de maneira cordial e foi abraçar a filha. Depois, todos se sentaram em volta da mesa e, enquanto travessas eram passadas de mão em mão, um silêncio quase irritante se acomodou entre eles. Quando o som dos talheres começou a ficar insuportável, Caio resolveu tomar a iniciativa.

— Virgínia me contou que o senhor tem uma fábrica. Do que é mesmo?

— Fabricamos embalagens de vários tipos.

— Hum...

E o assunto morre em queda livra em um precipício.

— Seu pai? — diz Luiza tentando salvar a conversa, mas Caio não entende e Virgínia traduz.

— Ele é advogado.

Se aquilo fosse um jogo de videogame, a barra que indica a vida do personagem estaria em vermelho piscante.

— E você vai seguir os passos do seu pai? — questiona a sempre direta matriarca.

— Não, acabei de me formar em Publicidade.
— Que ótimo! Deve estar orgulhoso com essa conquista. Luiza está estudando também e está se saindo muito bem.
— Isso é ótimo.

O clima está tão pesado que começa a ficar difícil respirar.
— Você mora onde?
— Mãe, que interrogatório é esse? — interrompe Virgínia.

As bochechas dela estão vermelhas e a cozinha parece mais quente de repente.
— Só estou querendo conhecer seu novo namorado. Ele é seu namorado, não é?
— É, é sim. Anote aí. Meu *novo* namorado nasceu em uma cidade do interior de São Paulo que eu não faço ideia de qual seja, veio pra cá estudar, se formou, teve um problema com o apartamento dele e está morando lá no meu há uma semana. Deixe-me ver se estou me esquecendo de alguma coisa... Hã... Nome da avó paterna? Tipo sanguíneo? Bem, essas nem eu sei, vou ter que pedir para ele preencher um formulário, depois envio para vocês. Que tal?

Caio apoia a mão no joelho de Virgínia e quando ela olha em sua direção, ele balança a cabeça devagar tentando mostrar que não vale a pena ficar tão nervosa.

— Não se preocupe, Caio, é muito estrogênio em uma casa só. Ouça quem já morou com essas três — apazigua o patriarca.

Silvia tenta sorrir e Virgínia se levanta com seu prato, o coloca na pia e sai para o quintal. Caio faz menção de segui-la, mas Mário, o pai, faz sinal para ele esperar e vai atrás da filha.

— Você deixou o rapaz mais sem jeito do que sua mãe.
— Eu quis adiantar o fim. Quando ela escutasse que ele está morando comigo, sei bem o que viria... Eu sei que ela ainda não superou o Miguel, a minha ausência e toda a história que nós estamos cansados de saber.
— Ele também sabe?
— Do quê? Que eu larguei a faculdade e fiquei fora? Claro que sim.

— Ele sabe o que te fez ficar fora? Sabe que você morou com esse tal de Miguel que eu nem sabia o nome até esse exato momento?

Virgínia entorta a cabeça implorando compreensão.

— Certo. Vamos esquecer isso e voltar lá para dentro, está bem? É a primeira vez do garoto aqui, pelo amor de Deus, seja mais paciente!

— Ela é difícil.

— É sim, mas você se cobra mais do que sua mãe seria capaz de fazer.

Virgínia suspira resignada e Mário segura sua mão. Os dois começam a andar, mas ela interrompe seus passos ao perguntar:

— Pai, como anda a fábrica?

— Bem — responde, estranhando a pergunta da filha.

— Já parou de contratar por conta do fim de ano?

— Não. Por quê?

— Nada. Só estava pensando em uma coisa...

— Fale logo, filha. Sem rodeios.

— Caio está sem emprego.

— A fábrica é pequena e o garoto é estudado, não tenho vagas para nível universitário.

— Mas não tem experiência. Além disso, seria provisório... Ele é esperto, pode aprender alguma coisa e de quebra te dar uma forcinha. Eu sei que nessa época as coisas ficam corridas por lá.

— Você gosta mesmo desse garoto.

— Não é só isso. Ele é um cara legal e está tentando dar um jeito na vida. Achei que pudesse ajudar, já ajudou tantos outros.

— Você gosta *muito mesmo* desse garoto. Escolheu viver sem precisar da gente, não quer trabalhar pra mim, mas pede um emprego para ele.

— Ah, pai, deixa pra lá, esquece. Eu falei sem pensar, a ideia me surgiu agora, eu nem falei com ele sobre isso.

— Então fale, se ele quiser, diz pra ele passar lá amanhã — diz em tom amigável e compreensivo.

Ela agradece meio sem jeito, mas de maneira totalmente sincera e carinhosa.

Quando voltaram, a mãe estava sozinha na cozinha lavando as louças e avisou em tom trivial que Luiza estava mostrando o mural de fotos para Caio. Virgínia passou a mão pelas costas da mãe, beijou seu rosto e se despediu. Depois, foi até o quarto e chamou Caio para ir embora, prometendo vir buscar a irmã para um cineminha em algum dia desses.

Enquanto caminhavam, Caio percebeu que Virgínia parecia desanimada e com uma expressão cansada que ele nunca presenciara antes.

— Eu é que deveria ter lhe dado instruções sobre como se comportar, mocinha. Você não foi uma boa garota, agora vou ter que pensar em um castigo pra te ensinar uma lição — Caio diz em tom de brincadeira.

Ela sorri e aperta sua mão.

— Desde que não seja ficar longe de você.

Não era bem essa a resposta que esperava, mas ele gostou de ouvir mesmo assim.

— Você tem uma entrevista de emprego amanhã.

— Como é?

— Nada de muito bom, mas deve servir até você conseguir algo melhor.

— Você não falou com seu pai, falou?

— Falei.

Caio solta a mão de Virgínia e para no meio da calçada.

— Não devia ter dito. Eu quero sair da barra do meu pai e você me coloca na do seu?

— É diferente! Você vai trabalhar, vai ter horário pra entrar, sair, vai ter que ajudar e vou te avisando, meu pai não é tão dócil quando está dentro da fábrica. — Ela segura suas duas mãos e o olha com ternura. — Caio, você vai trabalhar. Eu não pedi dinheiro emprestado para te sustentar. Ok?

Ele não parece se convencer ou amolecer com os olhinhos doces de Virgínia. Por esse motivo, ela o solta e muda o tom.

— Não é o ideal, eu sei. Mas era a maneira mais fácil de resolver isso e, pra dizer a verdade, nada é ideal nesse relacionamento ou na nossa vida, Cá. Isso não significa que não pode ser bom.

— Ai, Virgínia, você me enlouquece e nem sempre é do jeito divertido — diz ele diz esfregando as mãos nos cabelos.

— Em outros tempos, eu não teria pedido nada ao meu pai, não estaria no meio da calçada tendo essa conversa ou não estaria pensando em separar um lado do guarda-roupa para você assim que chegarmos em casa. Eu não faria nada até me sentir bem, até tudo estar bem e eu achar que é o momento ideal, mas se existe uma coisa que eu tenho aprendido desde que você atravessou a minha vida é que a gente não precisa esperar tudo se resolver. Já é bom... E não importa se eu precisei falar com ele, se você vai ter dois empregos porcarias ou se a gente vai ter uma dúzia de DRs por dia até acertar as coisas. Tudo bem pra mim, desde que continue bom.

Caio cruza os braços e tenta controlar a vontade de rir ao notar que ela fica corada e levemente despenteada quando fica brava. Ele se envaidece em vê-la tão envolvida, mas se lembra de que também está e por isso resolve deixar rolar.

— Uma dúzia eu acho que não consigo suportar, principalmente porque você vira uma matraca quando o assunto é discutir a relação. Eu aceito os empregos porcarias, a confusão e até o gatinho disputando o lado da cama comigo, mas uma dúzia de DRs é demais pra mim. Vamos reduzir esse número pela metade. Esse é o meu limite, mocinha, e eu não abro mão.

— Eu sou matraca, mas você é chorão... — Virgínia debocha.

— *Touché!* Depois dessa vou até aceitar sua interferência com o sogrão.

— Que bom, mesmo porque esse emprego é bem melhor que o segundo que te arrumei.

Ela faz cara de arte e Caio franze a testa.

— Que segundo emprego, Virgínia?

— É começo de dezembro, baby. Está aberta a temporada de casamentos em São Paulo e você vai me ajudar nessa.

— Pensei que o mês das noivas fosse maio.

— Isso foi antes da instituição do décimo terceiro e das férias coletivas.

— Entendi. Você passou a noite acordada planejando tudo isso, Sherlock?
— Só a parte de você me ajudar nos casamentos.
— Então eu fiquei com a parte de encontrar o terceiro emprego? — Ele brinca.
— Mas esse você já tem e, na verdade, é o primeiro. Não, não, a palavra certa é *prioridade*! — Caio a olha curioso e ela lhe dá um beijo. — Aquele que não é um esforço, que você pode morrer treinando e o único que você não tem permissão de procurar um melhor, está me entendendo, seu malandro?

Virgínia pisca, Caio derrete e o amor está nas alturas, meus amigos!

14

Vem, me dê a mão, que juntos chegamos até ali.
Mas onde é esse ali?
Parece tão longe olhando daqui.

Caio olha para suas poucas roupas e percebe que não tem nenhuma adequada para uma entrevista de emprego ou um dia de trabalho. Por sorte, a empresa era do pai de sua namorada, então o jeans e a camisa xadrez serviriam.

Assim que chegou ao endereço indicado, se arrependeu de ter aceitado a oferta. O lugar era modesto, arcaico e pequeno demais para seus planos. Teve vontade de dar meia-volta, mas lembrou-se de que Virgínia havia deixado dinheiro para que ele pudesse pegar o metrô e se sentiu numa encruzilhada. Não podia viver à custa dela e não tinha mais a quem recorrer. Além disso, ele queria o papel que lhe cabia nesta história. Caio queria experimentar aquele molde de cara decente que Virgínia lhe oferecia.

Respirou fundo e tocou o interfone. Minutos depois já estava na sala de Mário, que o encarava tentando enxergar além dos cabelos rebeldes e boa aparência.

— Você deve entender de computador.

— Entendo, sim. — Mas teve vontade de responder que entendia mesmo era de música e cinema.

— Você pode ficar aqui no escritório, mas vai ter que fazer de tudo. Ajudar com pedidos, conferir as entregas, digitar notas, arquivar. Tudo mesmo.

— Tudo bem.
— O que você quer com a Virgínia? — Mudou de assunto tão bruscamente que Caio demorou a entender.
— Oi?
— É, sabe... Suas intenções.

Caio procurou uma resposta e percebeu que nunca tinha pensado sobre isso. Alguém pensa sobre isso?
— Gosto dela. — Optou por algo vago, mas real.
— Que bom, porque pelo visto ela também gosta de você.

De repente Caio sentiu um peso em seus ombros, o peso do afeto de Virgínia, da confiança do pai dela e de ter cruzado uma linha que não tinha certeza se estava pronto.
— Certo, garoto, vamos dar uma volta. Vou te mostrar como as coisas funcionam por aqui.
— Certo — respondeu tentando encontrar em si certo otimismo, pois realmente queria fazer aquilo dar certo.

Nos primeiros dias, Caio se sentiu muito útil, pois seu ponto de vista jovem contribuiu para pequenas mudanças que deixaram o escritório mais funcional. Ele chegava antes de todos e ajudava Mário a desligar tudo antes de partirem, e quando recebeu o primeiro adiantamento salarial sentiu algo próximo à satisfação. Até a secretária já começava a nutrir uma paixonite pelo novato, que Caio alimentava elogiando seus sapatos, a nova armação de seus óculos e a ótima dicção ao telefone.

Ele estava empenhado em cumprir com destreza cada detalhe de sua nova rotina e se sentia orgulhoso por isso.

Naquela noite, cortou o cabelo, comprou uma garrafa de vinho e voltou para casa como uma criança que conseguiu um boletim repleto de notas altas.

Enquanto jantavam, Virgínia passou as mãos pelos cabelos curtos de Caio e gostou de sentir os fios espetando as pontas de seus dedos. A palavra amor surgiu em sua cabeça e escorregou até se alojar em algum ponto de seu coração.

A vida tinha se transformado em trabalho, reencontros no final do dia e sono profundo. Nem os sábados escapavam com a correria de fim de ano e os casamentos que começavam no início da noite e seguiam madrugada adentro.

Sempre planejavam fazer algo no domingo, ir a algum show, talvez ao cinema ou simplesmente se sentar em algum lugar e beber, namorar, mas o cansaço acabava deixando a cama e o sofá atraentes demais.

Caio estava ligado no automático, não queria olhar em volta e pensar que nada naquele apartamento se parecia com ele, que aquele emprego conseguia ser pior que a faculdade e que sentia sua vida ser drenada por dias que passavam sem nem um pensamento sensacional lhe ocorrer. Contudo, Virgínia sorria serena deitada ao seu lado e as coisas pareciam menos erradas ao vê-la por perto. Por isso, respirava fundo e encarava mais um dia naquela vida que não era feliz e nem triste, simplesmente acontecia. Não queria pensar, não podia. Queria apenas manter aquela pequena satisfação de dever cumprido, de sobriedade e de finalmente não estar desapontando ninguém.

— Vamos levantar? — Virgínia sugere sonolenta.

— Meus pés estão me matando — responde Caio, ainda de olhos fechados.

— Achei que aquela noiva ia querer que tirássemos fotos até da noite de núpcias.

— Teria sido mais divertido — falou sem abrir os olhos e, quando os abriu, encontrou sua namorada com expressão contrariada.

— Saiu mais mal-humorado do que gostaria.

— Tudo bem. Sei que não curte.

— Não é isso, só foi cansativo.

— Sei que foi. Mas nem foi dos piores, acredite.

— Mas o DJ era horrível.

— Péssimo. — Ela ri.

— Teve uma hora que fiquei desejando ser surdo.

— E eu cega. A noiva trocou de vestido três vezes e um era mais brilhante que o outro, estava doendo a minha cabeça já.

— Devia ter uma lei que limitasse o uso de paetê por pessoa.

— Eu nem sabia que você conhecia a palavra paetê.
— Nem eu.
— Mas agradeça, para você acabou, eu ainda tenho umas mil e quinhentas fotos pra editar.
— Você é admirável.
— Nem tanto... Eles pagaram bem, fazer o quê? Aliás, sua parte vou transferir amanhã, tudo bem?
— Beleza.
— Além de ter entrado uma grana legal, estou animada porque logo será Natal e na semana das festas nada acontece. Teremos férias. Por falar nisso, você não vai ver seus pais?
— Vou, sim.
— Que bom.
— É.
— Vamos até a feira comer pastel? — Ela muda de assunto, percebendo seu desconforto.
— Ótima ideia, mas precisamos voltar depressa.
— Por quê?
— Temos que cumprir com a terceira parte do nosso acordo. Vem dizer que não está com saudades disso tudo? — fala olhando para si mesmo.
— Esse é seu jeito egocêntrico de dizer que está sentindo a minha falta?
— É — responde divertido.
— Óin, que fofo. Vamos comer esse pastel bem rápido, então.

Caio continuava charmoso e irresistível quando o assunto eram eles e extremamente reticente quando o assunto era sua família, mas aos poucos isso também entraria nos eixos. Isso era o que Virgínia acreditava, e acreditar bastava naquele momento.

15

Quando a felicidade é de cristal, qualquer ruído trinca.

Enquanto Virgínia caminha pela rua, ela contém os risinhos, as vespas de seu estômago e a vontade de correr de volta para seu apartamento só para pular no pescoço de Caio e não deixá-lo escapar de seu abraço. Essa coisa de acordar com cheiro de café pela casa, de ter o perfume dele nos lençóis e de dormir sem roupa tem mexido com muito além de seu coraçãozinho, bagunçou também seus neurônios, seus hormônios e suas convicções. E pra piorar, ele cozinha e depois a ama como ninguém. Santo Deus, ele cozinha e... e... O que era aquilo?

Seria fácil julgá-la, dizer que se perdeu tão facilmente nas artimanhas da paixão, mas quem é que recusaria perder algumas horas de seu dia sendo admirada pelos olhos mais bonitos que já encontrou? Quem se livraria de mãos macias, beijos quentes e conversa interessante? Virgínia estava tão feliz em ter Caio orbitando em volta de si que não seria capaz de matar uma formiga por medo de isso causar algum desequilíbrio em seu universo. E se não fosse loucura, seria a coisa mais bonita que já aconteceu em sua vida.

Enquanto Virgínia morde os lábios, atravessa a rua e sacode a cabeça espantando seus pensamentos, ela ignora o fato de relacionamentos serem difíceis, de que essa paixão toda costuma ceder espaço aos problemas rotineiros e que o amor em sua vida costuma ser um beco sem saída. Ela ignora porque todo o seu ser está inundado pela novidade que é Caio, cada pedacinho dela só quer pensar que ele para tudo o que está fazendo para vir beijá-la. Suas memórias estão tomadas pelo bom humor e vulnerabilidade dele, por seu olhar sorridente e pelo jeito que ele confia nas decisões dela. Seria uma bobagem interromper esses pensamentos com preocupações sobre o futuro ou por inseguranças infantis, seria bobagem voltar a acreditar em toda a realidade que ela já conhecia. Não seria?

Assim que chega ao estúdio, Virgínia recebe uma mensagem de Tatiana a convidando para almoçar. O primeiro cliente do dia já está à sua espera e, por isso, ela responde bem depressa:

"Te vejo às 13h30."

Seus flashes são quase automáticos e depois, ao conferir as poses, mal se recorda de que foi ela quem tirou aquelas fotos. Em parte, ainda é frustrante imaginar que sua vida se resumiria àqueles quarteirões do centro de São Paulo e que suas fotos jamais seriam parte de uma galeria ou estampariam alguma revista, mas, desde que ela começara a dividir a vida com Caio, suas insatisfações diminuíram e uma vida comum e cheia de malabarismos para pagar as contas começava a parecer estranhamente atraente.

Com Miguel, Virgínia vivia um sonho e tudo o que ela gostava nele era algo que criava em torno de sua figura, e por isso era tão difícil continuar o apreciando longe de sua presença. Visto de certa distância, o castelo daquele relacionamento era frágil como um feito de cartas e tudo o que ela sentia sempre desmoronava. Caio não: ele era real, estupidamente de verdade e, ainda assim, era principesco. Com ele, até aqueles momentos mágicos pareciam sólidos.

Quando Tatiana chegou, Virgínia estava distraída lendo e, se não fosse a quantidade de sacolas jogadas em cima da mesa, ela nem teria notado sua presença.

— O que é tudo isso?

— Tecidos e um monte de bugiganga.

Virgínia olha dentro de uma das sacolas e vê vários copos plásticos.

— Ele está fazendo roupas com isso agora?

— Não, isso é para a festa.
— Que festa?
— Confraternização...
— Achei que só trabalhassem você e ele. É muito copo para vocês dois.
— Ele é doido, ok? Disse que vai convidar algumas pessoas, sei lá. Quer ir? — Tatiana pega o refrigerante de Virgínia e começa a beber enquanto chama o garçom para anotar o pedido.
— Eu casei — diz Virgínia, colocando as sacolas embaixo da mesa.

Tatiana cospe, se engasga e tosse.

— Credo, quer um babador? Você me molhou inteira. Eu vou trabalhar... Eu, hein... — diz Virgínia, rindo e se secando com um guardanapo.

— Casou? Como você me diz isso assim do nada? Como assim casou?

— Foi só uma expressão.

— Expressão do tipo "encontrei o cara com quem quero passar o resto da vida"?

— Quase... Mas, por enquanto, está mais para tem um cara gatinho morando comigo e ele faz o café e o jantar, a gente arruma a cozinha juntos, assiste à TV agarrados no sofá, depois transa até não aguentar mais e acaba dormindo sem nem se vestir.

— Isso não parece casamento, não pelo que dizem.

— Engraçadinha.

— Como é que ele foi parar no seu apartamento tão depressa? Esse cara deve ser um espetáculo.

— Ele até é, mas a gente teve uma ajudinha torta do destino.

Amigas falam, principalmente quando estão felizes, e Virgínia estava, então falou tudo para sua amiga. Contou a odisseia de um mês e meio de sua nova vida e mal notou as sobrancelhas de Tatiana se entortando e arqueando sem parar. Não notou quando ela arregalou os olhos e tentou fazê-la pensar sobre a rapidez com que as coisas estavam acontecendo ou sobre o jeito que ela estava se envolvendo sem analisar nada, sem ponderar nada. Ela não notou que ninguém, além de Caio, seria capaz de entender que as coisas aconteceram porque eles deixaram acontecer. Virgínia permitiu se levar pelo som da primeira música que Caio escutou ao seu lado e também passou a acreditar que o mundo é maravilhoso. Ela o deixou entrar na sua vida mesmo sabendo que ele tinha segredos e o deixou ficar quando já não tinha mais nada a esconder. Caio aceitou ser levado pelos caminhos de Virgínia, embarcou no jeito dela de encarar a vida e está bem em seu papel de rapaz crescido da casa. Eles querem estar sob o mesmo teto, querem tentar e não interessa se isso é um absurdo ou um risco gigantesco, eles não se importam. Somente os dois conheceram aquele instante em que se olharam e tudo deixou de ser palpável. Não tem razão, mas é o que eles têm de mais valioso na vida neste momento.

 Virgínia queria dizer que Caio era um respiro na sua entediante rotina, que sua vivacidade trouxe certa magia para os seus dias e que seu jeito perdido a fez se sentir realmente importante na vida de alguém, mas não disse nada. Ficou quieta com um pouco de medo disso tudo, dessa explicação espontânea que lhe surgiu. Sempre gostou de não saber o que tanto lhe atraía nele, como se os sentimentos fossem impossíveis de serem descobertos, compreendidos. Como se tudo que se passasse entre eles fosse mágico demais para ser traduzido. Mas, de repente, viu simplicidade neles, viu apenas dois jovens perdidos segurando um no outro e tentando não se afogar em tudo o que não sabiam sobre a vida, e isso a incomodou. Mais que isso, a entristeceu.

 Ficou um pouco confusa entre o êxtase inicial e a angústia de agora e só conseguiu prestar atenção de verdade em Tatiana quando perguntou o que ela andou fazendo da vida. Sua amiga fala pouco sobre Ricardo e logo desvia o assunto para as festas de fim de ano.

 Amigas falam muito, é verdade, mas, na maioria das vezes, falam sobre bobagens. Poucas confessam o que realmente sentem, do que têm medo e do que nem sempre é bom. A falta de palavras é, sobretudo, mais intensa quando suas certezas são invadidas pela dúvida e, embora Virgínia não soubesse o que estava acontecendo, sabia que Tatiana ainda não estava triste o suficiente para chorar e desabafar, mas já estava no meio do caminho que a levaria a isso. Existia uma dúvida pairando sobre seu molde de vida feliz e era esse o exato motivo que fazia o silêncio rondar.

Assim, sem querer, Virgínia foi arrancada de sua torre encantada e acabou espichando os olhos para o futuro. Ela não gosta de saber que não tem controle sobre como ele será e, principalmente, quem estará nele. Quer aquele momento bobo e feliz de volta, quer as borboletas em seu estômago e espírito, mas de alguma maneira já sabe que não adianta querer só a parte boa, as pessoas mais importantes trazem tudo. A paz e a perturbação. As vespas e o zoológico inteiro.

A tarde custa a passar e quando finalmente Virgínia desliga sua máquina e volta a andar pelas ruas que tanto conhece, tudo parece querer se acalmar e voltar ao lugar. Ela retoma os pensamentos da manhã e antecipa seus passos pelo prédio. Busca dentro de si o cheiro de comida vindo de seu apartamento e a imagem de Caio correndo em sua direção enquanto ela se lança em seus braços. Porém, a figura de uma garota de minissaia, coturnos desamarrados e cabelos coloridos atravessando a rua a tira de seu momento mocinha de comédia romântica. Ela não sabe se é a ex-namorada de Caio e pode ser que seja, como pode nem ser parecida com ela, mas não importa, porque o nó já está ali, bem no meio de sua garganta, junto com todas as coisas sobre ele antes dela. O garoto de cabelos desgrenhados, que canta e dança desengonçadamente e que parecia viver de festa em festa. O Caio que gostava de meninas ousadas e moderninhas. Onde será que anda esse rapaz? Onde se esconderam todas essas predileções? Quando será que ele volta para cobrar o infeliz que agora faz o jantar? Será que ele volta? Será que vai querer voltar?

As perguntas nem sempre querem respostas, elas aparecem apenas para atormentar ou te fazer pensar. Elas surgem para que você se force a ter uma pausa nos dias intensos, novos e deliciosos.

No entanto, ela não quer pausas, não quer um respiro e nenhuma dúvida. Por isso, cruza seu apartamento em busca dos beijos de Caio e tudo o que ele pode fazer para anestesiá-la de paixão. Ela ouve o barulho do chuveiro, arranca os sapatos e entra sem bater. Caio a olha, ela sorri e entra debaixo d'água sem nem ao menos tirar a roupa. Ele acha graça e pensa no quanto ela consegue ser surpreendente, mas depois percebe que há uma urgência diferente e que aquilo é mais do que um arroubo brincalhão e sensual.

Virgínia não desgrudou de Caio e o jantar ainda esfriava na mesa enquanto ele afagava seus cabelos e pensava em alguma graça para cortar aquele silêncio.

— Você acha que vai continuar se descontrolando assim só de pensar em mim sem roupa no chuveiro? Porque a gente vai ter que comprar uma capa para o colchão se não quiser dormir no molhado sempre.

— Desculpe interromper seu banho. — Ela sorri.

— Sem problemas, Caio ao seu dispor.

Ela volta a se deitar sobre ele e a ficar em silêncio.

— Você está bem?

— Sim.

— Está tão quieta. Aconteceu alguma coisa?

— Só estava com saudades. Como foi seu dia?

— Bom.

— Mesmo?

— Claro. Por quê?

Virgínia ergue a cabeça e o olha por baixo da franja.

— Que vida você se imaginava tendo? Digo, antes de tudo, antes de sair de casa e estudar, essas coisas?

Caio apoia a cabeça no travesseiro e a olha tentando adivinhá-la.

— Não sei, Vi. Acho que nada de muito palpável. Eu não pensava muito sobre essas coisas e, quando pensava, era sempre cheio de ilusões e bobagens. Por que está perguntando isso agora?

— Por nada.

Ela desvia os olhos dele e apoia o queixo sobre as mãos.

— Eu te amo e eu não sei que parte da gente define esse tipo de coisa, mas meu cérebro te ama, pois ele fabrica pensamentos com você o tempo todo. Meu coração te ama, porque só de ver as horas e constatar que estou voltando pra casa, ele acelera. O meu corpo todo te ama e... Ah! Cara, ele te ama pra caramba!

— Queria pensar em algo mais criativo do que qualquer "também te amo", mas não consigo pensar em nada. Fiquei preocupado, você falou tudo isso de um jeito que pareceu doer.

Virgínia tem vontade de dizer que amá-lo não doía, pelo contrário, nunca antes amar lhe pareceu tão bom e simples. O problema era querer aquilo sempre, era querer conhecer um jeito de não se sentir tão à deriva e ter certeza de que estava fazendo tudo certo. Ela queria dizer que passou a maior parte do tempo aterrorizada de medo em não ver a vida mudar e que, agora, tudo o que ela queria era que a vida não mudasse.

Ela sabia que Caio estava seguindo seu roteiro e teve medo de não estar escrevendo o melhor destino para eles. Mesmo assim, mesmo com receio, inseguranças e tantas dúvidas, Virgínia tentava se lembrar da conversa que tiveram em cima daquele monte e do compromisso que firmaram na esperança de que pudessem ajudar um ao outro. A esperança de que estavam na direção certa.

— Posso tentar de novo? — pergunta ela, com cara de arte.
— Claro.
— Eu te amo, Caio, e amo porque você fez essa casa ter cheiro de jantar e café da manhã.
— Então quer dizer que você só está interessada nos meus favores culinários?
— E nos sexuais também, claro.

Ele ri e a vira se deitando sobre ela.

— E eu te amo porque você é a garota mais incompreensível e doida que já conheci.
— Sabia! Que você nunca se canse das minhas loucuras.

Caio encara com carinho a garota mais bonita que já esteve em sua cama e a que mais lhe transformou a vida desejando também que eles nunca se cansem um do outro. No entanto, ele sabe que não tem nenhuma promessa a oferecer — queria ter, é verdade. Seu coração sinceramente quer dizer que ela será a única mulher que ele amará em toda sua vida e que ele sempre a fará feliz porque ela não merece nada menos do que isso, mas sua cabeça o adverte, o impede de divagar, de dizer palavras que logo podem perder o sentido. Ele não tem nenhuma promessa que seja impossível de quebrar — e se pensarmos bem, ninguém as tem —, então faz apenas o que Virgínia considera ser sua especialidade: beijá-la e fazê-la imensamente feliz, nem que seja por alguns minutos. Nem que seja por agora.

16

*As loucuras que fazemos para ter o que achamos que queremos...
E eu faria e me arrependeria de novo se fosse por você.*

A fábrica estava mais calma, os últimos pedidos estavam separados e Caio conferia as caixas assinando papéis, carimbando coisas e procurando seu orgulho em algum lugar esparramado naquele chão. Pensou em sua antiga quitinete e inesperadamente teve saudade. Pensou em sua estante repleta de discos de vinil, CDs, livros e blu-rays, em seu colchão com lençóis amassados e na sua despensa repleta de bolacha e refrigerante. Seu pequeno mundo, sua esbórnia particular, seu reinado absoluto. Era feliz. É feliz, mas de forma totalmente diferente. Queria ser feliz como é agora sendo o cara que era antes, mas não via como seria possível unir as duas coisas.

Conferiu mais caixas, despachou e-mails e foi almoçar com Mário.

— Vocês precisam aparecer lá em casa. A Luiza está sentindo muito a falta da irmã.

— Temos trabalhado todos os sábados e à noite temos os casamentos, chegamos sempre de madrugada... Desculpe, mas no domingo estamos sempre acabados.

— Não precisavam trabalhar tanto.

— Ah... Precisamos sim — diz Caio, dando uma garfada em seu marmitex.

— Estava pensando em te promover. Você tem se mostrado muito comprometido e já era hora de começar a passar o bastão, sabe?

— Pra ser honesto, não.
— Vou te ensinar mais coisas, te colocar na alma do negócio para você poder ser o futuro chefe, o que me diz?

Caio olhou em volta e procurou pela alma do negócio e só conseguiu encontrar o corpo apodrecendo do defunto.

— Agradeço, senhor Mário, mas é cedo para isso, né?
— Não precisa ser modesto. Você vai ganhar mais, vai poder dar uma vida melhor para minha filha e, de quebra, vai me deixar mais sossegado sabendo que os negócios continuarão na família.

Caio teve vontade de evaporar com a fumaça que subia de sua comida, fugir, ter uma nova identidade, deixar um bigode e sumir. Aquilo era surreal demais até para a sua fértil imaginação. Ele estava decidido a brincar de casinha com sua Vi, mas virar o filhão do sogrão era demais para ele.

— Senhor?
— Pode falar, rapaz!
— Quais são os planos para o Natal?

Mais uma vez, ele saía pela tangente, deixava para depois as decisões. Não conhecia o meio-termo, não conseguia conversar sem brigar, então preferia ficar quieto, disfarçar. Não queria fazer com aquelas novas pessoas de sua vida o que já tinha feito com as anteriores, mas também não sabia agir com verdade. Estava se atolando naquela obrigação de ser quem devia.

Os dias seguintes foram de apatia. Caio passou a sair depressa do trabalho, chegava antes de Virgínia, tomava banho, cozinhava algo rápido e se deitava. Muitas vezes, ela o encontrava dormindo no sofá ou já na cama.

Eles não tinham muito assunto e a insegurança que começou pequena em Virgínia passou a virar um monstro aterrorizante, um tão grande que ela não conseguiu esconder de sua melhor amiga.

— Ah... Inova, amiga. Faz uns jogos, compra uma lingerie nova — sugeriu Tatiana.
— Sério? Não é meio desesperado?
— E você está como?
— Ah... É que ele anda tão desanimado. Tenho tentado parecer criativa, mas não parece ter surtido efeito.

— Então vai lá, seja mais incisiva. Anima ele.

Em nome de tudo o que ela queria manter, Virgínia saiu mais cedo do trabalho e esperou por Caio. Quando ele virou a chave e abriu a porta da sala, não imaginava que encontraria Virgínia maquiada, de cabelos soltos, dentro de uma lingerie vermelha ousada, cinta liga e meias 5/8.

— Cadê a minha mulher? O que você fez com ela?

— Você deveria perguntar o que eu vou fazer com você.

— Ok...

Caio apoiou suas coisas no chão e Chico passou por suas pernas como se também quisesse explicações. Ela o beijou até lhe tirar o ar e arrancou sua camisa com a mesma sensualidade de um javali.

— Você nunca mais vai se esquecer desta noite, querido — falou e lambeu sua orelha.

— Acho que não mesmo.

Ele tentou abraçá-la, mas no que pareceu um golpe de karatê, ela o jogou no sofá. Chico correu com medo para a cozinha. Virgínia se sentou em seu colo e começou a falar obscenidades. Caio percebeu que sua franja estava presa e que não se sentia à vontade com aquele convite à luxúria. Um que ele jamais recusaria tempos atrás.

— O que está acontecendo, Vi?

— Como assim? Hoje é sua noite de sorte, garotão. Vou fazer tudo o que gosta.

— Não precisa disso. A gente pode fazer o que gosta. Não é melhor?

— Não estraga meu barato, estou tentando ser sexy.

— Você é muito sexy. — E solta a franja dela. — Sexy pra caramba, mas isso tudo não parece ser um lance seu, sabe?

— O que parece ser um lance meu, Caio? Te encontrar dormindo todos os dias? Ou acordar de madrugada e te encontrar cochilando no sofá com a TV ligada?

— Não foi isso que eu quis dizer.

— Estou forçando a barra, sim. Realmente isso aqui não está na minha zona de conforto, mas eu topo ousar se for pra te trazer de volta, pra gente se divertir. Que mal há nisso, hein?

— Você está entrando no modo surtada?
— Provavelmente.
— Ok, desculpe.
Virgínia se levanta e vai ao banheiro. Tira a maquiagem, a pouca roupa e toma um banho. Chora um pouco embaixo do chuveiro e sente vergonha pelas coisas que disse. Imaginou que ele adoraria aquela safadeza toda, aquele jeito libertino e livre. Sentiu-se tímida, é verdade, mas não custava tentar. Não entendia o que tinha dado errado.
Colocou o roupão e, quando os olhos ficaram menos vermelhos, voltou para a sala. Um copo de mate gelado a esperava. Caio continuava sem camisa e agora estava sem meia e sem sapatos também.
— Obrigada.
— Gosto de mulheres ousadas, diretas e que sabem o que querem, que tomam iniciativa.
Virgínia sente o rosto esquentar e tem vontade de se esconder atrás do copo.
— E eu já gostei muito de mulheres que só se preocupavam em me agradar, principalmente no sexo. Mas com você não consegui, Vi. Estava estranho, não parecia você. Desculpe se te magoei.
Ela teve vergonha de dizer que a intenção era exatamente essa: parecer outra pessoa, alguém que porventura ele sentisse falta. Não um indivíduo específico, mas uma figura, uma ideia que costumava lhe atrair e agradar, algo que precisasse suprir. Ficou feliz em ouvir o exato contrário, que ele queria o que já tinha e nada além, nenhuma fantasia, nenhuma saia justa ou coturnos. Nada além de sua estatura média, olhos e cabelos castanhos, jeans gastos e blusinhas aleatórias. Nada além da sua normalidade.
— Eu gosto tanto de você, Vi. Tanto! Só ando meio...
— Cansado. — Virgínia se adiantou temendo ouvir algo pior.
— É...
Ela o abraça e Chico olha os dois tentando entender a natureza humana. Será que só ele notou que enquanto se esforçavam tanto em não desapontar um ao outro, as coisas só pareciam piorar?

17

*Respirem fundo.
Vocês vão se afogar nesse amor.*

Quando um novo dia nasce, você volta a acreditar que zerou as contas com a vida e que pode recomeçar. Dessa vez, você comerá direito, será menos sedentário e fará tudo certo. Você pensará antes de falar, será mais gentil e, quem sabe, mais paciente. Você finalmente será aquela pessoa melhor que vem planejando ser desde o ensino médio. Era dessa natureza o pensamento que Virgínia tinha enquanto esperava as horas passarem. O temporal havia provocado o caos de sempre em São Paulo e, por isso, suas clientes da tarde tinham cancelado as sessões de fotos. Infelizmente, uma delas ainda não havia entrado em contato e, por isso, ela permanecia esperando sentada no sofá da recepção do estúdio abandonado sob a chuva que lavava a calçada.

Para dizer a verdade, seus pensamentos de recomeço não estavam relacionados ao seu cardápio, atividades físicas ou promessas de melhor comportamento, não dessa vez. Como em todos os dias dos últimos tempos, seus pensamentos estavam em Caio. Ela estava disposta a deixar de ser aquela entidade obsessiva e insegura que havia se tornado e voltaria a ser somente ela, seja lá o que isso significasse. Virgínia sabe que tem se esforçado demais, que tem tentado ser algo que não é só porque tem medo de Caio enjoar dela e da rotina que até pouco tempo era só dela.

Ao relembrar suas propostas e tentativas, ela se enterra no sofá um pouco mais e joga a cabeça entre as mãos. Será que nunca seria capaz de se envolver com alguém sem enlouquecer? Será que sempre se perderia entre o que quer e entre o que acredita ser o desejo do outro?

O telefone toca e a secretária avisa que sua última cliente acabou de desmarcar. Ela suspira e se prepara para ir embora. Ainda está chovendo, mas Virgínia decide ir mesmo assim, pois quer seu recomeço o quanto antes, quer chegar em casa, comer o que Caio tiver preparado, agradecer por ele ser tão encantador, vestir algo confortável e não ser sexy. Essa última parte era muito importante, precisava parar com aquelas investidas malucas porque, sinceramente, era assustador e ela nem vinha aproveitando muito o sexo ultimamente. Ficava imensamente preocupada com a performance e acabava se esquecendo do resto, e isso era tão absurdo que tinha vergonha até de admitir para si mesma.

Ela só queria que tudo voltasse a ser como antes, aquela sensação de que cada toque deles era algo digno de ser lembrado. Aquela certeza descabida de que nada era mais bonito no mundo do que os corpos, as ideias e as ilusões deles juntos.

Assim que a porta do elevador abriu, Virgínia percebeu que tinha algo errado. Não é comum estarmos conectados com as coisas que acontecem ao nosso redor, mas em alguns raros momentos nós sabemos o que os minutos seguintes nos reservam. Fosse por tanto ensaiar mentalmente o reencontro, fosse por intuir que algo não estava certo, Virgínia percorreu o pequeno caminho que separa o elevador da porta de seu apartamento sabendo o que encontraria e isso fez todas as engrenagens de seu cérebro insano e de seu coração apaixonado desacelerarem. Imaginou todas as coisas que ainda não sabia sobre ele e todos os planos que ainda não fizeram. Tudo o que ainda não disse e, pior, tudo o que ainda não ouviu.

Seu apartamento estava às escuras, Sinatra e nenhum outro cantava e o ar tinha seu antigo cheiro de nada. Sentiu uma dor aguda como se a constatação surgisse de algum lugar que fugisse de sua compreensão. Virou a chave, abriu a porta e viu Chico estirado no sofá. Não se deu o trabalho de chamar, sabia que ele não estava ali. Mesmo assim, foi até o quarto conferir a cama vazia. Pegou o celular e ligou, caiu na caixa postal. Deixou um recado e quis ligar novamente em seguida, mas se conteve. Foi até a cozinha, viu a janela aberta e o chão molhado. O notebook novo de Caio não estava pela casa, nem seu tênis no meio do caminho. Virgínia antecipa o óbvio ao abrir o guarda-roupa e não encontrar a mochila e parte das roupas dele.

Ele foi embora foi a frase que começou a martelar em sua cabeça até esse pensamento ser invadido por uma lista de xingamentos que ela repetiu até cansar.

Virgínia sentiu que não podia parar de ter raiva e que ela deveria continuar maldizendo Caio, porque quando ela parasse de odiá-lo, voltaria a se lembrar de que o amava e isso seria dolorido demais.

Tentou segurar a imagem do cara com o cigarro pendurado nos lábios e a garota loira em seu pescoço. Tentou criar outras tantas, alguma em que ele estivesse em uma festa rindo dela e dizendo o quanto estava entediado. No entanto, não durou muito. Logo se lembrou dele dormindo ao seu lado ou se arrumando em frente ao espelho antes do trabalho. Com muito mais força pensou em Caio secando a louça e a fazendo rir com suas cantorias exageradas. Lembrou-se de seu olhar intenso na hora do amor mostrando tudo o que era óbvio que ele também sentia.

Percebeu que não conseguiria e se cansou mais rápido do que poderia supor. Odiá-lo dava mais trabalho que amá-lo, por isso, simplesmente chorou e aceitou que a possibilidade que vinha lhe tirando o sono e o senso havia se tornado realidade.

Quando se cansou de tudo aquilo, tentou se convencer de que algo poderia ter acontecido e que ele precisou sair às pressas. Resolveu ligar para o pai, que, assim que ouviu sua voz, quis saber se Caio estava bem, pois não tinha aparecido na fábrica naquele dia. Ao perceber que seu pai sabia menos do que ela, Virgínia disse que ele estava terrivelmente gripado. Seu pai perguntou se eles estavam precisando de alguma coisa e ela disse que só ligou para que não ficasse preocupado. Ao desligar, uma solidão nova a invadiu, uma que incluiu abandono e amor, duas palavras que jamais deveriam habitar a mesma frase.

O telefone toca e Virgínia quase cai ao correr para buscá-lo. No visor, o nome de Tatiana pisca e ela não tem ânimo para atender, depois retornaria. Olha em volta e decide consultar seu e-mail para ver se Caio não tinha deixado nenhum recado. Nada. Confere a caixa postal do celular. Nada. Olha por cima dos móveis, no mural de fotos e nos criados-mudos. Nada! Volta a pensar em palavrões e a sentir raiva. O que poderia fazê-lo simplesmente sumir sem nem deixar um bilhete?

Sabia que estavam longe de ter uma vida ideal, mas ele sumir de uma hora para outra sem nem uma conversa parecia exagerado demais. E era, mas quando se está na situação, nem sempre as coisas são analisadas com sensatez. Em um cenário adequado, ela saberia que haveria uma explicação plausível para aquela ausência repentina, mas nada daquilo era adequado, era só um monte de sentimento misturado sem nenhum alicerce capaz de sustentá-los. Um simples vento seria capaz de desestruturá-los, imagine aquela avalanche de insegurança.

A autopiedade de Virgínia durou até ela pegar no sono deitada no sofá. Quando o dia amanheceu, estava dolorida, tensa e enjoada. Havia também uma dorzinha conhecida no baixo ventre que a fez revirar os olhos e ter vontade de gritar. Ainda mais essa, encarar uma depressão romântica com cólicas menstruais era tudo o que ela precisava.

Com muito custo, fez o dia começar: secou o chão da cozinha, retirou a bagunça que Chico fez com papéis e alguns objetos caídos, tomou banho, comeu, tomou um analgésico e, quando não tinha mais nada para distraí-la, ligou novamente pra Caio e mais uma vez ouviu a voz dele na caixa postal.

Caio, seu cretino.

A campainha toca, cortando seus pensamentos, a fazendo pensar em algo muito ruim para dizer a ele. Algo que gerasse uma briga de verdade e que o fizesse perceber que ele não podia agir como se ela não existisse, não depois de tê-la olhado nos olhos e...

— Tati?

— Quer me explicar por que você não atende a droga do celular?

— Ele foi embora — diz, fazendo um biquinho.

Tatiana deixa os ombros caírem e completa os pensamentos de Virgínia xingando Caio em voz alta.

— Vocês brigaram?

— Não. Quer dizer... Nós andamos estranhos nesses últimos dias e acho que na tentativa de aliviar as coisas, acabei piorando.

— Sem essa de se culpar. Uma semana e ele sai correndo? Ele que é um frouxo, mimado. O que ele disse?

— Nada. Eu cheguei e ele não estava em casa.

— E se ele foi atropelado?

— Então ele passou em casa, pegou a mochila e algumas roupas antes.

Tatiana se joga no sofá e bufa sem saber o que dizer.

— Eu não entendo esses homens.

— Quem entende? — Virgínia senta ao seu lado e as duas olham para o teto por alguns instantes.

— E você e o Ricardo?

— Terminamos.

Virgínia olha para a amiga, arregala os olhos e move a boca tentando articular alguma palavra que insiste em não sair.

— Descobri que ele estava cheio de gracinhas com outra garota. Desgraçado! Ele chegou a me deixar em casa e depois sair com ela.

— Como você descobriu?

— Vivi, a gente precisa se esforçar para descobrir alguma coisa? A gente desconfia, alguém confirma, a pessoa se contradiz. Sei lá... Algo acontece. A verdade aparece até quando a gente não quer.

A imagem de Fabi atravessando a rua surge com força dentro de Virgínia e ela se pergunta se suas neuras eram apenas inseguranças descabidas e absolutamente normais, ou seriam intuições.

— Será que ainda existe algum homem decente no mundo?

— Claro que sim, mas ele deve estar muito ocupado com outras mulheres.

Virgínia sorri e procura algum argumento que não lhe permita acreditar naquela lógica amarga da sua amiga. Como não o encontra de imediato, acha melhor desconversar.

— Vamos sair? Sério, vou pirar se ficar aqui. Não marquei ninguém para fotografar hoje porque tenho um casamento mais tarde. Virgínia morde os lábios e bate as mãos nos joelhos ao se lembrar de que Caio a ajudaria neste evento. Ela tem vontade de se jogar na cama e dormir até aquele dia acabar, mas se segura, respira fundo, se levanta e volta a falar.

— Além disso, preciso passar no estúdio e tentar arrumar um substituto para o imbecil que me deixou na mão.

— Você sabe que ele vai voltar, né? Nem que seja para buscar o resto das coisas dele. Você vai ter que encará-lo.

— Tati, ele largou o próprio apartamento pra não encarar uma garota que invadiu a casa dele e saiu daqui sem nem me mandar uma mensagem. Ele não voltaria por conta de meia dúzia de coisas. Ele é fraco e infantil. E eu sou uma idiota! Agora vamos porque eu não aguento mais me sentir mal dentro do meu próprio apartamento.

Virgínia se esforçou em passar o dia fingindo não pensar em Caio e nas possibilidades que poderiam ter provocado sua partida. Tentou não ter raiva, não se sentir triste e nem confusa. Tentou desesperadamente não torcer para que ele voltasse e esse era o seu maior conflito. Era ridículo querer que ele voltasse, mas ela queria e não queria querer.

Quando o fim da tarde chegou, Virgínia já estava fotografando a igreja, a decoração e testemunhava o início da vida de mais um casal. Era realmente um fim de semana retirado dos infernos. Marcelo, o estagiário que aceitou de última hora ajudá-la, auxiliava tirando as pessoas da frente, ajeitando a luz e inclinando os objetos conforme ela pedia. Na verdade, ele tentava ser útil, já que na maior parte do tempo ela não parecia precisar muito dele. As fotos foram tiradas na sequência que costumava fazer, mas quando a festa chegou, Virgínia perdeu sua lista mental de poses e começou a clicar os noivos do mesmo jeito instintivo que fotografa o sol, ou um belíssimo idiota admirando o som de um saxofone ecoando pela rua.

No final da festa, ela e Marcelo bebiam e comiam enquanto os garçons esvaziavam as mesas e a noiva se despedia chorosa de sua mãe. Virgínia começou a conferir as fotos e sentiu uma pontada de inveja daquelas pessoas. Tantos sorrisos e expressões de amor, aliados aos hormônios se desmanchando dentro dela, quase a fizeram chorar, mas Marcelo viu suas fotos e começou a elogiar com propriedade e não há elogio melhor de se receber. Alguém dizer que a foto está bonita não significa muita coisa, mas alguém notar o ângulo, os efeitos de luz e sombra, os contrastes, o jeito que ela controla com maestria o foco e tantas outras artimanhas profissionais a fizeram sorrir.

— Acho que são as melhores que já tirei em um casamento.
— Se você já tivesse feito melhor que isso, eu me ofenderia.
— Obrigada — responde ela timidamente.
— Há quanto tempo você fotografa?
— Eu troquei várias festas de aniversário e viagens da escola por máquinas e lentes profissionais. Nem lembro quando foi que tirei a primeira foto.

Marcelo pega a câmera e olha com admiração. Virgínia se dá conta de que nunca conversava com Caio sobre isso ou sobre qualquer outra coisa que lhe trouxe até aquele momento da vida e a sensação de que ainda tinha muito que viver com ele se intensificou.

Ao longo do caminho de volta, Virgínia dirigia sonolenta enquanto Marcelo falava sobre a paixão por fotografar. Ele agia como se ela fosse Ansel Adams, fazendo milhares de perguntas e absorvendo suas respostas como se aquilo fosse transformar tudo o que já havia aprendido sobre fotografia. Virgínia achou exagerado, mas pelo menos ocupava seu tempo, e ela gostou de estar distraída.

Durante a conversa, ele mencionou um livro. Automaticamente, ela disse que o tem, que já o leu e que pode emprestá-lo qualquer dia. Marcelo pergunta se pode pegá-lo. Virgínia desvia os olhos da direção e tenta descobrir o que se passa pela cabeça dele.

— Já está bem tarde.
— Você mora perto do estúdio, né?
— É.
— Ali é um bom lugar para eu pegar um táxi, mas se for te incomodar...
— Não, tudo bem, não custa nada subir rapidinho e pegar o livro pra você — diz ela, tentando deixar claro que, se ele estivesse pensando em algo além do livro, poderia desistir desde já.

Os gestos de Marcelo não são óbvios e ele continua a conversar naturalmente. Virgínia relaxa até chegar ao estacionamento no fim da rua e avisar que eles precisariam ir a pé até a frente de seu prédio. Eles andam devagar e a conversa serena, demonstrando que o cansaço emocional de Virgínia começava a atingir o físico.

— Você está bem?
— Sim, só cansada.
— Quer sair pra beber alguma coisa, conversar?
— Não, quero tomar um banho quente, trocar de roupa, tirar esses sapatos e dormir.
— Desculpe, é que eu sempre tive vontade de te conhecer melhor. Sempre te achei a garota mais talentosa do estúdio e a mais bonita também.

Virgínia para no meio da calçada, fecha os olhos e balança a cabeça.

— Melhor você parar por aí. Sinceramente, não poderia ter um pior dia pra você começar com esse papinho furado comigo. Está bem?

Ele levanta os braços em sinal de rendição, depois diz:

— Desculpe, vou te deixar descansar, a gente conversa outro dia e você pode me levar o livro no estúdio.
— É melhor.
— Amigos? — pergunta ele abrindo os braços.

Ela sente um cansaço profundo, tem vontade de virar as costas e deixá-lo lá de braços abertos e cara de otário, mas se lembra de ser educada e lhe oferece um sorriso incomodado.

— Ok — responde ela sem vontade e dá um abracinho sem graça nele.

Virgínia já começava a se afastar de Marcelo quando, do nada, sentiu um peso sobre seu ombro a puxar para trás e depois um vulto passar fazendo vento ao seu lado. Em dois segundos, ela tenta se reequilibrar enquanto vê seu ajudante sendo lançado contra o muro, tentando desajeitadamente se defender de socos. A cena é tão inesperada que ela demora um tempo para se desgrudar do chão e começar a raciocinar. Enquanto ela decide se grita ou se procura alguma coisa para bater no sujeito, Marcelo se recupera e agarra seu opositor pelo colarinho. Assim que a luz do poste ilumina o rosto do agressor, Virgínia sente seu queixo cair e a surpresa a invadir. Ainda é possível ouvir um estralo provocado por um soco, um gemido doído e alguém desabando na calçada antes que ela consiga enfim reagir.

— Que palhaçada é essa, Miguel?! O que é você está fazendo aqui? — Ela interfere dando bolsadas e gritando com seu duplamente-
-ex-namorado.

— Você conhece esse cara? — pergunta Marcelo, com a boca sangrando e a camisa rasgada.

— É esse o seu namorado? Esse *niño*? — questiona Miguel apontando com desprezo para seu oponente.

— Não é da sua conta! Como descobriu onde eu moro? O que está fazendo aqui?

— Ele é seu namorado? — insiste.

— Não, não, eu só trabalho com ela — defende-se Marcelo.

Virgínia olha incrédula para Marcelo e sussurra um "covarde" em sua direção.

— Olha aqui, Miguel, some da minha vida. Já te disse um milhão de vezes que acabou. Volta pra Argentina que não há nada pra você aqui.

— Eu não vou voltar sem você. — Miguel a segura pelo braço com força e a afasta de Marcelo.

— Você está me machucando. Para com isso. — Virgínia pisa no pé de Miguel mirando o salto bem em seu dedão e ele recua tentando disfarçar a dor.

Ela oferece a mão para Marcelo, que se levanta com dificuldade.

— Volto outro dia pra gente conversar e espero não te encontrar com esse cara.

— Você está me ameaçando?

— Não, só estou avisando que ainda preciso conversar contigo.

— Pois se eu te vir mais uma vez, Miguel, eu chamo a polícia. É sério.

Miguel ri descrente e se afasta. Virgínia passa um dos braços de Marcelo sobre seu ombro e o ajuda a caminhar.

— Quer ir ao hospital? Será que quebrou alguma coisa? Sinto muito, nem sabia que ele estava no Brasil.

— Não, acho que só estou dolorido. Ele surgiu do nada, quando me dei conta já estava em cima de mim. Você deve ser incrível.

— Eu não sou incrível, ele é que é maluco. E esse comentário foi grosseiro. — Ela bufa. — Vem, vou te dar um gelo pra você colocar aí — diz apontando para o lábio inferior dele, que está inchado e com um corte.

Virgínia volta com o gelo, um pano úmido e o ajuda a limpar um pouco do sangue.

— Vou te emprestar uma camiseta porque nenhum taxista vai parar se você estiver desse jeito.

— Obrigado.

Ela vai até o quarto e pega uma camiseta de Caio. Enquanto tira os sapatos e sente o chão frio sob seus pés doloridos, coloca o tecido próximo ao nariz e percebe que, mesmo lavada, a roupa ainda tem o cheiro dele. Um suspiro escapa por sua boca e ela sente tanta saudade que quase sufoca.

Ao voltar para a sala, encontra Marcelo sem camisa, o que a faz esticar depressa a camiseta em sua direção. Nesse instante, um barulho vindo da fechadura lhes chama a atenção. Caio abre a porta e parece assustado. Virgínia olha em volta e vê Marcelo sem camisa em seu sofá. Ela está descabelada, com o rosto fogueado, descalça e com os dois primeiros botões da blusa abertos. Ao ver Caio paralisado, ela olha para seu colega de trabalho, depois olha para si e se dá conta de que aquilo era surreal demais para não ser um pesadelo. Caso fosse boa em números, saberia calcular a chance mínima de uma cena dessas acontecer, mas a verdade é que a vida não leva em conta as probabilidades. A vida é exatamente o que você não espera, o que não supõe e o que ninguém é capaz de prever.

18

É como uma onda que vem alta.
Me cobre, revira e atormenta.
É como uma onda que revira a areia.
Me traz à tona, passa por mim, arrebenta.

— Não acredito que você ia dar essa camisa para ele.

Virgínia continua parada e Marcelo também. Os dois ainda não estão refeitos dos últimos acontecimentos e talvez por isso permaneçam à espera de uma nova confusão.

Caio pega a camiseta das mãos do rapaz e vai até o quarto, volta com outra e entrega para ele. Marcelo, apavorado, se encurva levemente com sua aproximação.

— É que aquela camiseta é especial. Estava usando no dia em que conheci a Virgínia. Besteira, eu sei, mas sabe como é... O que foi aquilo que aconteceu lá fora? Vi de relance que estava rolando uma briga, mas quando desci do ônibus, vocês já estavam entrando. Conhece aquele cara?

— Onde você estava? — Virgínia ignora a pergunta dele.

— Como assim onde eu estava? Nos meus pais.

— Eu devia ter intuído? Adivinhado?

Marcelo veste a camiseta, pigarreia e é ignorado.

— Não estou entendendo.

— Você desaparece, não avisa meu pai, não me manda nem uma mensagem e depois volta assim como se fosse a coisa mais normal a se fazer?

— Eu deixei um bilhete.

— Que bilhete? Um bilhete?

Caio vai para a cozinha e aponta para a mesa.

— Eu deixei um bilhete bem aqui. Um bilhete bem-humorado, gentil, levemente sarcástico e sensual. Levei duas horas para escrever e deixei bem aqui.

— Um bilhete? Por que não me mandou uma mensagem, não me ligou como qualquer pessoa deste século?

Marcelo se levantou e gesticulou, tentou dizer alguma coisa, mas só recebeu olhares furiosos de volta. Decidiu se sentar novamente.

— Você deixa bilhetes toda hora, Virgínia. Achei que era algo nosso. Uma das nossas esquisitices.

— E por que não me ligou depois? Por que seu celular ficou desligado? Porra, Caio! Eu achei que você tivesse ido embora! — Virgínia volta para a sala e encontra Marcelo sentado em seu sofá lendo uma de suas revistas. — Você está aqui ainda? Sério?

Marcelo balbucia algo impossível de ser compreendido.

— O quê?

— Você não me pagou.

— Eu disse que ia transferir para a sua conta, não foi?

— Ah... É — disse com expressão envergonhada.

— Vá embora, ok? Só vai — pede Virgínia, tentando se controlar enquanto ele praticamente sai correndo.

Assim que a porta bate, ela se joga no sofá como se todo o cansaço do mundo caísse sobre ela. Como se todo o barulho e palavras fossem demais para o seu raciocínio processar. Ser indivíduo é limitante, estar confinado ao eu é enlouquecedor. Virgínia não podia controlar Miguel, não conseguia ouvir os pensamentos de Caio e essa impotência lhe tirou a coragem até de supor.

— Deixei um bilhete, deixei bem ali. Eu não fui embora — disse Caio de mansinho, ajoelhando-se entre suas pernas.

Ela não respondeu, só esperou aliviar tudo aquilo que parecia sacudir o mundo todo e mais aquele outro tanto que mal conseguia sentir. Caio a abraçou e Virgínia enterrou o rosto em seu pescoço. Chico subiu no sofá querendo fazer parte do momento, mas acabou despertando a lógica de Caio.

— Você disse que não achou o bilhete?
— Não achei. A janela estava aberta. A cozinha estava toda encharcada e cheia de papéis... — Virgínia para de falar tentando proteger seu felino.
— Papéis?
Chico sai correndo e se esconde embaixo da cama.
— Eu vou matar esse gato!
Caio brinca, ela ri e a tensão diminui.
— Por que decidiu ir ver seus pais assim do nada?
— Precisava ir.
— E como foi?
— Bom, acho. Desculpe não ter te ligado, o sinal de celular lá é muito ruim.
Caio a abraçou mais forte e Virgínia se aninhou em seu colo. Do lado de fora, tudo pareceu se acalmar, os mal-entendidos foram esclarecidos e só era preciso esperar o susto passar. Mas por dentro, cada um está preso em sua silenciosa verdade. Ele não pôde captar o medo que se instalou dentro dela e ela não pôde ouvir os pensamentos dele, não pôde imaginar que ele está aterrorizado, que deixou um bilhete porque seria difícil demais mentir de outra maneira e que desistiu de ligar porque ouvir sua voz o faria desistir de seus planos, somente a imagem de seu sorriso já o impeliu a voltar correndo, como uma criança que não consegue ficar fora e volta chorando para casa no meio da noite. Ele queria contar a verdade, mas não sabia como e, agora, só sabia torcer para que ela nunca descobrisse onde ele tinha passado a noite de fato. Porque, apesar de todos os seus desvios de caráter, todo seu pensamento limitado e egoísta, Caio só conseguia constatar como gostava dela de verdade. E só dela.

19

Um espaço que só o silêncio preenche
É sempre o maior espaço entre a gente.

O Natal foi a chance de reunir todos em volta da mesa novamente. Desta vez, sem o ar pesado da ocasião anterior. Caio já tinha passado no teste e era o novo queridinho da família. Dona Silvia estava mais simpática ao ver sua filha com um rapaz que trabalhava na empresa da família, que frequentava sua casa e que era tão gentil com todos.

Eles jogaram cartas e Virgínia leu poemas no quintal para a irmã, como faziam na infância. Comeram até não suportar mais e assistiram a *Conduzindo Miss Daisy*. Virgínia apoiou a cabeça no ombro de Caio e ele a abraçou como se estivessem no cinema.

— Não é uma bobagem que os judeus tenham sofrido tanto na Segunda Guerra e que depois persigam os negros? — sussurra Virgínia em seu ouvido.

— É assustadora essa memória seletiva da humanidade — responde.

— Meu Deus, que paciência esse homem tem. Eu teria mandado essa mulher para os infernos nos quinze primeiros minutos de filme — reclamou dona Silvia, levantando-se ao final.

— É, mas, no fim das contas, ele sabe que aquela senhora é fruto da história, da criação, tantos anos, tanta gente com pensamento retrógrado e mesquinho... E ele a ensinou, não foi? Provou da melhor forma: sendo uma boa pessoa. Ela viu, conviveu, sentiu.

Um motorista, uma única pessoa capaz de contradizer e mudar uma crença enraizada por gerações. Não é lindo? Não é esse tipo de grandiosidade que a gente deveria buscar?

Virgínia só estava pensando alto sobre como atitudes podem falar e até desmentir um longuíssimo discurso ou como podemos transformar o mundo um pouquinho por vez. Ela retirava os copos da mesa de centro e pensava alto sobre a grandiosidade que gostaria de ter, mas sempre via escapar quando não encontrava o objetivo da vida. Uma angústia tão antiga nela, mas todos a olhavam como se fosse uma perfeita estranha que tivesse acabado de entrar na casa. Todos menos Luiza, que apenas sorriu, parecendo conhecer a irmã mais do que ela mesma.

— Tem toda razão, meu bem. — Caio beijou seu rosto, e a mãe sorriu perguntando se alguém mais queria sobremesa.

Um pouco depois da meia-noite, a família trocou presentes e Caio e Virgínia foram embora em silêncio. As ruas estavam vazias e os corações deles estavam quietos. Não demoraram a chegar e a arrancar os sapatos, alguns estrondos ainda festejavam no céu e pessoas falavam alto pela rua.

Virgínia se sentou na beirada da cama e ficou olhando pela janela pensando em como seu Natal havia sido perfeito. Como almejou por muito tempo ver sua família e seu amor cabendo na mesma vida e como imaginou que se sentiria em paz quando isso acontecesse. Agora, escutando Caio cantarolando uma música de alguma década muito anterior a eles, ela busca pelo sossego que não encontra. Tenta só agradecer por ter tido uma noite tão tranquila, tão amena, tenta agradecer os sorrisos da irmã, a tranquilidade da mãe e o carinho de Caio. Mas acontece que nossos sentidos ignoram as aparências e, por mais que Virgínia tentasse segurar o gosto da comida de sua mãe, o abraço de seu pai e o clima feliz em sua mente, os olhares vagos de Caio e as esquivas que ele não consegue evitar invadem cada lembrança como um aviso inoportuno.

— Esse é para você. — Caio entra no quarto e estende um pacote.

Virgínia olhou o pacote e fez um biquinho tímido. Abriu e encontrou uma camiseta. A estampa tinha uma loba com uma máquina fotográfica pendurada no pescoço. Os tons variavam do roxo para o turquesa e, embaixo, estava escrito "My little Woolf".

— Nenhuma loja seria capaz de produzir essa camiseta, Caio — diz ela sorrindo.

— Claro que não. Eu que montei o desenho, criei essa frase brilhante e mandei estampar. Meus pais vão sentir que valeu a pena cada mensalidade da faculdade quando virem do que eu sou capaz — debocha.

— Não tenho dúvidas.

— Agora você será obrigada a usar e quem tiver o menor conhecimento em inglês vai dizer que tem um erro ortográfico, mas quem se importa?

— A gente pensa nisso depois porque neste momento só você vai vê-la.

— Ah, é?

— É, sim. Eu vou vesti-la e você vai procurar o seu presente escondido dentro do meu sutiã. Que tal?

— Uau... não vejo a hora.

Virgínia se levanta, tira o vestido e coloca a camiseta que Caio lhe deu. Eles se olham e se gostam um pouco mais quando não estão se escondendo no silêncio um do outro. Caio desliza as mãos pelo desenho, fazendo o corpo dela arrepiar. Ela esprime a tristeza insistente, tenta ignorá-la, diminuí-la, e sorri com a alma para ele.

— Nossa, ficou muito bem em você.

— Melhor presente que já ganhei. Sério.

Caio queria aproveitar o momento para dizer que ela era o melhor presente que ele havia ganhado na vida, que eles faziam um dueto memorável e que ele estava pronto para abrir o coração e dar o próximo passo com ela, mas o telefone tocou deixando Virgínia agitada. Ele quis saber o que era, mas ela desconversou.

A vida deveria ser mais gentil quando nos enchemos de boas intenções. Caio estava, Virgínia também, mas não é assim. O relógio não vai parar até que se respire fundo e se sintam preparados.

Ninguém vai inventar uma hora perfeita para que ela enfim conte sobre Miguel e seus medos ou para Caio desabafar tudo o que anda lhe afligindo. A vida não vai ajudar a transformar boas intenções em boas ações e, infelizmente ou não, a verdade é que intenções não contam, ações sim, e seria mais fácil se tudo isso fosse algo que se aprendesse somente com a teoria, mas sabemos que não. Sabemos que vai doer, mas que é inevitável. É só assim que corações inexperientes aprendem: na prática da vivência. É só assim que Virgínia e Caio vão descobrir pra valer como se constrói relações afetivas de verdade: na dinâmica quase torturante dos dias.

No almoço de Natal, eles foram até a casa de Tatiana, que olhou para o garoto com expressão duvidosa o tempo todo. Parecia que ela via além do namorado gentil, querido e companheiro da amiga e ele sentiu que talvez a garota pudesse ver além do que se permitia expor.

— Quando vai levar a Vivi para conhecer sua casa no interior, Caio? — Tatiana perguntou com a mesma trivialidade de quem quer saber as horas.

— Tatiana! — repreendeu Virgínia.

— Ué... O que foi? Na verdade eu queria me convidar. Estou doida para pegar a estrada. A gente podia ir durante a semana, não vamos fazer nada mesmo até o Ano-Novo.

Virgínia dá uma cotovelada na amiga, que ri da situação sem ficar nem um pouco constrangida.

— Meus pais viajam todo fim de ano — responde Caio enfim.

— Ah... Que conveniente... Quer dizer, que pena — Tatiana ironiza.

— Cadê seu namorado empresário de bandas, Tatiana? Queria indicar umas para ele — provoca Caio.

— Imagino que sim, vocês se parecem tanto.

— Ah... O espírito de Natal não é mesmo ótimo? Não entendo o motivo de aumentar as taxas de suicídio, as pessoas ficam tão generosas... — Virgínia ergue o copo, fingindo um brinde.

Eles acabam rindo da situação. Contrariados, mas achando graça de si mesmos.

— Só não ferra com tudo, ok? — Tatiana ergue seu copo em direção ao de Caio.

— Ok — ele encosta a borda do copo no dela.

Após mais meia hora de conversa aleatória, Caio ainda se sentia incomodado. Acabou inventando uma enxaqueca só para poder ir embora. Era estranho, mas ele se sentia instável, como se algo pudesse ruir a qualquer momento. Ele precisava voltar ao seu refúgio, queria permanecer onde era seguro, onde estivessem apenas ele e sua lobinha.

Dali em diante, eles voltaram à fase morna da vida. Aproveitaram a semana de férias para fazer maratonas de filmes antigos e Virgínia finalmente terminou os três livros da cabeceira. Dormiram muito, cozinharam pouco, Chico voltou a dormir na panturrilha de Virgínia, mostrando que nada havia mudado. A quietude nunca foi tão ensurdecedora.

Morno não é bom o tempo todo. De vez em quando, alguém tem que arrancar o livro do rosto do outro e fazê-lo lembrar de que seu beijo é o melhor do mundo. Filmes são ótimos, são maravilhosos, mas bom mesmo é ter uma longa conversa quando ele termina. Um relacionamento não se faz de solidão e companhia não se faz somente em se sentar no mesmo sofá. A gente não pode só respirar junto do outro, de vez em quando, a gente tem que perder o ar. E eles estavam se esquecendo de tudo isso, de como fazer tudo isso.

No Ano-Novo, a família de Virgínia foi para a praia, mas eles ficaram no apartamento de um quarto no centro de São Paulo e, espremidos na janela do quarto, alheios aos rumos que não sabiam tomar, viram as cores de um novo ano chegar.

20

A verdade é que meu coração gosta tanto do seu.

Virgínia anda apressada, tem os olhos vermelhos e a aparência aflita. Ela sabe que alguém a persegue, mas tenta escapar sem chamar atenção. Seu coração está acelerado, suas pernas trêmulas e sua cabeça dói violentamente. Enquanto o salto de seu sapato crispa na calçada, ela deseja virar uma esquina qualquer e encontrar Caio. Ela sente que está próximo, que o alcançará em alguma daquelas ruas vazias, escuras e silenciosas, mas não sabe em qual, então continua percorrendo às cegas aquele labirinto sufocante, à espera de encontrar seus braços e sentir que tudo ficaria bem. Passos além dos dela agora podem ser ouvidos, e a proximidade do som faz seu coração saltar para o meio da garganta.

Ele está chegando, ele vai me alcançar...

Alguns metros para a próxima esquina. Virgínia corre, derruba a bolsa e prende a respiração. Alguém se aproxima, está tão perto que ela reconhece seu cheiro. O desespero a paralisa e ela estica os braços implorando por ajuda, mas ela não vem e, ao sentir o peso da mão de seu perseguidor sobre seus ombros, Virgínia fecha os olhos resignada...

O estrondo de uma batida de carro faz Virgínia acordar sobressaltada. Está com a testa molhada e com a frequência cardíaca alterada. Caio também acorda e pergunta se está tudo bem.

Ela leva alguns segundos para entender que está de volta ao mundo real. Está em seu quarto, em sua cama, e seu namorado, somente ele, continua ali. No entanto, dentro dela, ainda há resquícios de fuga e pedidos de socorro. O que é real, o que se vive ou o que se sente? Qual é a linha que separa a constatação da alucinação? Naquele momento, dentro de Virgínia e também no que estava ao seu redor, tudo era indivisível.

— Você está passando mal? Está tão pálida.
— Tive um pesadelo horrível.
— Vem cá.

Caio a abraçou e eles ficaram alguns minutos em silêncio, sentindo como a vida parecia melhor quando não havia nada além dos dois nutrindo as carências um do outro.

— Quer sair comigo hoje à noite?
— Tipo um encontro? — Virgínia sorri.
— É. Tipo um encontro. Só eu, você e as possibilidades, baby — brincou.
— Quero.
— Lembra quando perguntei se me daria uma segunda chance?
— Na primeira vez que saímos?
— É. Nossa... Parece que foi há séculos.
— Parece mesmo.
— Ainda está de pé? Ainda pode me dar mais uma chance?
— Não entendi.
— Um encontro. Mais uma noite para eu te convencer de que sou o amor da sua vida.

Virgínia gargalha achando que Caio está em mais um de seus momentos performáticos, nem imagina o quanto ele fala sério.

— Certo. Vamos ver se você faz melhor desta vez.

Caio pega uma caneta em cima do criado-mudo e anota um endereço na palma da mão de Virgínia, como fez da primeira vez.

— Você não é muito criativo — debocha.
— Dá para entrar na minha?
— Eu já estou na sua há algum tempo, gatinho.

***

O começo do ano no estúdio estava parado e Virgínia adoraria aproveitar seu tempo livre para fotografar a cidade e, quem sabe, voltar a focar no seu portfólio, mas a presença de Miguel a assombrava. A esta altura, já tinha percebido que ele dava sinais de abuso desde o tempo em que viveram juntos. Na época, não percebia ou estava confusa demais para entender que palavras também agridem e que jogos mentais são tão violentos quanto socos. O que mais a irritava era sua falta de reação. Não conseguia fazer nada, não conseguia nem falar sobre ele com ninguém. Ensaiava mentalmente contar ao menos para Tatiana, mas sempre que tentava sentia algo muito próximo à vergonha e isso a congelava. Sabia que não tinha culpa do comportamento bizarro dele, mas sentia que tinha. Sabia que não merecia aquele tratamento, mas agia como se merecesse. Tinha medo do que poderiam pensar sobre ela se soubessem o que está acontecendo, como se tivesse uma dívida com Miguel que jamais seria paga e que ele tinha o direito de cobrar como bem entendesse. É claro que nada disso faz sentido e que ela na verdade só queria poder se livrar dessa confusão toda, mas não sabia como sair daquele estado provocado pelo medo. Afinal, é isso que o medo faz com a gente: nos diminui, nos paralisa e não nos deixa pensar.

Marcelo entrou no estúdio tirando Virgínia de seus pensamentos conturbados. Ele sorriu e veio em sua direção.

— Oi, como como você está?

— Bem, mas é meu último dia aqui.

— É mesmo?

— É, vou registrar a viagem de um ambientalista. Vai virar um livro e um documentário. Não sou o fotógrafo principal, claro... Mas vai ser legal.

— Uau! Claro que vai! Que bom! Grande oportunidade, Marcelo. Aproveite.

— A equipe vai ser grande, talvez haja revezamento porque serão alguns meses, sabe? Muito trabalho... Você podia vir, é bem mais experiente que eu, tenho certeza que teria um espaço pra você.

— Ah... É... Quem sabe? Puxa... — Virgínia pensa no encontro que tem com Caio e em tudo o que eles tentam bravamente construir juntos. — Agora não é um bom momento para viajar. Tem meu emprego, os eventos... Você sabe.
— Sei. Que pena, mas você pode pensar. Tem meu telefone e meu e-mail. Se mudar de ideia, dê um toque, meu pai conhece o pessoal.
— Claro. A gente conversa. Obrigada e boa viagem.
— Olha, Virgínia, isso não tem nada a ver com a gente ou com o que eu disse naquele dia. É sério. Você é boa demais para isso aqui. Merece coisa melhor. Vê se pensa com carinho.

Virgínia apenas assentiu, não conseguiu dizer mais nada. Também acreditava ser boa demais para aquele trabalho, mas a vida parecia gostar mais dela enfiada ali do que solta na liberdade do mundo. Além do mais, ela estava bem, as coisas estavam melhorando inclusive financeiramente. Suas fotos estavam rendendo muitos contratos fora do estúdio e cada casamento rendia mais dinheiro do que ela imaginava que poderia ganhar. Ser bem-sucedido não é viver dignamente com o dinheiro que recebe pelo seu trabalho? Então ela podia afirmar que era, mas por que não se sentia assim? Por que ainda permanecia com aquela sensação de fracasso?

Enquanto seus neurônios vagavam entre tantos conceitos que conhecia e todos os outros que ainda precisam ser inventados, os ponteiros do relógio caminharam trazendo o fim do dia.

Virgínia se apressou para chegar em casa. Acelerou o passo só pensando em se arrumar para encontrar Caio. Estava precisando sair, namorar e se lembrar da parte despreocupada da vida. Queria toda a empolgação dele, os olhos brilhantes, sua conversa interessante, o cigarro no canto da boca e seu ar de James Dean. Hoje ela teria seus olhares e sorrisos e o beijaria até os lábios adormecerem. Ela o abraçaria e encostaria seu corpo no dele até que o calor provocado pelo atrito entre os dois fosse insuportável. Virgínia corria para a ânsia de pertencer ao outro e sentir toda a intensidade de ter quem se ama perto de si, dentro de si.

Assim que abriu a porta, percebeu que tinha música tocando e era a mesma que eles ouviram no primeiro encontro. Ela seguiu para o quarto e encontrou uma rosa com um bilhete em cima do travesseiro:

> *"eu quero que ela saiba*
> *que dormir todas as noites a seu lado*
> *e mesmo as discussões mais banais*
> *eram coisas realmente esplêndidas*
> *e as palavras difíceis*
> *que sempre tive medo de dizer*
> *podem agora ser ditas:*
> *eu te amo."*
>
> Certo, não fui eu quem escreveu isso originalmente, foi o velho, bêbado e mulherengo Bukowski, mas acho que ele não se importaria. Claro que ele riria um pouco da minha cara ou teria pena do meu estado apaixonado, mas eu bateria nos ombros dele e diria: ela vale a pena, cara.
> Comecei bem, não foi?
> Até já.

Virgínia ri ao reconhecer Caio em cada letra do papel e ama cada detalhe e toda sua singularidade. Beijou o papel e correu para o guarda-roupa decidida a parecer a garota mais bonita que ele já conheceu.

Depois de se olhar satisfeita no espelho e dar uma voltinha para Chico aprovar seu visual, Virgínia desceu com o coração saltitante. Abriu o portão ainda sentindo o riso invadindo seus lábios e a ansiedade pelo encontro se espalhando pelo peito.

O endereço que Caio tinha lhe dado não ficava muito longe. Mesmo assim, decidiu ir de táxi, pois queria chegar o quanto antes. Foi andando pela calçada. Estava absorta imaginando as próximas horas de sua noite, dobrou a esquina e se preparou para atravessar. Antes que pudesse voltar a se mover, alguém segurou sua mão. Por um instante, imaginou que Caio estivesse fazendo mais uma de suas surpresas, mas a sensação durou um segundo — ela reconheceria seu toque mesmo se estivesse de olhos vendados e, infelizmente, reconheceria aquele também.

— Santo Deus! Como você está bonita.

— Miguel, que desprazer.

— Vim te buscar. A gente tem que conversar.

— Eu não quero conversar. Estou de saída. — A voz dela era mais de cansaço do que de raiva.

— Você me deve uma conversa.

— Por que está me torturando? Desculpe se não fui legal, mas você também não foi comigo. Vamos deixar isso no passado, certo?

— Fiquei sabendo o que você fez com o bebê.

De repente Virgínia sentiu as pernas fraquejarem e se apoiou no poste. Tentou disfarçar, mas sua palidez denunciou seu nervosismo.

— Por que não me contou que estava grávida? Jamais adivinharia, a gente sempre se cuidou.

— É, mas mesmo assim aconteceu, e eu não pude te contar porque você passou uns dez dias fora de casa. Você não atendia ao celular e só deixava recados, em alguns deles dava para ouvir vozes de outras garotas. Miguel, eu estava sozinha, em outro país, perdida num relacionamento que me consumia emocionalmente... Não dava para colocar mais ninguém no meio disso. Eu não tinha condições.

— A Melinda disse que você quase morreu.

— É, tive uma hemorragia.

— Quando foi?

— Um pouco antes de eu voltar para o Brasil. Abortei quando você foi fazer aquele trabalho na Patagônia.

— Você estava bem gripada quando voltei.

— Não era gripe.

— Devia ter me contado.

— Talvez. Miguel, peço desculpas por isso, mas foi a pior coisa que já aconteceu na minha vida. Não é algo de que eu me orgulhe e nem goste de lembrar, ok? Mesmo assim não me arrependo, foi a única coisa sensata que fiz naquele ano.

O orgulho de Miguel era muito maior do que qualquer coisa que ele julgasse ser amor, por isso, ver tão claramente a repulsa que ela sentia por ele o fez perder a cabeça. Ele agarrou os braços de Virgínia e a encostou na parede. Era começo de noite, não tinha muito movimento na rua e ele se aproveitou da vulnerabilidade dela.

— O que eu faço com você, Virgínia?

Ela não respondeu. Sabia que era retórico, um jogo para colocar mais medo nela.

— Tenho vontade de te beijar e te estrangular. Você era uma menina tão doce, tão sonhadora... Como acha que fiquei quando descobri que você tinha ido embora? Pra piorar, Melinda deixou escapar que você tinha tirado meu filho. Você me traiu. Traiu minha confiança e tudo o que pensava sobre você.

— Solta ou vou gritar.

— Você nunca foi uma menina doce, não é? Sempre foi uma vadia. Uma safada enganadora, não é?

— Socorro!!

Miguel colocou uma das mãos sobre a garganta de Virgínia, mas, antes que pudesse apertar os dedos, uma viatura policial passou chamando sua atenção. Ela aproveitou seu momento de distração e deu uma joelhada entre suas pernas, afastando-o levemente.

Virgínia começou a correr pedindo ajuda enquanto Miguel tentava alcançá-la, seus passos ecoavam dentro do coração dela, provocando um desespero que não sabia até quando suportaria.

Ele insistia, acelerava o passo, mas quando ela dobrou a esquina, Miguel viu que se aproximavam de um bar repleto de gente, então resolveu recuar. Virgínia não se deu conta e continuou correndo, queria atravessar a rua e chegar até o local movimentado, queria voltar a se sentir segura. Continuou a correr desesperada, sentindo o coração latejando em todo o seu corpo. Estava quase chegando e pediu socorro mais uma vez, chamando a atenção de algumas pessoas. Quando começou a sentir o alívio da chegada, tropeçou em algo e caiu, batendo violentamente a cabeça no chão.

21

Simplesmente dizer.
Transformar em palavras
Velhos conhecidos,
Todas aquelas dores antigas.
Dizer nunca é simples.

Sentada na maca de uma enfermaria de hospital, Virgínia gostaria de lembrar como tinha chegado até ali. Notou que as pernas estavam arranhadas e que tinha alguns hematomas nos braços, mas não sentia muita dor. Pensou em Miguel transtornado e sua garganta se espremeu de angústia. Olhou em volta procurando sua bolsa, mas não a encontrou.

Levantou-se e sentiu-se mal, a cabeça doeu e, por alguns instantes, o chão pareceu ser feito de gelatina. Apoiou-se na cama e sentiu os olhos umedecerem, de repente sentiu-se indefesa, frágil e teve raiva por isso. Neste instante, Caio, que estava no corredor, a viu em pé e entrou sem nem perguntar à enfermeira se podia.

— Ei, você não devia ter levantado. — Ele a abraça e a coloca de volta na maca.

— Quem me trouxe para cá? — perguntou ainda assombrada pela imagem de Miguel.

— Eu te trouxe.

— Não estou entendendo.

— Você estava demorando, então resolvi ligar. Uma garota atendeu, disse que você tinha sofrido um acidente e que tinham chamado uma ambulância. Mas, como eu estava perto, peguei um táxi, passei onde você estava e te trouxe. Não consegui esperar pelo socorro.

— Será que já posso ir embora?
— Não, fizeram alguns exames de sangue e estão esperando o resultado.
— Exames de sangue?
— O que aconteceu, Vi?

Como explicar? Deveria começar pelo tempo em que viveu com Miguel ou começaria pelo momento em que descobriu que ele estava no Brasil? Talvez dissesse que a briga que ele presenciou em frente ao apartamento tinha sido provocada por seu antigo namorado que, desde então, não parou de persegui-la. Virgínia não sabia começar esta conversa. Por onde se começa a dizer o que não queremos falar?

— Vi, o pessoal do bar disse que você parecia alucinada, que parecia estar fugindo de um fantasma.
— O quê?
— A garota que estava com sua bolsa e atendeu ao seu celular quis te acompanhar. Ela veio com a gente e falou isso para os médicos, disse que você estava perturbada.
— Eu estava fugindo, sim, mas não de um fantasma! Um homem tinha acabado de me atacar. Consegui escapar, mas ele continuou a correr atrás de mim.

Caio não conseguiu responder prontamente, ficou alguns instantes apertando a mandíbula até conseguir voltar a respirar normalmente. Precisou de um tempo para se acostumar com aquele sentimento inédito, aquela dor raivosa e lacerante.

— O que ele fez? Como foi isso? Meu Deus... E eles achando que você podia estar chapada. A gente precisa avisar para chamarem a polícia.
— Não, não, não... Caio, por favor, não. Eu não quero polícia, não quero confusão e nem falar sobre isso com mais ninguém. Só quero ir embora. Tudo bem?
— Não está tudo bem. Você precisa contar para a polícia. Esse cara pode estar nas redondezas, pode fazer isso de novo com você ou com outras garotas.
— Pode me dar um tempinho, por favor? Dá para não me pressionar agora? — falou mais alto do que gostaria.

Caio estranhou, mas não teve tempo de demonstrar, pois o médico entrou na enfermaria cumprimentando os dois e perguntando se Virgínia se sentia melhor.

— Sim, estou. Posso ir embora?
— Logo poderá. Como foi que se machucou?
— Tropecei.
— Lembra-se de algo mais?
— Por quê?
— Seus exames de sangue estão ótimos. Você teve uma concussão por conta do choque na hora da queda, mas foi coisa leve, nada preocupante.
— O que prova a minha teoria de que você é cabeça-dura. — Caio tentou amenizar a tensão.
— Que ótimo — respondeu Virgínia menos irritada.
— Mas você teve um ataque de pânico e, ao que parece, não se lembra. Vou solicitar uma avaliação psiquiátrica só para ter certeza de que está bem.

Pela expressão do médico, Virgínia notou que a testemunha tinha se empenhado em detalhar seu desespero enquanto fugia de Miguel.

— Não foi alucinação, fui atacada por um homem — resolveu dizer a verdade para evitar complicações.
— Certo, isso muda as coisas. Vai querer prestar queixa?
— Não.
— Virgínia?! Por que não? — Caio interferiu.
— Porque foi uma briga com meu ex-namorado. Não tem o risco de acontecer com outra garota. Não foi aleatório, ok?
— Virgínia, o fato de ser uma pessoa do seu convívio não o isenta de nada. Pelo contrário... Você deveria prestar queixa. Agora, com licença, vou preencher sua alta.

O médico saiu, deixando Caio, Virgínia e o peso do silêncio entre eles. Deixou também aquele desconforto que se instala no ambiente e na gente quando percebemos que não conhecemos totalmente o outro.

— Podemos conversar em casa sobre isso? — Virgínia sussurra.
— Melhor.

Fizeram o trajeto de volta sem trocar nenhuma palavra, mas ficaram de mãos dadas o tempo todo como se segurassem o fio imaginário responsável por ainda uni-los. Subiram, e Virgínia sentou no sofá como se depositasse ali não somente seu corpo, mas todos os seus problemas. Caio alimentou o gato, preparou chá e se sentou ao lado dela. Segurou sua mão e beijou seus dedos.

— Quer que eu ligue para os seus pais?
— Não. Aliás, o que eu vou te contar ninguém sabe e quero que continue assim, está bem? Nem a Tatiana...
— Claro.
— Conheci o Miguel em Buenos Aires, ele deu uma palestra sobre fotografia e a gente acabou ficando junto. Morei com ele por mais de um ano.
— Morou?
— É. No começo, continuei viajando para fazer as fotos, mas depois fui ficando mais em casa. Ele não era muito confiável, por isso comecei a não querer me afastar muito. Não adiantava porque ele viajava, mas... Sei lá se quero entrar nestes detalhes. Não é importante, passou. Entende? Nem se parece comigo, nem parece que fui eu que vivi tudo aquilo.
— Por que nunca me contou essas coisas?
— Porque não se parece comigo, Caio. Não é quem eu quero ser. Tenho lutado para não ser mais aquela garota.
— Gosto daquela garota. Ela viajou por aí realizando seu sonho, conheceu um cara que achou que fosse incrível e foi morar com ele. Percebeu que ele era um merda e veio embora. Essa garota é durona, é forte. Eu gosto pra caramba dela. Gosto demais!
— Essa garota estava perdida, fraca, apaixonada por um babaca que endeusava e que sabia disso. Ele usava cada sentimento para deixá-la instável emocionalmente, se aproveitava da situação. Essa garota quase morreu numa clínica ilegal para abortar porque não conseguia imaginar algo que aumentasse ainda mais sua vulnerabi-

lidade. Caio, eu via tudo isso, sabia tudo isso e não fazia nada, não conseguia. Continuava lá. Só vim embora quando a Luiza foi parar na UTI por conta de uma meningite. Eu não tinha um tostão, acabei com tudo para pagar o aborto, tive que pedir para o meu pai comprar a passagem de volta... Eu não sou aquela garota.
— Por que tem tanta vergonha de tudo isso? Certo, você fez péssimas escolhas, quem não faz?
— Como pode ver de maneira tão simplista? E todo o dano? As consequências?
— Pelo que estou vendo, quem está pagando a conta até hoje é você. Olha, Vi... Esse passado todo é fato consumado, certo? Não dá pra mexer nele. Mas você pode mudar o seu olhar. Pra que ser tão dura? Podia tentar ter um pouco mais de compaixão pela menina que foi e que fez tudo o que podia, tudo que achou ser o melhor naquele momento. Você é incrível, precisa superar.
— Você é tão bonito... E eu nem estou falando do seu rosto — disse entre lágrimas e um pequeno sorriso.
— Claro que está falando do meu corpo trabalhado pela nicotina e vinho barato. É óbvio. — Ela sorri e ele a beija. — O que vai fazer pra tirar esse cara de vez da sua vida? Não posso ser seu segurança, não dá para encarnar o super-herói, sabe disso, né? Nem sou bom de briga. Por falar em briga...
— O que foi?
— Aquela briga que teve aqui em frente... Foi seu ex que bateu no Marcelo — constatou.
Virgínia aquiesce e Caio bufa sem notar.
— Caramba, ele está te rondando desde aquela época... Devia ter falado. Precisa fazer alguma coisa. Isso precisa acabar.
— Queria ter contado, mas você ficou estranho depois daquela noite. Nós nos afastamos e ficamos naquela montanha-russa toda... Você sabe. Acabei deixando para depois.
— Aquela noite...
— É. O que tem ela?
— Minha formatura está chegando e era parte da noite especial de hoje te convidar para ser meu par. Ando pensando nessas coisas

ultimamente, em dançar contigo e te levar para conhecer meus pais. Ando com saudades deles e preocupado também... — Caio falou tudo isso de uma vez só, encarando os olhos castanhos de Virgínia, notando que seu amor por ela crescia a cada palavra.

— É mesmo? Por que falou tudo isso agora?
— É, tinha planejado te contar algumas coisas hoje.
— E no fim quem contou fui eu.
— Não quero te perder.

Virgínia muda a expressão. Tem dúvidas sobre o que ouviu. Espera não ter entendido direito e fica quieta desejando estar enganada.

— Tenho pensado que minha mãe amaria o jeito doce que você tem de falar e que meu pai se orgulharia em ver que você é tão independente, só consigo pensar que eles nem sabem o tamanho da sorte que tive em te encontrar.

— Você não falou sobre mim quando foi até lá?
— Eu não fui lá.

As intenções, as boas, todos os planos que fazemos mentalmente e que a vida não nos dá tempo de executar escorreram pelos dedos de Caio naquele instante, e já era tarde demais até para que ele tentasse resgatá-las de algum lugar.

22

De quantos perdões se faz um amor?

O resto do chá já estava frio no fundo das xícaras e os primeiros raios de sol começavam a brilhar. Caio pensou em deixar a verdade para outro momento ou nunca, mas sentia que precisava aproveitar aquele momento de revelações para que aquela noite não fosse o veneno escondido em seus dias. Aquele amargo que insistia em invadir a doce vida que estavam tentando construir. Ele amava aquela garota, estava certo disso. Amava-a exatamente do jeito que era: confusa, linda, esperta, focada e ligeiramente neurótica. Contudo, precisava saber que ela também o amava verdadeiramente, mesmo que para chegar até ali ele tenha pegado caminhos tortuosos, mesmo que ele não se orgulhe de alguns desvios.

— Se você não foi até lá, aonde você foi? — questionou Virgínia, sem ter certeza de que queria ouvir a resposta.

— Antes de tudo, quero que saiba que naquela época estava confuso e tinha tido um péssimo dia. Passei o dia todo etiquetando caixas e não estou exagerando. Literalmente o dia todo.

Caio esperou que Virgínia dissesse algo, mas ela se manteve quieta, apreensiva e ansiosa. Então respirou fundo e voltou a falar, com esperança de que ela fosse capaz de entender.

— Estava frustrado. Muito. Seu pai estava querendo me promover, tinha deixado a entender que queria deixar a fábrica por minha

conta e isso me apavorou. Voltando para casa, no metrô, já estava me imaginando careca, de óculos, naquela mesma fábrica, passando o dia etiquetando caixas. Bateu um desespero. Senti falta de mim. Sabe?
— Você tem noção de que estou imaginando uma dúzia de coisas enquanto você se justifica sem dizer o que houve?
— Desculpe... É que... Vi, você pode me entender?
— Diz logo o que aconteceu!
— Encontrei um colega da faculdade no metrô e ele me disse que o pessoal ia se encontrar no sítio da família dele. Um fim de semana, tipo uma viagem de formatura. Eu já sabia, tinha recebido as mensagens, mas nós tínhamos os casamentos e... Sabia que não dava, por isso, nem tinha respondido.
— Certo, você foi para lá, então?
— Eu ia, vim até aqui, peguei algumas coisas, deixei o bilhete e fui pro local que o pessoal tinha combinado de se encontrar. Só que quando cheguei lá, encontrei com a Fabi, e só pensei que ela poderia ter guardado alguma coisa minha, por isso tentei me reaproximar.
— Como é?
— Uma parte do pessoal quis sair antes de ir para o sítio e nós fomos para um bar. Acabamos passando quase a noite toda lá, comecei a conversar com a Fabi e minhas desconfianças estavam certas, ela tinha guardado alguns discos, filmes, livros, enfim... Fui até a casa dela buscar.
— Você passou a noite com a Fabi?
— Não desse jeito que você está imaginando.
— VOCÊ. PASSOU. A. NOITE. COM. A. FABI?!
— Eu não encostei nela, eu nem pensei nisso, quer dizer, eu cheguei a pensar, mas não rolou porque eu só queria você. Queria voltar para cá, para você.
— Chegou a pensar?!
— Prefere que eu minta?
— Às vezes penso que sim.
— O quê?
— Esquece. Mas não dá para acreditar que se arrependeu, que não rolou nada, você chegou aqui na madrugada do dia seguinte, Caio.

— A mentira já tinha sido contada, eu já estava encrencado e, para piorar, não tinha ido com o pessoal, fiquei sem saber o que fazer. Ela me disse que eu poderia ficar até o domingo e eu topei, dormi no sofá e até que estava tudo bem, mas quando o clima começou a ficar estranho não deu. Larguei tudo lá e voltei... Só pensava em você.

— Meu, você é inacreditável. Inacreditável.

— Fiz besteira, eu sei, mas eu não encostei um dedo nela. Juro. Apenas imaginar Caio rindo, bebendo e se divertindo enquanto ela chorava sua ausência já tirava Virgínia do eixo, supor que ele teria desejado outra mulher foi muito mais do que ela conseguia digerir. Racionalmente, já sabia que todo seu sofrimento foi causado por um bilhete engolido por seu gato e até poderia entender que somente desejar provar um doce não é o mesmo que sair da dieta, mas os sentimentos não habitam o campo da racionalidade e tudo é muito confuso dentro da realidade das emoções. E eles estavam tomados por elas.

— E tudo isso porque meu pai quis te promover... — desabafou.

— Não diminui a situação. Você foi a primeira a fugir dali, devia saber o tamanho do meu esforço.

— Não entendi.

— Você fugiu só por causa da possibilidade de ter que se formar para cuidar dos *negócios* da sua família, mas tudo bem *eu* morrer mofando lá dentro? — Caio fez aspas com as mãos ao dizer negócios e despejou as palavras muito mais irritado do que gostaria.

— Tentei ajudar, era para ser temporário. Além disso, não sabia que você estava se sentindo tão miserável assim.

— Pois eu estava.

— E por que não foi atrás de outra coisa?

— Porque eu não queria te desapontar, ok? Não queria deixar seu pai na mão. Não queria ferrar com tudo como a Tatiana e todo mundo parece ter sempre certeza de que vou fazer. Estava tentando ser o bom moço, o bom rapaz porque você vale o sacrifício.

— Sacrifício?

— É. Estava fazendo a minha parte, não estava?

— Caio... — Virgínia disse seu nome com tanto pesar que os dois de repente tiveram vontade de chorar.

— Não tem nada meu aqui, nada que se pareça comigo. Às vezes sinto que perdi a identidade e não sei como lidar.

Virgínia queria dizer que tinha ela e tudo o que sentia. Tinha ela, todo seu corpo, seus sonhos e planos. Toda a sua esperança e boa vontade. Tinham eles e essa era a identidade dela nos últimos tempos. Queria dizer, mas não teve forças, de alguma maneira sabia que querer bastar ao outro é um trabalho árduo demais. Não dá para querer ser o mundo de alguém, normalmente isso é um objetivo inatingível e esse foi o único pensamento lúcido que teve naquele dia.

— Você é egoísta no sentido mais literal da palavra. Seu ego vai acabar contigo. Você botou tudo em risco por conta das suas bugigangas. Sim, porque você não perderia meia hora com a Fabi se ela não estivesse com as suas coisas.

— Você não vai enlouquecer e surtar, né? Seja a minha Vi, por favor. Vamos conversar com calma.

— Chega, Caio. Toda vez que há uma discussão, você diz que não é sua Virgínia falando, diz que estou possuída de ciúme ou de insegurança. Chega. Eu sou a sua Virgínia e também sou ciumenta, um pouco insegura e muito surtada. Você não pode querer lidar só com a minha pequena parcela encantadora... É tudo isso. É lágrima, falta de espaço, nenhum entretenimento e péssimo salário. Sou eu e você no meio desse caos, sem CDs, bares charmosos e nenhuma perspectiva para aliviar. Essa é a vida de verdade e eu sinto muito que seja pouco pra você.

Caio permanece em silêncio. Teme dizer algo que piore a situação. Sua reação se deve em parte pela expressão dura de Virgínia, parte pela ausência de gritos e choro. Ele esperava que ela estivesse mais emotiva, mais agitada e levemente descabelada. Quase sentiu falta de ver suas bochechas acesas de raiva, pois vê-la dizer tudo aquilo sem levantar a voz e sem roer as unhas era quase desesperador.

— Não é pouco... — diz, tentando se aproximar.

— Você quer muitas coisas. Em pensar que eu abriria mão de uma grande oportunidade por você.

— Que grande oportunidade?
— Recebi uma proposta de emprego. Fazer parte uma equipe grande que vai registrar a viagem de um ambientalista importante para produzir um livro e um documentário.
— Você recusou?
— Por você.
— Mentira. Não bota isso na minha conta. O que pensa que sou? Um machista ridículo que te impediria?
— Não. É que achei... Ah... Eu só queria você.
— Você ir não mudaria isso. Eu também te... Epa... "Queria"? Como assim "queria"?
— Não dá mais — diz Virgínia baixando os olhos.

Morda os lábios, enrubesça, fale um palavrão... Qualquer coisa que demonstre que está fora de si, Caio pensa.

— Desculpe, não consigo mais. Olho para você e dói tanto que não consigo... Às vezes acho que a vida te jogou aqui e por preguiça você ficou.

— O que está fazendo?

Virgínia foi até o quarto, colocou algumas roupas em uma mochila, pegou Chico — que reclamou de ser retirado de seu cochilo — e respirou fundo antes de abrir a porta.

— Vou ficar lá nos meus pais até você procurar um lugar para você, seus CDs e todas essas coisas que você quer, Caio. Espero que encontre isso que tanto te falta.

Saiu depressa, não esperou nenhuma palavra dele, nenhum pensamento seu e nem o elevador. Desceu as escadas com vontade de subir cada degrau de volta, mas continuou a descer refreando seus desejos, seus sentimentos e as lágrimas. Chegou à calçada e respirou fundo como se dependesse daquele ar de fora para continuar a viver. Quis olhar para trás, pois, de alguma forma, sabia que Caio estaria na janela a observando, mas não cedeu. Andou até o fim da rua, pegou seu carro e partiu na esperança de que aquela noite — que a luz do dia já tinha invadido há algumas horas — finalmente acabasse, anunciando de vez todo aquele fim.

Parte 2

Os encontros realmente são mágicos. Toda a sutileza do caminhar de nossos olhos até repousarem na pessoa escolhida. Naquela que parece diferente de todas as outras. Então seria esse todo o mistério do amor? O momento em que reconhecemos a possibilidade de regozijo no outro? Todas as chances de prazer, alegria, de algo tão divino a ponto de valer uma aposta no escuro, um mergulho na imensidão.

Talvez o momento do encontro seja realmente algo magnífico e inexplicável, mas a profundidade das relações depende de muito mais horas, olhares e apostas, pois o verdadeiro encantamento do amor acontece no dividir dos dias, na capacidade de carregar a parcela do outro na gente e em viver sem o pedaço que transcendeu o nosso eu e foi morar dentro de quem amamos de fato.

Só assim é amor e só tem um jeito de descobrir se é: vivendo.

23

Todos esses nós
Talvez impeçam
Eu e você
De sermos nós.

Caio permaneceu parado por quase vinte segundos encarando a porta fechada. Estranhamente, lembrou-se de quando encarou aquela porta pela primeira vez, se segurando para não voltar e tomar Virgínia em seus braços. Depois, lembrou-se das vezes em que pressionou o corpo dela contra aquela mesma madeira pintada de branco. Ficou ali parado tentando entender o que de fato tinha acontecido e como foi que eles passaram tão rapidamente dos beijos à despedida. Torceu para tudo aquilo não passar de uma alucinação, um pesadelo que logo acabaria com a volta de Virgínia, uma nova conversa, lágrimas, pedidos de desculpas e recomeço. Quis acreditar que logo ela irromperia a porta que testemunhou tantos bons momentos para que vislumbrasse mais um de seus reencontros. Contudo, o silêncio e o passar do tempo anunciaram a realidade e o desespero tomou conta dele.

    Correu para a janela como se tivesse acabado de despertar, notando que estava atrasado. Quis gritar o nome dela, mas não conseguiu. Não conseguiu gritar, nem correr ou fazer qualquer coisa. Ficou encarando a silhueta da garota mais importante de sua vida desaparecer completamente e permaneceu assim por mais algum tempo, encarando a rua e o vazio que tomava conta de cada pedacinho de si. O que faria? O que deveria fazer?

Olhou em volta e sentiu-se encurralado. Percebeu a jaqueta dela esquecida no braço do sofá, suas fotos no mural, o pote de ração de Chico e todas as pequenas coisas espalhadas pela casa. Notou que Virgínia tinha deixado muito de si para trás e, muito além de coisas espalhadas pelo lugar, notou que cada detalhe dela derramado pelo corpo dele ficava grandioso demais. De repente, pareceu sufocar com sua repentina ausência.

Não conseguiria permanecer naquele apartamento. Era errado estar ali sem ela, sem ser dela. Pegou suas roupas e enfiou tudo na mochila. O que sobrou, jogou em uma sacola grande. Queria sair dali depressa, respirar algum ar que não tivesse o perfume de Virgínia, ir para longe de todas as paredes que testemunharam a primeira noite deles e, depois, todas as outras. Todos os dias de promessa, de tentativas. Ele precisava partir, já que não conseguiu fazê-la ficar.

Atravessou a mesma porta, aquela que parecia sorrir e chorar com ele a cada passo que deu para dentro e para fora daquela vida que não era nem feliz e nem triste, mas era a mais real e pura que já tinha vivido.

Horas depois, no bar em frente à faculdade, Caio ainda parecia não saber qual direção tomar e, por não saber, seguiu a única rota instintiva que conhecia. Sentou na mesma mesa, pediu as mesmas coisas e bebeu uma, duas, três e muitas outras cervejas. No entanto, não sorriu, não conseguiu trazer seu jeito performático. Seu lado charmoso e envolvente também parecia tê-lo abandonado. Nem se esforçou, ficou ali resignado, sem pensar, sem tentar juntar as peças daquele quebra-cabeça impossível que parecia ser sua vida. Ficou observando o movimento, aquelas pessoas que ele parecia não conhecer e aquela felicidade que já não lhe servia.

Mal notou — ou ignorou — a garota que se sentou ao seu lado. A mente de Caio estava distante, em um lugar nebuloso, quase inexpressivo.

— Cara, você está mal.
— Só um pouco bêbado.
— O que aconteceu?

— Você não deveria se preocupar comigo, Fabi.
— Não mesmo. Você é um mimadinho de merda.
— Game over. — E bebeu mais um gole. — E você é uma mina responsa demais pra perder tempo comigo.
— Você precisa de ajuda, Caio. Sério, você está um lixo.
— E você vai me ajudar, Fabi? Mesmo depois de tudo?
— Nem ferrando...
Caio riu de um jeito amargo, mas no fundo gostou de ser repelido. Era o que merecia.
— Olha só. Quando a gente faz besteira demais a ponto de achar que é o fim da linha, só tem um lugar pra onde correr.
— Ah é? Um penhasco? — tentou dizer com certo humor.
— Pra casa, Caio. Você está precisando voltar pra casa.

24

*O que eu faço com esse monte
de você que ficou aqui em mim?*

A vida, muitas vezes, exige algo sem explicar o quê. Você sente que está preso em um círculo vicioso e sabe que só será capaz de sair dele quando finalmente descobrir a charada, mas simplesmente não pode desvendar tal mistério. Você refaz seus passos, repensa os atos, mas ainda não consegue o afastamento necessário para entender o que de fato precisa ser mudado. Então faz tudo igual e sofre repetidamente pelos mesmos erros sem se dar conta de que não há uma conspiração do Universo empenhada em te tornar miseravelmente infeliz, é só você colhendo cada semente que equivocadamente plantou. É só você preso exatamente no mesmo labirinto, batendo a cabeça no mesmo beco sem saída do qual você decide querer sair.

Era essa a sensação de Caio enquanto o ônibus deixava a capital de São Paulo para trás. Jogado em sua poltrona, se perguntava como tinha ido parar novamente naquela situação. Lá estava ele, quebrado (de novo), ligeiramente bêbado (de novo), com suas coisas espalhadas em mochilas e sacolas (de novo), voltando para o quarto em que cresceu (de novo). Lá estava o Caio de sempre pronto para desapontar os pais e comprovar todas as teorias sobre sua incapacidade de gerir a própria existência.

Contudo, dessa vez, carregava em si a ausência de Virgínia, a frustração de não tê-la por perto e, assim, o mundo lhe parecer um lugar mais ameno. Talvez, somente por este detalhe, "My Way" de Sinatra não estivesse tocando automaticamente em sua mente enquanto era observado por seu reflexo estampado de forma tão inglória na janela.

Na parada, Caio lavou o rosto por mais tempo do que qualquer outro passageiro poderia fazer. Molhou um pouco dos cabelos e tentou se sentir melhor. Tomou um café duplo, fumou dois cigarros e ligou para Virgínia. Ela não atendeu.

Na segunda metade do caminho, ele tentou dormir, mas não conseguiu. Chegou em casa no começo da noite e não usou suas chaves. Pela primeira vez, Caio não conseguiu simplesmente ir entrando, como costumava fazer. Tocou a campainha e viu a luz da varanda se acender, fazendo seu coração acelerar. Não entendeu aquele nervosismo todo, aquele constrangimento e incômodo que lhe tomou o corpo. Quando sua mãe abriu a porta, pareceu bem mais velha do que se lembrava.

— Filho?

Bastou ouvir a voz de sua mãe para se sentir extremamente cansado e a vontade de chorar lhe pareceu inevitável. Não era sono ou exaustão física, era emocional. Um cansaço extremo que nos acomete quando o fardo do nosso eu está além do que podemos carregar. Caio estava exausto de ser ele.

Quando o viu em lágrimas em seu portão, Vera correu para socorrê-lo. Sim, ela abriu o portão, o abraçou e o colocou para dentro como se o tivesse resgatando de um imenso perigo, e, verdadeiramente, estava. Não há risco maior do que a vontade de fugir da gente mesmo.

O susto inicial deu lugar a uma preocupação dolorida. Os pensamentos dos pais de Caio viajaram até a infância de seu único filho, para o tempo em que ele colocava seus desenhos na porta da geladeira e pedia macarronada para o jantar. Sem poder escutar as angústias um do outro, não podiam imaginar que juntos buscavam o exato momento em que perderam aquele menino pelo caminho: o garoto sorridente, carinhoso e dorminhoco, que adorava brincar com blocos de montar e dizia gentilezas para impressionar as visitas.

Caio agora era um homem derrotado, esparramado no sofá, olhando para os pés, sem saber o que dizer. Há meses não voltava pra casa e ainda amargava a última briga com o pai. Gostaria que este retorno tivesse sido diferente, que tivesse chegado em uma manhã de sábado, de mãos dadas com sua garota para passarem o fim de semana. No almoço, ele contaria sobre o emprego e sobre como o pai de Virgínia confiava nele. Eles ficariam felizes em vê-lo bem, em vê-lo em um emprego fixo, com salário e benefícios. E claro que amariam a fotógrafa doce, independente e boa gente que resolveu amá-lo. Mas desejos não bastam, o que, neste caso, é uma pena.

— Você deve estar com fome. Vou fazer um prato pra você enquanto toma um banho e se troca. Tudo bem? — disse a mãe, mas Caio não se moveu. — Olha, quando a bagunça é muito grande a gente não arruma tudo de uma vez.

— Escute sua mãe — disse o pai, tentando parecer firme.

— Primeiro: banho. Segundo: comida. Depois a gente a resolve o resto.

— Tudo bem, uma coisa de cada vez — Caio sussurra resignado.

— Isso mesmo.

O menino, agora crescido, se levantou como se pesasse uma tonelada e se arrastou escada acima. Quatro degraus depois, parou e voltou.

— Obrigado — disse baixinho. Abraçou os pais e finalmente deu o primeiro passo rumo ao seu recomeço, que começaria com um banho, jantar e... Bem, depois disso ele ainda não sabia.

Ninguém notou no momento, mas aquele foi o primeiro passo que Caio deu para fora de seu labirinto. Provavelmente ele cometerá ainda inúmeros erros, talvez até piores, mas ao menos serão erros novos.

O que se seguiu foi uma solidão calada e seria mais fácil contar aqueles primeiros dias do recomeço de Caio se sua cabeça não estivesse tão vazia, tão oca e monótona. Seu coração era um monocórdio que soava repetidamente uma dolorosa saudade. As horas se resumiam a seguir a rotina: acordar, comer, dormir e alguns cigarros entre uma coisa e outra. Nem música ele escutou e, pode parecer bobagem, mas a vida dele sem uma trilha sonora era a prova da profunda tristeza em que se encontrava. A parte importante disso não é a falta de graça que tudo passou a ter ou o desânimo profundo que acomete quem está sofrendo. A parte transformadora da dor é a que fica. Aquele eu que sobra depois que as coisas diminuem dentro da gente. Chorar no travesseiro pode até parecer piegas, mas a força que a gente faz para levantar e cada passo depois disso são a melhor parte da vida, mesmo que na hora a gente esteja cego demais para perceber.

Exatamente por isso, não é preciso dizer que Caio se sentiu esquecido por Deus por vários dias e que sua barba o deixou com cara de mendigo. Não é preciso relatar cada vez que ele correu para a internet, mas perdeu a coragem de acessar alguma rede social a fim de encarar, nem que fosse virtualmente, os olhos de Virgínia. Não é preciso dizer que ele ligou e deixou recado, ligou e desligou e também pegou o celular e desistiu de ligar. Não é preciso porque tudo isso não foi o mais significativo, o essencial mesmo foi o que isso tudo fez com Caio. As coisas que nos transformam sem nos darmos conta. O dia seguinte, aquele primeiro arco-íris que surge após o temporal, aquele que a gente nem sempre enxerga porque está juntando os cacos deixados pelo vendaval. É esse instante que merece ser contado, porque foi exatamente ali que tudo começou.

25

Talvez sempre haja um nós daqui para a frente.
Mesmo que eu esteja aqui e você por aí.

Virgínia quis acreditar que logo esqueceria seu último namorado, que aquela história mal contada já tinha nascido fadada ao fracasso e que, ao menos, havia sido divertido. Ela tentou se convencer de que Caio seria aquele cara que passou por sua vida para tirá-la da mesmice e da solidão e fazê-la perceber que precisava refazer sua vida sem tanto rancor. Agora era tocar o barco, seguir em frente! Sim, era isso.

Contudo, quanto mais ela pensava e repetia mentalmente que tudo ficaria bem, mais ele crescia em seu peito. No fundo, ela não queria ter ido embora, não queria ter terminado tudo, nem se afastado dele. Tinha vontade de atender aos seus telefonemas e também de ligar no meio da madrugada. Mas não conseguia vislumbrar um caminho para os dois, não conseguia imaginar um jeito de seguir em frente com ele, mas queria, por mais contraditório que fosse.

Por não saber como resolver aquela questão e poder continuar sua história com Caio, Virgínia decidiu fazer o que faz de melhor: fugir. Em duas semanas, ela arrumou a mala, deixou Chico com os pais e partiu para Manaus com o pretexto de que trabalharia com uma importante equipe, o que era verdade, mas não totalmente. A verdade completa e totalmente crua era que ela aceitou o convite de Marcelo para se juntar ao grupo apenas para não pegar o telefone, ligar para Caio, pedir para ele voltar e começarem a errar tudo juntos de novo.

Assim que chegou ao alojamento, Virgínia se sentiu deslocada. Como de costume, era um ambiente predominantemente masculino e, para piorar, ela não conhecia ninguém. Marcelo estava fora, tinha ido até a cidade buscar suprimentos. Foi difícil e sua vontade de voltar para casa era inegável. Na primeira manhã, quando ela pôde se apresentar na primeira reunião, percebeu alguns olhares de desdém e até certos cochichos. Alguns até riram quando questionaram quais foram seus últimos trabalhos e ela respondeu que fotografava casamentos, aniversários e gestantes. Depois disso, suas tarefas foram: carregar algumas lentes, segurar o pedestal, buscar água e fazer café, que foi criticado, inclusive, pois ora estava fraco, ora forte, ora amargo...

— Avisei que não sou boa com café — resmungou, mas se arrependeu ao notar os olhares maliciosos, pois, obviamente, se uma mulher não é boa em serviços domésticos, certamente é excelente em outros "serviços". Afirmação de causar enjoos, pois é, mas tinha que ser boa em alguma coisa e, até agora, ela não tinha mostrado em quê. Não para eles, pelo menos.

Ao fim do terceiro dia, Virgínia estava disposta a largar tudo ou a socar alguém, e decidia entre uma coisa ou outra enquanto fotografava o pôr do sol. Não eram as favoritas de sua irmã, mas eram as de outro alguém.

Quando decidiu que daria um chilique, que falaria um monte, socaria alguém e depois largaria tudo, viu Marcelo vindo em sua direção e sentiu um alívio tão grande que sorriu. Não foi um riso de afeto, foi o resultado de um sopro inexplicável que a acometeu. Como se tivesse ganhado mais alguns dias, algumas horas ali, escondida de tudo. Como se Marcelo pudesse ser um escudo, nem que fosse momentâneo.

— Não tem medo de jacaré?
— Até tenho, mas me incomodam mais os humanos.

Marcelo lhe deu um abraço e a imagem de Caio surgiu em sua mente.

— Como estão as coisas por aqui?
— Eu diria que bem para não esticar o assunto.
— Eu te entendo. Ser o novato exige certa paciência.
— Ser *a novata* exige o dobro.
— Imagino.

Não imagina não, pensou.

— Amanhã o tal cara chega. Está tudo pronto para o trabalho de verdade começar.
— Que bom.
— Está feliz mesmo?

Felicidade... Pensou um instante sobre aquilo e lhe pareceu apenas um conceito, uma ideia distante. Como saber se é feliz? Qual é a sensação exata? A certeza de que se é feliz? Não sabia. Será que alguém sabe? Decidiu acenar com a cabeça já que foi incapaz de pronunciar, dizer talvez eternizasse aquele momento como feliz e se negou a isso. Não sabia o que era, mas aquilo não podia ser.

Os dias seguintes foram de imersão total. Virgínia estava focada no trabalho, em cada detalhe, em cada movimentação. Admirava como a equipe de fotógrafos trabalhava e se lembrou de que era aquilo que sempre quis. Sugava toda informação, toda dica e truque.

O chefe da equipe percebeu seu engajamento e lhe ensinava com prazer. É claro que muitos outros continuavam a insinuar que ela estava ali porque tinha algum caso amoroso com Marcelo que, por sua vez, estava ali porque era filhinho de papai. Sempre haverá quem desmereça o outro por qualquer motivo. Infelizmente, as pessoas, muitas vezes, a fim de se sentirem grandes, precisam diminuir quem está à sua volta.

Portanto, lembre-se de uma coisa: ninguém sabe o seu valor até você prová-lo, e isso pode levar muito ou pouco tempo — mas quando existe comprometimento, verdade e talento, acontece. Jamais duvide disso. E Virgínia sempre teve muito talento. Marcelo até que tinha também e, por isso, os fatos acabaram abafando certos boatos.

Foi assim que aquelas semanas viraram meses. Foi assim que Virgínia voltou a pensar em seu portfólio e a tirar fotos em ângulos que somente seu instinto encontrava. Foi assim que sua mente finalmente se aquietou.

Ainda assim, mesmo que seu mundo estivesse dentro daquelas câmeras e ali tudo lhe parecesse mais correto, todas as noites ela espichava os olhos para fora de suas lentes e pensava em Caio. Fechava os olhos, olhava para dentro de si e podia sentir os cabelos desgrenhados entre seus dedos, a sensação de tê-lo dentro de si e de suas digitais se encontrando com as dele. O arrepio que lhe percorria a pele era real e forte, como se a brisa fosse apenas ele assoprando canções em seu ouvido. Ela sentia falta dele, de seu corpo e de sua aura aventureira, e já estava quase aceitando que seria sempre assim.

26

Qual seria o verdadeiro sentido dos (des)encontros?

Não espere sinais do céu ou dias espetaculares para que algo realmente importante aconteça na sua vida. Não acredite que você estará com sua melhor camisa ou perderá o ônibus. A rotina não necessariamente muda para que algo mude. Muitas vezes, ou melhor, na maioria das vezes, as coisas grandes acontecem devagar, um tiquinho por vez até você ser capaz de notar.

Caio acordou como todos os dias: com uma ressaca reversa. A cabeça latejante, boca amarga e corpo cansado, mas nada resultante do excesso de álcool, muito pelo contrário: pela ausência dele. O garoto estava em período celibatário e aquilo era novidade para aquele organismo altamente mundano habituado a muitos goles, muito barulho e muita troca de fluidos.

Ele não lembrava se estava naquela rotina havia três meses ou três anos. De vez em quando, cogitava ter encontrado uma passagem secreta para algum mundo paralelo no qual vivia apenas uma versão mais triste, menos interessante e comum da sua verdadeira vida.

Caio dormia muito, falava pouco e fumava na janela do quarto. É claro que pensava em Virgínia, mas de uma maneira diferente agora. Sentia aquela nostalgia provocada pela supervalorização de cada detalhe acompanhada pelo derrotismo de não ter sido capaz de segurar aquele momento.

Em uma dessas idas até a janela, Caio notou que estava sem cigarros e saiu para comprar. Foi caminhando, agradecendo por não ser mais verão e o clima combinar com seu estado de espírito. Adoraria dizer que teve pensamentos profundos e atitudes heroicas pelo caminho, mas ele andou chutando pedras, sem reparar em nada até entrar e pedir seu veneno. Ele não reparou em nada, nem na nota de dinheiro amassada, nem em sua barba por fazer ou na garota que passou por ele no caminho. Caio não viu nada, até ver um desenho apoiado do lado de dentro do balcão.

Era um comércio modesto, desses típicos de cidade pequena, que vendem de tudo um pouco para atender às necessidades mais urgentes da população. Um comércio que devia ter pertencido ao bisavô, ao avô e, agora, ao pai daquele garoto que lhe esticava duas moedas esperando educadamente que seu cliente saísse de seu pequeno transe.

— Você que está fazendo aquele desenho? — perguntou Caio, enquanto pegava o troco sem conferir.

— Sim — respondeu meio tímido.

— Você é bom.

— Não muito.

— Posso ver?

Caio folheou o caderno do rapaz — que descobriu se chamar Gustavo — e ficou impressionado, sobretudo quando soube que ele nunca havia frequentado nenhuma escola de arte e tudo o que sabia havia aprendido on-line. Era autodidata.

Conversaram por alguns minutos e acabaram recordando alguns eventos em comum durante a infância. Gustavo e Caio tinham praticamente a mesma idade e frequentaram a mesma escola, embora não fossem da mesma turma.

— Tinha vontade de brincar com vocês, mas minha mãe não deixava, dizia que vocês não eram boa companhia — comentou Gustavo, quase roxo de tanta vergonha.

— Ela tinha razão, não éramos bons exemplos para ninguém.

— Foi o que ela disse quando vocês foram expulsos do colégio. Sabe? Daquela vez que explodiram o banheiro.

— Não foi o banheiro, foi UM vaso sanitário... Aquilo foi um mal-entendido. Uma experiência que não deu certo. — Caio piscou e sorriu como costumava fazer para se livrar de alguma encrenca.
— Sei...
Outros clientes chegaram e Caio se despediu.
— Aparece aí — Gustavo convidou.
— Será que sua mãe deixa? — zombou.
— Não tem como ela saber, não mora mais aqui. — E deu de ombros.
Caio desviou os olhos e partiu sem perguntar mais nada.
No caminho de volta, algo estava mais desperto nele. Nada de pensamentos geniais ainda, mas havia uma fagulha. Sua mente parecia lutar tentando sair da escuridão, daquela inércia que parecia espalhar lodo por todos os lados daquela cabeça que nunca esteve tão vazia.

Chegou em casa e resolveu cozinhar. Sua mãe estava fora e ele decidiu que a surpreenderia com o jantar. Procurou uma playlist em seu celular e ele entendeu o recado de Miles Davis dizendo em "That's the Way" para mantermos o coração jovem se não quisermos estar sozinhos — ou achou que entendeu e isso lhe bastou, porque no fundo é apenas isto: basta um único pensamento para nos fazer parar ou seguir, e Caio decidiu seguir.

Cantando e cozinhando sem pensar em nada importante, ele foi viajando lentamente por cenas de sua vida. Coisas aleatórias invadiam sua mente: sua infância, a escola, as garotas, os desenhos de Gustavo e o barulho de maritacas no telhado. Arrumou a mesa e se lembrou de quando entrou correndo em casa com o Farofa, seu cachorro da época, e derrubou a cristaleira acabando com a única herança deixada por gerações. Tomou banho e pensou nas aulas de natação que fazia no clube que não existe mais. Fez a barba e sentiu saudades de Virgínia. Tudo assim, sem perceber, sem alarde e sem se dar conta, uma coisa seguida da outra como inspirar e expirar. Como viver.

Quando seus pais cruzaram a porta, estranharam tudo por um instante. Foi uma novidade feliz ouvir o assovio ritmado do filho, sentir o cheiro de comida no ar e aquela atmosfera familiar no lugar que fora por toda vida o único lugar que chamaram de lar.

Caio, por sua vez, se sentiu levemente acanhado ao ver a expressão de contentamento de seus pais. Era quase incômodo vê-los orgulhosos, como se lhe pesasse aquela expectativa de estar engrenando, entrando nos eixos. Novamente aqueles olhares ansiosos, desejosos para que ele finalmente desse certo. Tentou não pensar nisso e os convidou a se sentarem. Lavaram as mãos e obedeceram.

Engraçado como um ato simples pode ser capaz de te jogar num redemoinho de emoções. Vera olhou em volta e se sentiu em paz como há muito não conseguia, os homens da casa não entendiam muito bem o que era aquele peso no peito, talvez ninguém saiba, mas gosto de chamar de reencontro. A vida às vezes nos leva para lugares distintos, a gente anda por aí para viver o que tiver que ser, para crescer, se perder, mudar, tentar entender do que somos feitos até nos darmos conta de que o mundo pode até ser grande, mas o verdadeiro tesouro sempre esteve bem ali, naquele lugarzinho que a gente chama de casa, de família. Talvez superestimemos as asas e esqueçamos a importância das raízes. Não sei o quanto posso ter razão, é apenas algo a ser pensado.

Depois de comerem e lavarem os pratos juntos, Caio espiou Virgínia pelo celular. O problema é que nas redes sociais de uma fotógrafa há mais fotos tiradas por ela do que fotos dela, e ele já conhecia de cor todas aquelas poses.

Contudo, naquele instante, como uma migalha jogada em sua direção, apareceu uma nova postagem. Em uma foto em preto e branco, claramente tirada por um profissional, Virgínia aparecia fotografando algo. Ela estava na beirada de um rio, a luz do sol atravessando as copas das árvores e a câmera escondendo a maior parte de seu rosto. Caio sentiu seu coração se inundar de amor e quase sentiu raiva por isso, viu que ela vestia a camiseta metida à espirituosa que lhe deu no Natal e sofreu um pouco mais. Leu na legenda que a foto tinha sido creditada a Marcelo e logo entendeu que ela tinha aceitado o emprego temporário. Olhou mais um pouco e achou tudo longe demais: o tempo, a distância, a boa vontade que os unia. Só sobrou aquela saudade toda que ele não queria mais sentir.

Enquanto segurava a imagem de Virgínia e todos aqueles irremediáveis sentimentos, Caio não ouviu a campainha, não notou a conversa e nem o pequeno visitante que o observava por detrás de sua cadeira. Foi tirado de seu martírio particular apenas quando seus pensamentos foram interrompidos por uma voz:

— É sua namorada?

Caio olhou para o lado e viu um garoto com a cara metida em seu ombro encarando a tela de seu celular. Sua mãe entrou na cozinha dizendo que Matheus era filho da vizinha e que ficaria alguns dias com eles, pois a mãe passaria por uma cirurgia.

— É sua namorada? — o garoto repetiu apontando o nariz para o celular.

— Era — respondeu em voz baixa, meio sem vontade.

— Ah... Entendi. Por isso você está com essa cara aí?

— Que cara? — disfarçou.

— De quem está na bad.

— Na *bad*? Você não é pequeno demais pra saber o que é estar na bad?

— Cara, uma criança de oito anos sabe o que é estar na bad e eu já tenho onze.

— Vejo que vocês vão se dar muito bem — ironizou a mãe.

— Quantos dias ele vai ficar aqui mesmo? — reclamou Caio, enquanto sua mãe chamava Matheus para guardar sua mochila.

— Ela é bonita e estilosa... A camiseta é muito legal. Tudo bem você estar na bad porque ela não te quer mais... Eu te entendo, cara — consolou Matheus, dando um tapinha solidário no ombro de Caio e saindo atrás de sua anfitriã.

— Como é que é?

Caio não soube se Matheus era precocemente irritante ou precocemente engraçado, talvez fosse um pouco dos dois. Olhou Virgínia mais uma vez e concordou mentalmente com o menino: ela é bonita e ficou ainda mais com essa camiseta feita especialmente para ela.

Continuou olhando até perceber o que já estava bem ali. E assim, uma coisa pequena atrás da outra, de repente, fizeram algum sentido. Não era o sentido da vida ou o segredo das galáxias, mas ativaram os neurônios atolados de Caio para algo novo. Uma pequena ideia, o almejado rumo, que até poderia não ser o sonhado, mas poderia ser seu novo destino. Não precisou de um sinal do céu ou de uma mudança brusca na rotina, só precisou de alguns reencontros, um pouco de leveza e um olhar atento. Normalmente, é só do que se precisa.

"Também sinto a sua falta", comentou na foto. Primeiro, porque era verdade. Segundo, porque ela continuava sendo o norte de sua vida, mesmo que essa parte ele não tivesse tido coragem de dizer.

27

A gente aprende a disfarçar os vazios.

Caio passou a noite acordado. Fez milhares de contas, projetos e planilhas. Pensou em uma marca, uma identidade e metas de curto, médio e longo prazos. Rascunhou sonhos e também planos. Riscou um pouco os sonhos e tentou ser realista quanto aos planos. Cochilou em cima dos papéis e acordou com o barulho dos passos na escada. Olhou tudo aquilo espalhado sobre a mesa e, por um instante, sentiu vontade de recuar, mas não podia. Tinha que manter a chama acessa, a vibração lá em cima e todo seu otimismo ligado no máximo. Precisava se agarrar àquela sensação boa e vibrante para se manter firme ao ideal e, acima de tudo, para conseguir vender a ideia. Ele precisava de aliados e, se ele não acreditasse, ninguém mais acreditaria.

— Bom dia.
— O que é isso tudo?
— Você está um lixo.

Disseram mãe, pai e o hóspede quase ao mesmo tempo.

— Bom dia, isso aqui é o primeiro passo para algo grandioso e, pequeno padawan, aprenda uma coisa: essa aqui é a cara do sucesso.
— Sério? Minha mãe diz que é a cara da derrota.
— É a cara do trabalho, ok? E alguém já te disse que você é bem chato?

— Já, mas eu não ligo. E não me chame mais de padawan, você não tem nada de jedi... Não passa nem perto.

Caio até pensou em retrucar, mas notou que estava perdendo o foco e resolveu deixar o encrenqueirinho para lá.

— Vai, filho, conta. Estamos curiosos — incentivou a mãe.
— É. Você passou a noite trabalhando? No quê? — indagou o pai.
— Mãe, pai, isso tudo aqui são apenas rascunhos. Vou organizar e deixar tudo direitinho para vocês entenderem. Depois mostro. Quero fazer direito. Tudo bem?
— Tudo bem — responderam se entreolhando.
— Bom, vou subir, então.
— Ok, bom trabalho, mas antes, você precisa levar o Matheus até a escola para mim.
— É sério? — resmungou.
— Bem sério.
— Certo, então vou me arrumar — suspirou resignado.

Caio nunca gostou de dirigir. Preferia muito mais andar de carona ou de transporte público, mas resolveu pegar o carro da mãe para poder despachar o moleque mais rápido. Quando parou no sinal vermelho, pegou o celular para ver se Virgínia havia respondido ao seu o comentário. Ficou desapontado ao ver que não.

— Por que você escreveu que "também sente falta dela"?
— Achei meio óbvio ela sentir minha falta, já que está vestida com a camiseta que eu fiz pra ela. A camiseta que você curtiu, sabe? — Caio aproveitou para se exibir um pouco, ainda estava com a história de não se parecer com um jedi meio atravessada.
— De repente era a única roupa limpa que ela tinha.
— Garoto, onde é que você escuta essas coisas? Porque eu sei que você nunca ficou com uma única roupa limpa pra poder usar, mesmo porque não deve ser você quem lava suas roupas.
— Meus pais veem muitas séries americanas enquanto uso o tablet, eles acham que não estou prestando atenção, mas normalmente estou.

— Sabe que eu deveria dizer isso a eles, né?
— Mas não vai.
— Ah... Não vou? E por que não contaria?
— Você não tem jeito de dedo-duro. Pode encostar ali.

Caio parou o carro, desejou boa aula e Matheus disse apenas "valeu" sem notar a expressão feliz do seu mais novo — e improvável — amigo.

No caminho de volta, parou o carro em frente ao mercadinho para dar continuidade ao seu plano. Encontrou Gustavo do mesmo jeito do dia anterior e imaginou o tédio que devia ser viver sentado atrás daquele balcão.

— E aí, Gus, meu parceiro, como é que você está, amigão?
— Você *já* está bêbado ou *ainda* está bêbado? — falou olhando para o relógio empoeirado pendurado na parede.
— Adoraria dizer que bebi, mas este é apenas o meu eu empolgado. Bêbado eu pioro só um pouco.
— Por Deus, não beba.
— O que acontece por aqui? As pessoas são sempre mal-humoradas, acabei de conhecer o garoto de onze anos mais ranzinza do mundo e agora você com essa cara de quem comeu e não gostou... Isso para não dizer cara de quem não come nada faz tempo.
— Nossa... Essa foi péssima.
— Sim, piadinha infame e de gosto duvidoso, mas deixe de mau humor, cara.
— Isso não é mau humor, é um tipo de humor refinado usado com quem é metido a engraçadinho e que possui o mesmo repertório de piadas desde a quinta série. Entendeu?
— Aahhh... A gente está virando amigo, então?
— Não ainda, mas quem sabe.
— Certo. Mas eu não vim aqui falar de amizade, vim falar de negócios.
— Agora quem não entendeu a piada fui eu.
— Não é piada, é sério. Quero que você desenhe uns lances. Umas coisas que tenho pensado para estampar em produtos.
— Estampas?

— É. Seus desenhos, meus letterings, nossa marca, nossa loja.
— Você nem me conhece e que ser meu sócio? Você é bem louco.
— É o que dizem.
— Não sei não, cara.
— Seu talento, minha visão. O que temos a perder? Podemos começar sob demanda...
— Precisamos de dinheiro e honestamente eu tenho uma merreca guardada, não compra nem uma máquina de estampar camiseta.
— Se você topar encarar o trampo comigo, a grana vem. Também tenho um pouco e o que faltar dou um jeito. Não é muita coisa. A gente começa pequenininho, depois cresce por conta.
— Alguns desenhos e meus trocos?
— Exatamente. Seus desenhos e uns trocados — afirmou Caio, sentindo a adrenalina o atingir.
— Fechado, não estou fazendo nada mesmo... — Gustavo esticou a mão, mas recebeu um abraço desajeitado com o balcão entre eles.
— Você acabou de aceitar ser meu sócio, o que faz de você um malucão também. Está ligado nisso, né?
— Dá o fora daqui antes que eu desista.

Caio gargalha e anota o número de seu celular em um dos papéis espalhados pelo balcão. Pensa em Virgínia e no lance analógico que tinham em deixar bilhetes. Ele poderia ter falado para Gustavo colocar na agenda do celular na hora, mas nem sempre a gente tende às automaticidades da vida e isso é bom. Não escolher o caminho óbvio e automático é sempre bom, pelo menos foi o que ele pensou. Suspirou, deu um tapinha no bilhete em cima do balcão e sentiu falta da única pessoa que rabiscava como ele.

Naquele dia, Caio cavucou o cérebro para retirar algum conhecimento adquirido durante os anos de faculdade. Foi difícil, pois cada aula vinha acompanhada de uma história mirabolante acontecida no bar ou alguma conversa que acabou em sexo. Muita história mirabolante. Muito sexo. Sorriu e coçou a nuca com algumas lembranças

específicas, quase se arrependendo delas, mas, por fim, desistiu. Não eram memórias tão ruins assim, não mereciam sua ingratidão. Ele escolheu aquele caminho e se culpava por alguns passos, mas não seria hipócrita em renegar a história toda. Ele curtiu muito alguns desvios, algumas vistas. Que vistas!
Quando colocou o último ponto em seu projeto, seu celular vibrou.
"Como você está?"
Seu coração descompassou ao ver o nome de Virgínia na tela de seu celular.
"Até que bem, e você?"
"Também. Estou em Manaus, quase sempre em lugares sem sinal."
"Vi sua foto."
"Vi seu comentário."
"Falei sério."
"Eu sei. Não duvidei."
"Isso é bom."
"Não preciso dizer nada. Você usou a palavra também. Confiante como sempre."
"Tentei um lance de sorte."
"Metido."
Caio sorri e envia um emoji de óculos escuros.
"Voltei para casa", resolve contar onde está.
"E como foi?"
"Melhor do que imaginei, quer dizer, não queria estar aqui, mas estou numa boa com os meus pais e isso é legal."
"É muito legal, Caio. Mesmo."
"Tem tanta coisa que queria te contar, Vi."
A palavra "digitando" estampada na tela quase mata Caio de ansiedade, ele queria entrar naquele aparelho e se jogar de volta na vida dela ou puxá-la para a sua. Qualquer coisa, desde que pudesse tocá-la, pedir desculpas e recomeçar. A saudade que andava espremida se esparramou por todo o peito dele e, quase sem perceber, a ausência de Virgínia já era quase tão grande quanto o amor que sentia por ela.

"Tenho que voltar para o acampamento. Desculpe, o sinal é péssimo por lá. Sinto muito. De verdade. A gente conversa depois, ok?"
"Eu te a...", apagou.
"Até mais", enviou.
"Até ♡"
— Um coraçãozinho. Opa, coraçãozinho é legal — falou, achando que estava sozinho.
— Cara, você está se apegando no detalhe — respondeu Matheus, que já estava com a cara enfiada na tela do celular.
— Você é algum tipo de entidade do mal. Só pode ser...
— Você que fica babando nesse celular e não vê mais nada.
— Acha mesmo que não quer dizer nada? Ela mandou um coração. Isso é algo, meu caro.
— Pode ser, mas é pequeno.
— Eu preciso de qualquer coisa. Pequena, um detalhe. Não importa. Ela está do outro lado do país e a última vez que nos vimos foi em uma briga. Então...
— Sorte, bro... Vai precisar. — Matheus deu dois soquinhos no peito e fez paz e amor com os dedos, depois saiu fazendo cara de marrento.

Figura, Caio pensou. Mas até que o garoto tinha razão, ele precisaria de toda a sorte que o Universo pudesse lhe enviar dali em diante. Muita e em diversos aspectos.

28

*O tempo corre e a gente também,
mas nem sempre parece ser para a mesma direção.*

Entre a realidade e nossos anseios há um abismo. Entre a realidade e a nossa imaginação há buracos negros. Sobretudo quando há distância e impossibilidade de viver o real, dois ingredientes capazes de desgraçar qualquer emocional e nos fazer produzir uma quantidade absurda de caraminholas quando estamos apaixonados e terrivelmente inseguros, e eles estavam. Terrivelmente.

A frase "tenho tanta coisa para te contar" fermentou nas ideias de Virgínia a ponto de lhe tirar o sono. Um pequeno coração ao final da mensagem fez Caio supor infinitas teorias até se cansar de supor. Eles não tinham com quem conversar sobre o assunto, sobre o que pensavam e sobre aquele *não sei* que se alastrava sobre eles. O não saber é o pior dos sentimentos, pior até do que a rejeição, porque você não consegue sofrer, superar, não consegue sentir uma saudade feliz ou triste, não consegue sentir nada direito. O não saber te angustia, te incomoda e o pior, te faz ter vontade de não sentir.

A aventura de Virgínia durou mais um mês e, quando ela retornou para seu apartamento, o pó sobre os móveis pareceu a analogia perfeita para o retorno à sua antiga vida. Ela assoprou a mesa e, ao ver a poeira se misturar ao ar e à luz que entrava pela janela, foi capaz de enxergar beleza naquele cenário meio deprimente. Olhou para o celular e teve vontade de ligar, mas o espaço entre eles era tão grande que teve medo de não conseguir atravessá-lo. Porque nós somos assim, os humanos são capazes de pisar na Lua, mas às vezes são incapazes de atravessar a rua e pedir perdão a quem ama. Conseguimos encontrar a cura para uma doença mortal, mas ainda não descobrimos como domar nossos medos, ultrapassar nossos entraves, administrar o nosso orgulho. Principalmente quando nos sentimos fragilizados, principalmente quando o assunto é o amor.

Por tudo isso e por mais tudo o que cabe no vão do não saber, Virgínia não ligou e resolveu faxinar o apartamento antes de buscar Chico na casa dos pais. Resolveu jogar água em cada canto na esperança de renovar, recomeçar e quem sabe, mais tarde, abrir as janelas, a porta e o coração.

No começo da noite, exausta de tanto limpar, Virgínia tomou um banho e teve preguiça de sair. Olhou o celular novamente e resolveu ligar, mas para Tatiana dessa vez. A amiga gritou de alegria ao ouvir sua voz e xingou um pouco também quando soube que sua amiga tinha chegado pela manhã e só tinha ligado aquela hora.

— Já pedi pizza. Chega daqui a meia hora. Pedi com borda recheada de cheddar, sua encrenqueira.

— Ok, te perdoo, amiga desnaturada. Daqui a pouco estou aí.

Pouco tempo depois, as duas já estavam ao redor da pizza, comendo, conversando, rindo, e Virgínia estava feliz em finalmente se sentir em casa.

— Agora me conta tudo, vai — disse Tatiana com a boca meio cheia.

— Já te contei. Foi maravilhoso. Mesmo com aquele acampamento estranho e aquele começo difícil. Aprendi demais. Foi incrível mesmo.

— Não isso. A parte importante. Não que isso não seja, claro... Mas eu já sei que você é maravilhosa e vai até onde quiser na sua carreira. Já te disse isso. Seu inimigo é você mesma.

— Sei... Sei...

— Estou falando do Caio. Daquele acidente estranho que você sofreu, do término de vocês, da sua viagem repentina... Eu não entendi nada. Foi estranho demais. Tudo muito rápido.
— Sério que a gente vai ter que falar sobre isso?
— Ah... Com certeza vamos ter que falar sobre isso.
— Bem... O acidente foi uma perseguição, na verdade. Meu ex apareceu, eu fugi dele e tropecei. Acabei batendo a cabeça com força e desmaiei, por isso o Caio me levou para o hospital.
— Perseguição? Que ex-namorado? Que loucura foi essa?
— Já passou, ok?
— Como já passou? Quem é esse cretino?
— Não me pressiona, por favor...
— Ok, mas esse assunto não morreu aqui.
— Certo.
— Enfim... Naquele dia, acabei contando umas coisas para o Caio.
— Essas coisas que você não falou pra ninguém? As que aconteceram lá na Argentina? Coisas sobre ex-namorados imbecis que te perseguem?
— É... E na verdade ele foi bem legal.
— E o que deu errado?
— Quando eu me dei conta de que ele estava sendo gentil com as minhas burradas para se sentir à vontade para falar sobre as dele — Virgínia diz com um sorriso amargo e lágrimas nos olhos. — Lembra aquela vez que ele sumiu e voltou dizendo que estava na casa dos pais?
— Aham.
— Ele ia para uma viagem de formatura, mas acabou não indo porque foi atrás das coisas dele na casa da ex e ficou por lá porque tinha que sustentar a mentira.
— Ele ficou com ela?
— Ele diz que não, mas você acredita?
— Acredito — responde Tatiana pensativa, enquanto Virgínia arregala os olhos surpresa.
— Oi?

— Ele diria. Vocês estavam em um momento "vamos jogar toda a merda no ventilador, depois limpamos tudo e seguimos em frente". Ele diria.
— Você não gosta dele. Está lembrada?
— Não gosto, mas acho que você terminou com ele bem na hora em que o canastrão resolveu fazer uma coisa certa na vida.
— Sério?
— Sério. Amiga, eu sei que a gente pinta uma situação perfeita para os grandes amores, as relações ideais em que todo mundo é maduro e faz tudo direito sempre, sabe? Mas de repente não é assim, de repente a gente começa meio torto, meio sem saber direito o que está fazendo. Tem gente que precisa de mais tempo.
— Talvez, mas pode ser que tenha se passado tempo demais.
— É... Pode ser.

Virgínia morde a pizza e mastiga sem nem notar o gosto, porque ela já não está mais ali, já caiu em mais uma ou mil possibilidades. Já está vagando em pensamentos, está tomada pela certeza de que a vida é feita de escolhas e pela dúvida que sempre nos rondará: a de ter feito a correta.

29

Não existe atalho na vida.
Não existe marcha a ré na vida.
Só existe o caminhar para a frente.
Então a gente caminha.

Às vezes a gente se esquece do que é capaz. Muitas vezes, na verdade. Há dias em que olhamos em volta e nada tem muito sentido. Qual é o sentido? Por que nos esforçamos tanto? Por que a gente dorme e acorda e faz tudo de novo entre a noite e o dia? Sempre. De novo. E de novo. Sem parar.

Não sei, mas enquanto nossos olhos se abrirem pela manhã, a gente sente que ainda tem algo a fazer, a buscar, a realizar. Há um chamado interior que nos move e é poderoso, embora inexplicável. É esse chamado que nos motiva e angustia na medida exata. É esperança, medo e contradição na mesma proporção. Há quem descubra o significado disso em algum momento, há quem morra sem saber, mas o fato é que esse pequeno pedaço é o mais semelhante entre todos os humanos, principalmente entre Virgínia e Caio.

Virgínia, movida por seu chamado, separava suas fotografias para um novo portfólio em um novo site e tentava mostrar aos outros um ângulo do mundo que somente ela enxergava. Presa por sua angústia, parava de vez em quando e se perguntava se era boa mesmo, se seu talento era notório ou se ela seria eternamente uma garota na fila dos sonhos.

Caio, movido por seu chamado, colocava sua loja de produtos exclusivos no ar para que as pessoas valorizassem suas individualidades, se comunicassem através de seus produtos e de algo que ele considerava único. Preso por sua angústia, se perguntava se alguém compartilharia de sua visão ou se mais uma vez seria visto como um garoto mimado rodeado de bugigangas sem valor.

Nem sempre a gente se lembra do que é capaz, mas Virgínia pegou suas fotos e reconheceu nelas técnicas avançadas, viu também muito além das coisas que são encontradas em livros. Passou os dedos sobre elas e se orgulhou muito de algumas. Percebeu sua evolução, aceitou seu valor e, mesmo que ninguém mais notasse, se sentiu feliz em ter sido ela quem viu e registrou tudo aquilo daquela maneira.

Nem sempre a gente se lembra do que é capaz, mas naquele dia, Caio reviu cada detalhe do site, de cada produto, de cada frase, cada cor. Relembrou a frustrada venda de garagem que fez e que rendeu pouquíssima grana porque ninguém estava interessado em seus CDs, blu-rays, livros e outras coisas que enfim havia resgatado com Fabi... Emocionou-se quando o pai disse que lhe emprestaria o restante do dinheiro. Leu suas palavras nas estampas. Gostou. Gostou muito. Era a primeira vez que Caio gostava de algo sobre si que não era relacionado à sua aparência ou suas preferências musicais. Era ele. Seus pensamentos. Ele.

Apesar de a vida ser esse mistério todo, esse terreno difícil de caminhar, cheio de altos e baixos e de nem sempre a gente acreditar que terá fôlego para concluir a jornada, a gente permanece. Ora mais confiante e ágil, ora se arrastando, mas permanece. Eles permaneceram e foram em frente mesmo com medo, mesmo com saudades, mesmo sentindo falta da mão um do outro. Por quê? Acho que isso só fará sentido no fim. A maioria das coisas é assim.

Uma semana depois, Virgínia ainda esperava alguma notícia da vida. Como se em algum momento seu e-mail fosse trazer algum alívio para aqueles dias que pareciam suspensos no ar como balões.

— Para — disse Luiza, cansada de ver a irmã olhando para o celular.

— É importante.

— É.

— Se eu não conseguir a bolsa ou um emprego, vou ter que voltar para o estúdio.
— Ou pra casa.
— Não me leve a mal, irmãzinha, mas voltar para casa seria pior do que voltar para um emprego ruim.

Luiza ri, Virgínia também, e o mundo sempre parece melhor entre os olhares de cumplicidade delas.

— Acho que a gente devia ligar para a Tati e sair um pouco. O que acha?
— Bom.
— Legal. Vai escolhendo uma roupa bacana aí, porque a gente vai sair. Noite das garotas!
— Onde?
— Ah... Sei lá. Algum lugar bem barulhento, com muita gente e petisco barato.
— Ótimo.
— Esse é o espírito, irmãzinha.

Horas depois, as três já estavam em frente a um bar aguardando uma mesa. Elas conversavam animadas com mais outras duas colegas de Tatiana. A noite estava fria, então optaram por uma mesa do lado de dentro. Assim que foram chamadas e se preparavam para entrar, Virgínia reconheceu uma gargalhada. Caio, apoiado em uma das mesas da calçada, conversava e ria com um grupo de garotas. O coração e o rosto de Virgínia pareciam pegar fogo, enquanto seus pés congelaram no batente do bar. Tatiana, que vinha logo atrás, quase a derrubou com sua parada repentina.

— O que houve?
— Nada. Vamos entrar.

Virgínia abaixou a cabeça e entrou rapidamente tentando se esquivar, mas era tarde, ela já tinha chamado atenção. Não de todos, na verdade, quase de ninguém, mas de quem realmente importava.

As garotas se sentaram e voltaram a conversar animadamente, menos Virgínia, obviamente. E não me venha falar em clichê. Pouco importa o nome que as pessoas dão a isso, mas a verdade é que neste exato momento há muitas pessoas perdendo a fala porque cruzaram com aquele amor mal resolvido. Acontece. Não é ficção. Quando você viver algo importante o suficiente a ponto de ser insuperável, vai entender e vai odiar que alguém diga que é clichê, porque pode até se repetir em outras histórias, mas será único quando acontecer com você. E era único para ela. Era especial olhar aquele cretino, era bom e perturbador. Era triste e dava vontade de fugir também. Era torto, como disse Tatiana, mas ainda assim de um jeito que lhe parecia muito certo.

Ela viu quando Caio cruzou a porta e caminhou até a mesa delas, viu quando ele falou boa noite para as garotas e o bar todo pareceu ficar em silêncio e viu quando o dedo dele se aproximou para empurrar o cardápio para baixo, revelando seu rosto. Ela viu e estava com o coração aos pulos, sem saber como lidar. Caramba, como ela gostava dele. Como ainda gostava daquele cara que parecia ter saído de algum filme dos anos cinquenta.

— Oi.
— Oi.

A franja embaralhada nas pestanas pretas daqueles olhos tão marcantes despedaçou o coração de Caio, trazendo toda a saudade de uma só vez. Ele quase se afogou de amor.

— Eu não sabia que tinha voltado.
— Faz pouco tempo.

Caio permaneceu de pé, encarando Virgínia como se ela fosse uma aparição mística.

— A gente pode conversar? — pediu com ansiedade.
— Agora? — Virgínia olha em volta e sua irmã acena em incentivo.
— Vai. A Lu fica comigo, ela pode dormir lá em casa — socorre Tatiana.
— Você avisa a mãe? — preocupa-se Virgínia.
— Aviso — Luiza a acalma.

Os primeiros passos de Virgínia e Caio são desconfortáveis. No silêncio entre eles há tantas palavras sendo repetidas em suas mentes que chega a ser ensurdecedor. Eles caminham sem saber para onde estão indo. Para onde mesmo eles seguem? Para onde querem ir? Caio segura na mão dela fazendo-a parar e encarar seus olhos. Um encontro. Mais um. A gente é capaz de se perder e se reencontrar com a mesma pessoa inúmeras vezes, eles eram testemunhas deste fenômeno.

— Por que você não me ligou quando chegou? Não é uma cobrança, saca? De verdade. Só quero entender. Pode ser honesta comigo.

— Eu não sei. Quis ligar assim que desci do avião e continuei com vontade de ligar desde então, mas não sabia o que dizer.

As mãos continuaram unidas como o reflexo de uma união ainda maior, algo que eles não conseguiam explicar, mas sentiam tão naturalmente que mal se davam conta.

— Vi, tudo bem você me dizer que não quer mais nada comigo. Se for isso, eu preciso ouvir.

— O quê?

— É... Porque não consigo te esquecer, você continua aqui. — Caio coloca a mão de Virgínia sobre seu coração acelerado e se sente tão vulnerável que chega a temer. — Você tem que olhar para mim e dizer que não sente mais nada, que não me ligou porque não me quer na sua vida. Não me deixa ter nem um pouquinho de esperança, porque senão eu vou viver agarrado em um detalhe. Entende? E não dá para continuar assim, sem saber.

— Não posso fazer isso. Eu não sei se a gente consegue fazer dar certo, mas...

— Mas?

— Ainda gosto de você — confessa, tão baixinho que parece envergonhada.

— Gosta? Mesmo? — Caio ergue seu rosto segurando seu queixo.

Virgínia aquiesce sem nada dizer, pois sabe que se tentar falar vai chorar, sabe também que o que sente é muito maior do que a palavra gostar pode mensurar, mas naquele momento não sabe o que fazer com o que sente, com as palavras, com o sentido das coisas, dos sentimentos e do ir e vir das pessoas, de Caio, dela.

— Então a gente faz dar certo, lobinha — diz ele afastando a franja de seus olhos, acariciando seu rosto.
— Será?
— Não vale a pena tentar? Não sei a sua, mas a minha vida anda um porre sem você.
Ela fechou os olhos e inclinou o rosto em direção à mão de Caio. Beijou seus dedos e roçou levemente o nariz na pele dele. Virgínia tinha quase obsessão pelo toque, pelo cheiro e pela presença daquele homem que sempre lhe parecia um garoto.
— Você não parecia entediado conversando com aquelas garotas no bar.
Caio faz cara de quem não entendeu.
— Na verdade você parecia bem animado. Um verdadeiro *showman*, como sempre, aliás — provoca.
— Ah... Sim. Você tem razão. Eu estava bem animado mesmo.
Virgínia dá um tapa no ombro dele, que reclama e ri ao mesmo tempo.
— Mas não pelos motivos que você deve estar imaginando. É por causa disso aqui. — Caio apoia a mochila no chão e retira um portfólio e um botton de sua loja. — Eu estava fazendo propaganda da minha loja, quer dizer, minha e do meu sócio.
— Você vai ter que me contar tudo isso, rapaz. Tim-tim por tim-tim — diz orgulhosa e com expressão feliz.
— Eu vou, mas depois, agora vou te beijar.
— É mesmo?
— É, e te apalpar um pouco também.
Ela gargalha e se permite. Eles ficam bem juntos. Os lábios conhecem o caminho, as mãos os afagos, e até quem passa sabe que aquele beijo é o motivo de tanta saudade, pois no instante não mora o futuro, não moram as decisões nem os dilemas, no instante só habita o sentir, o pulsar, a conexão. Os instantes são perfeitos, essa é a razão da felicidade ser feita de lampejos.
Aquele beijo se multiplicou até virar um convite para Caio ir até a casa de Virgínia, o pequenino apartamento que serviu de lar para o começo daquela história. Eles subiram o elevador de mãos

dadas, atravessaram o batente se beijando e derrubaram o mesmo abajur que insistia em ficar no meio do caminho. As cortinas pareciam sorrir enquanto eles tiravam a roupa com a ânsia dos primeiros dias. O tempo parecia não ter passado. Os corações deles batiam em uníssono desejando que o tempo não tivesse passado, mas a verdade é que passou. Embora os laços ainda estejam ali intactos, eles deram passos para lados opostos e algum poeta já disse que um peixe e um passarinho até podem se apaixonar, mas onde mesmo é que eles vão construir um lar?

Mas eles estavam perdidos no instante, sôfregos de prazer e repletos de esperança, e isso bastou. Normalmente é o que nos basta. Não é tudo sobre isto: acreditar? Quem sabe eles descobrem alguma forma de voar no mar.

30

Tome aqui mais um pedacinho de mim.

Aquela madrugada não teve sono, somente amor, risadas e conversa. Teve Virgínia contando tudo sobre sua viagem, espalhando fotos pelo lençol e compartilhando com Caio suas experiências, seu crescimento, sua felicidade em resgatar o sonho que parecia perdido.

— Eu arrumei as malas pensando em você me dizendo que eu tinha talento, sabe? Que eu não devia ter desistido. Mesmo a gente não estando junto, suas palavras continuaram me incentivando.

— É isso aí. O seu lugar é na National Geographic, não naquele estúdio. Com todo respeito ao estúdio.

Ela sorri para ele e depois para as fotos.

— Exagerado.

— É verdade, Vi. Não duvide, está bem? Você merece o melhor, você é linda.

Ela sabia que ele não falava exatamente de sua aparência naquele momento e se apaixonou um pouco mais, se é que era possível.

— E você? O que tem feito?

— Tentando merecer o melhor.

— Não fala assim.

— Mas é verdade, Vi. Qual é?

— Você não é mau, só estava meio confuso em umas questões.

Caio gargalhou pela falta de palavras de Virgínia ao tentar absolvê-lo. Ela riu também e acabou jogando um travesseiro nele. Depois, pediu para que continuasse a falar.

— Fiquei um tempo meio de luto, porque pensei que para ser o bom moço que queria ser, teria que matar o Caio que era e de quem não desgostava totalmente. De algumas atitudes sim, mas não totalmente. Sabe?

— Imagino.

— Eu queria ser bem-sucedido, respeitável. Essas coisas que todo mundo considera normal, mas a ideia da rotina, do trabalho, escritório, essas coisas, me matava. Por outro lado, eu precisava ser o filho que os meus pais mereciam, o cara que você merecia. Puta dilema.

— Não, gatinho. O melhor que você consegue ser por você. Porque você é incrível. Sério. Mas de repente você não é mais.

— Quando sou incrível, Vi? Quando estou tentando ser o que todo mundo espera ou quando paro de tentar?

— Não é assim...

— Será? Quando você foi feliz comigo?

Virgínia quis dizer o tempo todo, mas sabia que não era verdade. Sabia que a felicidade era algo que vinha e ia como o dia, como o sol. Algo tão imprevisível quanto o clima. Sabia que em alguns dias eles se bastaram como pouca coisa na vida já fora suficiente, mas também não conseguia esquecer que em alguns momentos se perderam tanto um do outro que a solidão lhe doía os ossos, lhe causava um desespero infantil e uma dor do mesmo tamanho do amor.

— Viu? Acabamos de nos reencontrar, ainda estamos sem roupas e eu nem sei se você se deixou levar pelo que sente por mim ou pelo cara que tento ser.

— Porque você é o que é e o que tenta ser. Você é tudo isso, Caio.

— É, mas...

— Caio, você não precisa se explicar. Olha pra mim. Eu andei sem rumo, nem me formei. Também andei na contramão... Também bato minha cabeça lá e cá.

— Eu só quero dar certo. Quero fazer certo.

— Todo mundo quer.
— Eu sei. É por isso que eu quero ser bem-sucedido, só acho que não como todo mundo, ou pelo menos, a maioria.
— Não é sobre quanto dinheiro a gente é capaz de ganhar ou quantos seguidores na internet você pode ter. A questão é encontrar um caminho e encará-lo, saber que de vez em quando vai ser feliz e de vez em quando vai ser uma droga, mas é o seu caminho e cabe a você viver dentro dele da melhor maneira possível. Tem gente que vai te admirar, tem gente que vai te achar maluco, mas isso não importa quando estamos bem de verdade. O problema é que você não estava. Nem eu. Só isso. Por isso nada dava certo.
— Aí é que está. A gente se encontrou fora dos caminhos.
— E agora que a gente se reencontrou?
— Não sei, Vi. Queria poder dizer que está tudo perfeitamente encaminhado, que eu me tornei o cara mais bem-resolvido do mundo e que parei de fumar, mas o fato é que a gente colocou a loja com bastante custo no ar e está batalhando para divulgar. Eu ajudo minha mãe com o jantar e levo o vizinho marrento que está com a mãe doente para escola todos os dias. O meu pai paga os meus cigarros e ainda me olha preocupado, um pouco desapontado, eu acho. Eu durmo toda noite na minha cama de solteiro, com os mesmos lençóis do tempo em que eu devia ter uns doze anos. A única diferença é que agora eu penso em você e não na minha professora de natação da época.

Virgínia suspirou com resiliência. Aninhou-se em Caio e ele a abraçou com ternura, beijou o topo de sua cabeça e a apertou um pouco mais. Relaxou o corpo para que ela se encaixasse melhor sobre ele e permaneceram quietos por alguns segundos, esperando o sono tomar conta deles.

— Você ainda escuta jazz, blues e aquelas músicas todas e sente vontade de dançar comigo?
— Sim, fiquei um tempo sem ouvir exatamente por isso, mas voltei recentemente.
— Você ainda gosta de filmes clássicos e vinhos baratos?

Ele sorri e só afirma com a cabeça.

— Você ainda lê e acha que se as nossas vidas estivessem nas mãos dos escritores nossos dias teriam roteiros bem mais interessantes?
— Sem a menor sombra de dúvida.
— Então eu ainda te amo — sussurrou como se dissesse boa noite.
— Eu te amo, Vi. Desde o primeiro dia — respondeu ele, mas ela não ouviu, pois já ressonava sobre seu peito, como parecia que nunca devia ter deixado de ser.

Era para ter amanhecido com aquele ar festivo, passarinhos na janela, cheiro de café ou qualquer outra atmosfera feliz que possamos idealizar. Era para a atenção estar na pele levemente avermelhada, nos lábios sensíveis e no corpo dolorido pelos esforços de amor. Era para ter trocas de expressões maliciosas, olhares cúmplices e um apetite voraz à mesa. Mas Caio e Virgínia foram arrancados do sono pelo som estridente de um celular inquieto e terrivelmente insistente.

Virgínia atendeu sem nem abrir os olhos, mas sentou na cama assim que ouviu as primeiras palavras. Caio sentiu as coxas dela enrijecendo sob suas mãos e, ao abrir os olhos, notou sua expressão tensa.

— Não me diga que é aquele argentino de merda — falou assim que Virgínia desligou.
— Não. Não era ele, não.
— Mesmo?
— Sério. Nunca mais soube dele. Não desde a última vez que me ligou para pedir desculpas, fazer um dramalhão e dizer que precisava voltar pra casa por causa de um trabalho.
— Quando foi isso?
— Antes de eu ir pra Manaus. Ele ligou e eu avisei que seria a última vez que ouviria minha voz, pois eu bloquearia o telefone dele.
— Ele aceitou numa boa?
— Claro que não. Ficou pedindo perdão, insistindo... mas não desviei o assunto. Falei que se ele aparecesse novamente, eu chamaria a polícia, e que nunca mais eu andaria sem meu spray de pimenta.
— Você disse isso?

— Sim. Sem alterar a voz. Depois avisei que jamais permitiria que ele desgraçasse sequer mais um dia da minha vida e desliguei. Acho que foi um recado pra mim mesma também.
— Ele nunca mais ligou?
— Não. Talvez volte... vai saber, ou de repente encontre outro objeto pra sua obsessão.
— É como um maldito fantasma.
— É, mas já não me assombra com tanta força.
— Fico aliviado. Não totalmente, mas é bom te ver forte assim.
— É, sim.
— Mas se não era o babaca argentino, por que você está com essa cara?
— Eu consegui uma bolsa de estudos.
— Nossa, que bacana! — Ele a abraça com carinho. — É uma coisa boa, você deveria estar com uma carinha melhor. O que foi? Quem ligou para avisar?
— Um colega que se inscreveu comigo...
— Vi? O que está rolando? Por que você está assim?
— É na Austrália.

31

Será que o amor é laço fácil de atar?

É possível que haja um único caminho que devêssemos seguir, uma estrada que nos levasse sem tropeços ao nosso destino brilhante, contudo, não há notícias de um único ser humano que tenha trilhado tal estrada mágica. E, intimamente, nós sabemos o motivo. Sabemos que somos imperfeitos, que todos que transitam por esta Terra precisam de cada curva pelas quais passaram, pois somos como infantes de mochilas e lancheiras nas costas, a postos, esperando a próxima lição, a próxima aula, o próximo professor. Infantes de joelhos ralados, lágrimas nos olhos e sorrisos sem motivo.

Virgínia e Caio se viram em mais uma de suas encruzilhadas, mais um ponto decisivo de suas vidas. Superficialmente, sabiam que suas escolhas definiriam todos os dias que viriam, dias que eles queriam e todos aqueles que sabiam que não suportariam. Dias que preferiam evitar e também todos os que desejavam e não conseguiam mais disfarçar.

Porém, mais no fundo, em algum canto da inconsciência, sabiam que tais decisões já tinham sido tomadas. Já era tarde demais, aquele caminho foi construído lá atrás, nas conversas que não aconteceram. Na imaturidade do início, no amor precoce, no medo, no silêncio e na distância. Toda vez que você foge de um problema, ele aumenta, ele vence. Não resolver não dissolve, e era uma pena que eles só tenham conseguido entender as consequências do rompimento abrupto no instante do retorno.

— E agora? — Virgínia disse mais para si do que para ele.

— Você vai, claro — respondeu ele, tentando parecer animado.

— É um tempão. Seis meses...

— Estamos separados há meses, praticamente esse mesmo tempo, e fomos parar na mesma calçada. Aliás, a vida nos colocou na mesma calçada pela segunda vez... Ah, lobinha, a gente se acha — e a beijou intensamente.

Ela quis acreditar naquilo, quis acreditar que sempre haveria um ponto de reencontro independentemente das distâncias que se instalariam entre eles. Ela quis ignorar a dúvida e as lágrimas que surgiam em seus olhos e, apenas por querer demais, se permitiu ser carregada pela esperança.

— Caio? — sussurrou entre os beijos.

— Oi...

— Eu sempre vou amar você.

— Não diga adeus ainda — respondeu a olhando profundamente.

Não adiantou. Cada beijo e toque teve gosto de adeus. Cada suspiro e gemido foram intensificados pela dor da despedida. Caio percorreu o corpo de Virgínia com medo da pressa, com medo de acabar rápido demais. Ele a beijou lentamente, como se pudesse tapear os segundos, a penetrou de maneira suave, distraindo o próprio corpo para não se adiantar. Acariciou seu rosto, mapeando os detalhes de sua pele. Decorou suas expressões e também quis acreditar que aconteceria de novo.

Quando o gozo anunciou o primeiro fim, o silêncio pairou e Caio sentiu instantaneamente que o momento se esvaía entre eles.

— Divide alguma memória comigo. Algo que ninguém mais saiba — pediu.

— Você já sabe tudo o que ninguém sabe sobre mim, gatinho.

— Sim, os detalhes sórdidos — brincou. — Eu quero uma bobagem importante, sabe? Algo bom.

Virgínia apoiou o cotovelo na cama e o queixo sobre a mão. As maçãs de seu rosto estavam fogueadas e parte de seus seios à mostra. Caio não se lembrou de ter visto nada tão bonito antes.

— Sabe que eu e Luiza não somos idênticas.

— Aham...

— Mas nós somos univitelinas.

— Ok...

— Nossas fotos de bebê são bem iguaizinhas, mas a paralisia cerebral foi limitando o desenvolvimento dela e... Enfim, a gente foi ficando cada vez mais diferente.

— Era para ser algo feliz, raios — gracejou.

Virgínia riu e ele a beijou. Era difícil resistir.

— Um dia, vendo fotos de família, encontrei uma da Lu sentada no sofá. Ela estava mais ereta que o normal, lembro-me de tê-la achado tão bem que fui mostrar para minha mãe. Não era ela na foto, era eu. Foi surreal... Nem desconfiei que pudesse ser eu e é muito louco você não se reconhecer. Aquilo fez com que me encantasse por fotografia, porque aquele instante congelou algo além do superficial, algo que ninguém reparava mais: nossas semelhanças.

— Faz tempo isso?

— Devia ter uns quinze anos.

— Você tão profunda ainda tão jovem, se eu disser o que eu estava fazendo aos quinze anos...

— Não diz isso, Caio. Não se diminua.

— Pare de ter boa vontade comigo. Sério.

— Certo. Vou dividir outra bobagem importante contigo.

— Isso, por favor.

— A minha vida estava tão sem graça que o auge da semana era a segunda-feira, pois o estúdio não abria. E sabe o que eu fazia nas minhas folgas? Dormia com o Chico a maior parte do dia. Foi assim até que um carinha apareceu, rabiscou um endereço na minha mão e me levou para uma noite que foi uma verdadeira furada, mas foi a melhor coisa que poderia ter me acontecido.

— Sorte que suas expectativas eram baixas.

— Escuta: você é especial quando não está perdendo tempo sendo um cretino.

— Obrigado?

— Só quero que você não se esqueça de que não importa o que aconteça, Caio, você foi a bobagem mais importante que já me aconteceu e ninguém é tão marcante assim sendo um completo imprestável, certo?

Aquiesceu mais emocionado do que se permitiu demonstrar.

— Agora é sua vez de me contar algo.

— Não. Agora eu vou te amar de novo e você vai ter que voltar para mim se quiser saber algum segredo.

— Isso é chantagem.

— Eu chamaria de desespero.

— Serve também.

Vinte e oito dias depois, Caio levou Virgínia, duas malas, uma bolsa com suas lentes e um peito pesado até o aeroporto.

— Como vai ser? — disse ela chorosa.

— A gente vai se falando. — Ele tentou parecer otimista.

— Vamos namorar a distância?

— Não precisamos dar um nome. Não quero te pressionar. Vai para o seu curso, seu sonho, suas fotos, seu futuro. Fala comigo se der vontade.

— É claro que terei vontade.

— Então pronto. Não precisa se preocupar. Tem sido assim comigo no interior e você na capital, não tem?

— Não tem comparação, Caio. Será o outro lado do mundo.

— Foi a vontade que nos trouxe até aqui. Eu continuo querendo, e você?

— Também.

— Então vai e mostra o que só você é capaz de ver, está bem? Quando chegar, me mande mensagem. Só para eu saber.

— Se der vontade. — Eles riem.

— Isso. Pode mandar nudes também. Aceito numa boa.

— Quem sabe... Só se der vontade. — E se beijam.

— Ah... Porcaria, você nem foi e eu já estou com saudades.
— Vai, meu pai deve estar aflito dando voltas no aeroporto esperando você sair.
— Eu sei. Sua mãe e a Luiza também.
— Você vai direto para a rodoviária?
— Vou. Tem bastante encomenda para despachar. Gus precisa de ajuda.
— Que bom.
— É, sim.
— Te amo.
— Eu sei, você sabe que eu também. Acho que todo mundo neste aeroporto sabe — disse Caio tentando não chorar.

Eles se abraçam e com dificuldade se separam. Virgínia caminha de costas, olhando para Caio até não poder mais. Antes de se virar, ela o encara com doçura, espera alguns segundos, pensa muitas coisas, sente muitas mais, não quer sair dali, nem parar de olhá-lo, mas sabe que não adianta querer segurar a sensação, aquilo lhe escapará como tudo, como o todo. Sabe que precisa respirar fundo e encarar seus caminhos. Os caminhos, aqueles que nos encontram e fingimos não saber o porquê, aqueles que são feitos para os nossos pés e nossa alma. Aqueles que apenas nós podemos percorrer, aprender e sofrer. Aqueles que nos levam e nem sempre nos trazem de volta.

32

O mundo gira, noite vira.
O mundo gira, dia vira.
O mundo gira, você pira.
O mundo gira, finda alegria.

— Quer ir ao fliperama?
Caio olhou para Matheus meio mal-humorado, mas sabia que aquilo era uma proposta camarada. Caso seu amigo tivesse uns vinte anos, o chamaria para encher a cara e afogar as mágoas, mas como ele era jovem demais até para ter espinhas no rosto, só restava o fliperama, refrigerante e pipoca.
— Não estou a fim de sair. Topa ver alguma série?
— Cara, você não vai ficar como na última vez, né?
— Acho que não, dessa vez é diferente. A gente está numa boa.
— Então por que você está com essa cara de enterro?
— Parece que tem duas forças entre a gente, uma que nos une e a outra que nos repele, ambas com a mesma intensidade, e eu fico pensando qual das duas vai vencer, saca? Se a Virgínia é a mulher da minha vida ou a pessoa que mudou a minha vida.
Caio encarou o nada por alguns instantes refletindo sobre o que tinha acabado de dizer.
— Você não está esperando algum conselho sábio, está? Eu tenho onze anos, cara. Nunca nem beijei.
— Quer saber? Vamos para o fliperama. — Caio se dá por vencido.

— Por que você não conversa com o Gustavo? De repente ele saberia o que dizer.

— O Gustavo é legal, mas a gente conversa mais sobre as coisas da loja. Ele não curte muito falar sobre relacionamentos, essas coisas... Deve ser por conta do lance da mãe dele ter ido embora sem dizer nada e nunca mais ter voltado.

— Cara, vocês são muito problemáticos.

— Ah, nem vem com essa... O Gus é muito bacana, você sabe, mas imagine sua mãe sumir e, depois de meses procurando, você e seu pai descobrirem que ela foi embora porque cansou da vida doméstica.

— Toda mãe fala que qualquer dia vai sumir. Não estou justificando, mas vai dizer que você nunca olhou pra sua mãe e pensou "Ela não vai aguentar"? "Ela vai sair correndo qualquer dia desses."

— É, só que a dele foi mesmo.

— Fogo...

— Principalmente porque ela sempre cobrou um comportamento exemplar dele e da família. Pensando bem, de repente foi isso, se cobrar demais em manter tudo dentro de uma idealizada perfeição é demais pra qualquer um.

— Deve ser... Então já que o Gus não é opção, você pode conversar com seus pais. Eles ainda estão aqui e devem saber o que dizer.

— Você sabe que a Virgínia é um assunto delicado. Além disso, tem coisa que a gente só conta pro melhor amigo. — Caio dá um soquinho no ombro de Matheus.

— Que castigo. Vou ter que ficar te aguentando choramingar seis meses até ela voltar? Sozinho?!

— É isso aí, cara.

Matheus espalma a testa e Caio ri, enquanto seu coração torce para que aqueles seis meses voem.

No início, Virgínia enchia o e-mail de Caio com relatos enormes sobre cada detalhe de sua viagem: sua moradia, a escola, seu trabalho no supermercado, os colegas de turma e, principalmente, sobre saudade:

"*Engraçado como tudo parece ser sobre você. Esta tarde, caminhando pelo comércio, tive vontade de chorar ao ver uma vitrine.*

Acredita que o manequim estava vestido de você? Sim, sem exageros, ele era a sua cara. Pena ele não ter metade do seu charme e nem ter me convidado para dançar. Quando eu voltar, você canta no meu ouvido? Promete me amar ao som de Ella Fitzgerald? Você me faz tanta falta..."

Era bom ler aquelas coisas, ver era reforçar o sentir e comprovar que permaneciam conectados. Por isso, Caio também lhe escrevia algumas palavras:

"Prometo cantar em seu ouvido e amar você por um disco inteiro da Ella, lados A e B. Prometo dançar contigo, mas só depois de andar por São Paulo em uma noite esquisita qualquer. Sabia que você ainda me deve uma noite? Aquela para te provar que sou o amor da sua vida. Você já sabe ou ainda precisa ser convencida? Vê se volta para resolvermos isso, mas antes, seja incrível por aí."

Com o tempo, o trabalho, as exigências e o fuso horário começaram a cobrar caro de Virgínia e o cansaço resultou em mensagens mais breves:

"Tenho três trabalhos para fazer e em nenhum deles basta apresentar a foto, é preciso explicar teoricamente tudo. Um saco. Mas o céu continua lindo e eu continuo te amando."
"Então continua tudo bem, lobinha."

Caio permaneceu disponível aos horários de Virgínia enquanto pôde. Ficava acordado durante a madrugada para que pudessem fazer ligações por vídeo ou conversar por telefone. Ele via que a rotina dela estava difícil e, por isso, tentava acalmá-la, tentava manter o humor, o romance e a ligação entre eles. Era difícil, mas ele sentia que, enquanto pudesse estar ali, segurando os fios que teciam aquele relacionamento, o tempo passaria sem causar grandes danos. E assim foi, até o dia em que a rotina dele sofreu uma grande reviravolta.

— Gus, vem aqui um pouquinho. Tem alguma coisa errada com o servidor da loja. Está dando *tíuti* — Caio gritou de seu quarto, o escritório da empresa.

— O que foi? — Gustavo respondeu ainda lá embaixo, na sala de jantar, fechando uma das caixas.

— O número de acessos está muito alto e de pedidos também. Está estranho...

— Já checou os dados dos compradores? — falou entrando no quarto.

— Como? Olha a quantidade, cara — respondeu apontando uma lista na tela.

— Esgotou a maioria dos produtos já.

— Pois é, vou conversar com o pessoal da assistência.

Gustavo mexe em seu celular por um tempo, enquanto Caio aguarda para ser atendido.

— Desliga, Caio. Preciso te mostrar uma coisa.

— O quê?

— Desliga. Sério.

Gustavo mostra a caixa de entrada do e-mail da loja lotada de pedidos e encomendas. A maioria falando que conheceu a loja através de uma webcelebridade que mostrou os produtos, elogiando o design das peças, a originalidade das frases e o tom artístico das estampas, outros, dizendo que a viram usando uma das camisetas da loja em um programa de TV.

— Como assim? — disse Caio meio assustado.

— Eu tenho uma prima que trabalha com conteúdo digital e ela me disse que eu deveria enviar algumas coisas como cortesia para essa famosa aí e rezar para ela curtir.

— E você mandou?

— Mandei.

— E deu certo.

— Parece que deu bem certo.

— Puta merda, todos esses pedidos e as encomendas são reais!

Normalmente, quando se realiza um sonho, uma explosão de sentimentos acontece, mas Caio nem sabia que sonhava com aquilo ou que poderia almejar tanto alguma coisa. Por essa razão, ficou imóvel por alguns segundos tentando processar aquela novidade toda, sem muito sucesso. A verdade é que a gente espera que o nosso entorno mude drasticamente, que a gente mude de maneira imediata, como se fosse possível perceber visivelmente algo, mas não. Não importa o tamanho da sua conquista, ela ainda dependerá daquilo que você for capaz de fazer com ela.

Caio sentiu que aquele momento poderia ser grandioso, por isso, tratou de deixar a empolgação para depois e começou a organizar os pedidos que poderiam ser despachados, separou as encomendas para produção e começou a organizar com Gustavo as que não dariam conta.

— Não temos nem material, nem braço suficiente para o restante.

— O que vamos fazer? — Gustavo preocupou-se.

— Temos duas opções: ou cancelamos as encomendas ou seguimos adiante.

— Adiante?

— Mais espaço, mais maquinário, mais gente.

— Ah... cara... Não sei não. E se for fogo de palha? Coisa de momento? A gente investe e depois não entra mais nada?

— Talvez, mas pode ser a chance de transformar isso em algo sério.

— Certo, mas vamos devagar. Vou entrar em contato com os clientes aumentando o tempo de entrega, explicando o excesso de pedidos, quem topar, manteremos. Não vamos fazer loucura para atender todo mundo em dez dias.

— Não me importo em ir devagar, só quero ir, Gus.

Eles ainda não sabiam, mas a ousadia, sociabilidade e senso criativo de Caio e a concentração, o foco e o lado artístico de Gustavo eram a fórmula ideal para uma parceria de sucesso e eles só estavam começando a provar o gostinho disso.

As primeiras semanas foram insanas. Caio precisou da ajuda dos pais e Gustavo colocou um garoto para substituí-lo integralmente no mercadinho para poder se dedicar ao seu negócio, que se mostrava extremamente promissor. Além disso, eles ocuparam a garagem da casa e quase não dormiam tentando dar conta de tudo.

Virgínia estava feliz em ver Caio tão animado, mas sentia falta das conversas, da voz dele ao telefone, do humor e da maneira que ele conseguia se fazer presente mesmo estando tão longe.

Caio também estava saudoso, queria poder ver Virgínia sentada entre aquelas caixas, atendendo ao telefone ou separando algum pedido com ele, mas aquele era o mundo ao qual ele pertencia e seria egoísmo querer vê-la ali. Por isso, tentava agarrar a ideia de que eles arranjariam um lugar em que coubessem os dois, todas as fotos do mundo, impressoras, mesas de desenho e amor.

Pensando nisso, pegou o celular e enviou uma mensagem perguntando se podia ligar. Um tempo depois, Virgínia ligou.

— Ei, você.
— Caramba, como sua voz é sexy.

Ela gargalha sonoramente.

— A distância faz coisas absurdas, porque a minha voz poderia ser confundida facilmente com uma garota de oito anos.
— Não estou aguentando mais. Quero te ver, te beijar, te cheirar, esmagar esse seu corpinho gostoso contra alguma parede, mesa, cama, qualquer coisa.
— Caio, eu estou no trabalho — cochicha.
— Eu também.
— Não diz que tem gente ouvindo...
— Não, eu escapei para o quintal rapidinho para poder te falar obscenidades.
— Ufa! Bem, adoraria continuar essa conversa interessantíssima, mas tenho que voltar.
— Mais tarde, então... Você estará em casa por volta das três da tarde? – Caio confere o relógio.
— Isso.
— Certo. Não vamos trabalhar até a madrugada hoje. Vou dar um jeito de despachar todo mundo do meu quarto/escritório para a gente poder se ver.

— Mesmo?
— Tenho que te ver, minha lobinha delícia. Estou morto de saudade.
— Vou adorar. Também estou. Prometo te mostrar uma coisa.
— Uma coisa?
— Ou várias coisas...
— O quê? Quais?
— Até mais tarde, gatinho.

Virgínia tinha um sorriso bobo no rosto e muitos planos em mente quando desligou o telefone, mas precisou respirar fundo e se concentrar nas horas de trabalho que ainda teria pela frente.

Caio correu pelo resto do dia além do normal. Fez tudo com a maior pressa e quase não conversou com Gustavo.
— Cara, você está ainda mais acelerado hoje.
— É que eu quero você fora daqui o quanto antes.
— Caramba! Cadê o afeto?
— Desculpe, brother, mas eu tenho um encontro.
— Encontro?
— Ou quase isso.
— Beleza. Acho que o restante dá para deixar para amanhã, mas já aviso que vou chegar cedo.
— Maravilha! Cai fora. — E piscou cobrando camaradagem.
— Falou, então.

De um lado do Oceano, madrugada, cheiro de loção pós-barba, "Prelude To a Kiss" tocando e um coração repleto de expectativa. Do outro, meio da tarde, batom, renda preta e a saudade do tamanho da distância. Parecia que tudo daria certo e, Deus, como eles mereciam que realmente desse.

33

*Só gostaria que coubéssemos no mesmo mundo,
já que cabemos tão perfeitamente no mesmo amor.*

Enquanto Virgínia terminava de se arrumar, Caio deitou em sua cama para esperar por ela. Fechou os olhos e, guiado pela música, pensou na última vez em que pôde tocá-la, no primeiro beijo que deu na garota que mudou sua vida. Sua mente foi passeando pelas lembranças, aquecendo seu corpo cansado e acalmando sua ansiedade. Caio relaxou tanto que adormeceu.

Virgínia ligou, mas não obteve resposta. Olhou para o relógio, ligou novamente e nada. Ficou preocupada, mas a decepção logo se tornou maior. Era uma pena, era triste ver o brilho feliz dos olhos dando espaço para lágrimas. Ela esperou o quanto pôde. Ligou novamente sem saber que o celular, incapaz de acordá-lo, tremia discretamente sobre o colchão, sem saber que ele não tinha esquecido nem do encontro, nem dela. Sem saber que eles estavam no mesmo lugar emocionalmente, embora estivessem tão longe fisicamente.

Caio acordou num sobressalto, do meio de um sonho e com luz escapando pela cortina. Procurou pelo celular e encontrou uma infinidade de chamadas não atendidas. Sentiu raiva, frustração, vergonha. Tudo junto, tudo muito. Ligou para Virgínia, mas ela respondeu com uma mensagem dizendo que estava em aula. Caio jogou o celular contra o travesseiro, sentou na beirada da cama e largou a cabeça entre as mãos. Sentiu que estava perdendo sua garota, que estava se perdendo dela.

Desceu as escadas determinado a resolver aquilo. Ele iria para a Austrália, nem que fosse para beijá-la e voltar. Não era algo impossível, precisava apenas parcelar as passagens em muitas vezes e contar com uma ajuda extra de sua mãe e de Gustavo com a loja. Não precisaria se ausentar por muito tempo, só o suficiente para colocar seus olhos sobre os dela, suas mãos nela e para sentir o coração de Virgínia acelerar sob o seu.

Chegou à cozinha com o discurso em mente, com todos os argumentos na ponta da língua, mas foi surpreendido por Matheus, de olhos vermelhos, sentado em torno da mesa, enquanto seus pais cochichavam próximos da pia.

— Bom dia?

Todos o olharam, mas ninguém respondeu. Caio puxou uma cadeira e apertou um dos ombros de Matheus. Depois, colocou café em uma xícara e leite com chocolate em outra.

— Para dias difíceis, café duplo ou chocolate no seu caso. — Caio empurrou a xícara para seu amigo.

— Minha mãe desmaiou. Fui levar o café, mas ela estava caída no chão — ele respondeu fingindo normalidade.

— Ela vai ficar bem.

— Você não tem como saber, está falando isso só para me animar.

— É, não tenho como saber, mas estou dizendo porque é o que eu acredito.

— Mesmo?

— Claro. Agora come alguma coisa.

— Caio?

— Oi, pode falar.

— Posso ficar aqui? Meu pai está querendo me levar para a casa da irmã dele, mas... — Matheus abaixou a cabeça, sentindo-se envergonhado por pedir abrigo, e não estou falando de um teto e uma cama.

— Não ouse trocar o meu lençol de dinossauros pela casa com piscina da sua tia, seu pirralho.
— Nem morto eu durmo naquela cama, mas trago meu saco de dormir.
— Fechou. — Caio cerrou o punho e ofereceu para Matheus dar um soquinho.

Matheus se entreteve na rotina da loja e se distraiu entre seus amigos grandes. É fácil dar esperança e segurança a uma criança, diferentemente do que acontece com um adulto. Por isso, Caio sentiu uma pontada no peito quando viu o nome de Virgínia na tela do telefone.

— Estou com vergonha até para pedir desculpas — ele atendeu, escapando para o quintal.
— O que houve?
— Eu dormi.

Ela não disse nada.

— Estava acabado, tinha acordado cedo e trabalhado que nem um louco o dia todo. Para piorar fui inventar de tomar banho e colocar música para fazer uma graça contigo e acabei relaxando demais. Já tinha passado das três da manhã, Vi... Não aguentei.
— Tudo bem.
— Não está tudo bem. Sei que não está. Eu queria tanto ir aí te ver...
— Vem, Caio.
— Eu quero.
— Então por que tem esse mas no seu tom de voz?
— Porque tem um garoto com a mãe doente e ele achou de confiar em mim. O Matheus é a única pessoa que ainda não desapontei. Não posso largar ele agora.
— A mãe dele piorou?
— Muito.
— Vai passar, não é mesmo? Logo meu intercâmbio acaba e vai ficar tudo bem, não vai?

Caio sabia que aquelas interrogações após cada afirmação eram um pedido de garantia. Era Virgínia pedindo motivos para continuar

a acreditar, ou pelo menos alguma coisa para acalmar a insegurança e o medo de vê-los seguindo por destinos diferentes.
— Vai passar. Vai ficar tudo bem — disse com firmeza, usando toda a força de sua esperança.
— Então vai lá. Cuide do garoto e espalhe sua arte por aí.
— Vou te mandar umas coisas. Fiz umas estampas só para você.
— Verdade?
— Claro, você é minha musa.

Um sopro morno atingiu o peito de Virgínia, como se o carinho de Caio pudesse flutuar e ser empurrado pelos ventos até chegar até ela.
— Vou dormir agora, amanhã vou sair bem cedo para fazer umas fotos.
— Está bem. Você está bem aí? Fez amigos?
— Até que tem um pessoal legal, e brasileiro não falta em lugar nenhum do mundo.
— É verdade.
— E o lado bom é todo mundo gostar de fotografia, então curtimos fazer as mesmas coisas.

Alguém especial?, pensou, mas reprimiu o pensamento assim que lhe surgiu.
— Depois me manda as fotos. Vou querer ver — falou por fim.
— Mando sim, agora preciso ir.
— Durma bem.

O tique-taque dos relógios de corda faz falta. O barulho insistente, constante e ritmado servia de aviso, um recado permanente da passagem do tempo. A era digital, muitas vezes, nos cega neste abismo repleto de palavras silenciosas, relações virtuais e informações superficiais.

O tique-taque do relógio fez falta para Caio e Virgínia. Um alarme que sinalizasse cada minuto perdido, cada dia que ficou para trás, cada eu te amo não dito.

Enquanto as horas e os dias se passavam sem alarde, Virgínia recebeu uma caixa repleta de coisas e fez questão de olhar cada detalhe. Tirou fotos bonitas, profissionais e mandou para o e-mail de Caio, que usou todas elas nas newsletters da loja.

Enquanto os dias e as horas passavam escondidos entre os afazeres, a rotina e os sonhos, Caio recebeu um e-mail com o arquivo anexo, assim que abriu, deu de cara com a capa do Caderno de Esportes de um jornal. A matéria falava sobre o campeonato de surfe, mas o mais importante era a foto incrível de um surfista dominando uma onda monstruosa. Logo abaixo da foto, o nome de Virgínia. Caio sorriu e passou o dedo nas letras como se tivesse acariciando o rosto dela. Voltou ao e-mail em busca de alguma palavra, mas não encontrou. Resolveu enviar uma mensagem:

"Qual é a sensação? Diz para mim como foi pegar o jornal e ver sua foto lá. Isso merece comemoração. Parabéns, lobinha!"

"A sensação foi a de 'finalmente', mas não deu tempo de pensar direito, tinha um pessoal comigo. Estamos comemorando. Gastando o dinheiro da foto em cervejas."

"Você merece. Guarde um brinde para mim." – foi o que conseguiu escrever.

Algum tempo depois, o telefone de Caio tocou.
— Oi, gatinho. — A voz de Virgínia estava arrastada.
— Oi. Você está bem?
— Estou ótima! Queria você aquiiiii...
— Vi, tem alguém sóbrio com você? — preocupou-se.
— Caioooo, nem vem com sermão. Hoje é dia de festa.
— Não é isso. Só quero saber se está bem.
— É claro que estou! Estou feliiizzzz.
— Como você vai voltar para casa?
— Caio, só diz que me ama e que queria estar aqui. Eu sou grandinha, sei me cuidar, não é meu primeiro porre, ok?
— Eu sei. Só tome cuidado, está bem?
— Está bem.

— Ei... Eu te amo e queria muito estar aí.
— Agora sim.

Caio desligou o telefone com muitas dúvidas, mas uma única certeza: a cada dia, Virgínia o queria cada vez mais lá por se ver cada vez menos por aqui.

34

*Assopre a vela, faça um pedido.
Quem sabe ele chegue ao céu.*

— Feliz aniversário! — Matheus joga um travesseiro e pula em cima de Caio.
— Era para ser divertido ou queria me matar bem no dia no meu aniversário? – Caio reclama ainda sonolento.
— Vai, levanta, reclamão?
— Como? Você deve ter quebrado umas costelas minhas.
— Larga de ser fracote e levanta, vai.
— Sou obrigado?
— Sim. Sua mãe fez bolo, seu pai vai fazer churrasco e o Gus vai vir com a prima dele. Até meu pai vem antes de irmos ao hospital... Então faz cara de contente e desce.
– Sou mesmo obrigado?
– É, cara. Hoje você vai ter que arrumar um jeito de se animar — disse o garoto enquanto esticava os lábios do amigo fingindo o fazer sorrir.
— Certo, vai descendo, então. Já vou.
— Beleza. Não demora.

Matheus saiu com a sensação de missão cumprida, enquanto Caio respirava fundo e preparava o espírito para celebrar.

Ele tomou banho, mas resolveu não se barbear. Tentou falar com Virgínia, mas sabia que ela ainda estava em aula. Olhou pela janela e viu a mãe arrumando o quintal, Matheus ajudando e o pai acendendo a churrasqueira. Estava tão distraído observando que nem percebeu quando Gustavo e sua prima entraram no quarto.

— Parabéns!

— Opa! Valeu.

— A porta estava aberta — Gustavo mencionou notando a expressão surpresa de Caio. — Essa é a Laura, minha prima.

— Feliz aniversário — disse ela meio envergonhada.

— Obrigado.

— Bem, vamos descer? Parece que vai rolar algo bacana lá embaixo.

E o dia foi mais do que bacana, foi melhor do que Caio poderia imaginar. Eles passaram boas horas conversando sob o sol, bebendo cerveja, comendo e rindo sobre bobagens. Também falaram sobre coisas sérias e sobre como foi a vida de Caio durante os anos em que saiu de casa. Sem notar, eles compartilharam lembranças da infância e detalhes sobre si como jamais tinham feito antes. Sem notar, tiveram uma tarde entre amigos.

— Narrando meus dias de universitário, me sinto a mocinha que saiu de casa pra viver seu conto de fadas, manja? Não quero parecer ingrato pelo que vivi porque foi bom, foi uma jornada de muitas descobertas, mas acho que, acima de tudo, foi uma era de muita ilusão. Poderia ter dado muito errado — disse Caio meio pensativo.

— Acho que um pouco de ilusão até que é necessário para aliviar. Um pouco de farra e senso de humor deve ser bom. Meu caso foi o contrário: fiquei tão focada, tão estressada com esse lance de virar gente grande que adquiri gastrite e problemas de ansiedade durante a faculdade — confessou Laura.

— Que merda — lamentou Caio.

— Mas agora ela está melhor, né, prima?

— Estou medicada... É um começo — falou sorrindo.

— A gente nem chegou aos trinta, será que esse é o tipo de conversa que deveríamos ter? — Gustavo tentou brincar.

— Pois é... Como é que vocês se tornaram essa geração esquisita? — Matheus atravessou a conversa.

— Ah... Garoto, se depender de você, a sua não será muito melhor — Caio debochou.

A mãe de Caio invade o ambiente com um bolo nas mãos, interrompendo a conversa e fazendo todos começarem a cantar os parabéns.

— Vai, faça um pedido — Laura incentivou ao fim.

Caio pensou em pedir para que Virgínia voltasse logo, para que seu negócio continuasse dando certo, para que a mãe de Matheus ficasse bem — ou que fazer um pedido era uma tremenda de uma bobagem. Contudo, olhou em volta e encontrou rostos amigos de gente que parecia se importar com ele, então achou que não podia desperdiçar o momento.

Equilíbrio, pensou e assoprou.

Equilíbrio para se divertir sem fazer das festas uma fuga. Equilíbrio para crescer sem adoecer. Equilíbrio para tropeçar um pouco menos pela vida.

O telefone de Caio apitou, avisando sobre uma mensagem: veja seu e-mail. Enquanto todos saboreavam o bolo, ele foi para o quarto, ansioso para seguir a instrução deixada por Virgínia.

"Hoje é o seu aniversário e, por isso, queria lhe dar um presente significativo. Alguma coisa que preenchesse um pouco o vazio deixado pela nossa ausência, mas não existe. Não há nada que pudesse ser colocado em uma caixa e enviado até você, nada que me fizesse ter certeza de que você sentiria minha presença de alguma maneira.

Por isso, resolvi dividir mais uma memória contigo, mais uma bobagem importante. E tudo bem você ter dificuldades em falar sobre você, hoje é o seu aniversário e não vou cobrar algum segredo em troca. É o seu presente, ok?

Na primeira noite em que saímos, tirei a foto que te envio no anexo (nem ouse abri-la agora) e, para ser honesta, há tempos não a via, mas fiquei vidrada nela por muito tempo e talvez a resposta da minha fixação seja a mesma para a razão que me fez deixá-lo entrar na minha vida, no meu corpo e no meu coração:

'Eu vejo as suas verdadeiras cores,

Suas cores verdadeiras são lindas
Como um arco-íris'
Claro que Cyndi Lauper cantou essas palavras antes de mim, mas sem problemas, você entende bem de usar referências fonográficas. A parte importante aqui não é o direito autoral, mas o que significa tudo isso: eu te vi e adoraria que deixasse que o mundo visse.
E como se isso não bastasse, você também me viu e me ajudou a me ver de novo. O quão bonito é isso? O quão especial é isso? E mesmo que não tenha tido coragem de te dizer na hora, essa memória sempre será a mais importante da minha vida.
Agora, abra o anexo e se veja. Encare as suas verdadeiras cores sem medo. É assim que eu te vi e é por isso que te amei tão facilmente.
Feliz aniversário, gatinho."

    Caio tinha lágrimas nos olhos ao ler tudo aquilo, as palavras de Virgínia estavam carregadas de amor, afeto e saudade, mas havia também alguma resiliência.

    Caio tinha o coração pesado ao abrir o arquivo e se ver no monitor do computador, de olhos fechados, ombros arqueados em frente a um saxofone, expressão dolorida, mas lábios sorridentes. As luzes da cidade contrastavam lindamente com a noite, parecendo estrelas coloridas. Era uma imagem bonita, com certa vulnerabilidade e doçura.

    Ele se preparava para responder, mas Laura bateu no batente chamando sua atenção.

— Está tudo bem? — perguntou percebendo que ele tinha lágrimas nos olhos.

— Está, sim — respondeu fechando o e-mail.

— Você curte surfe? — ela desconversa apontando para a foto pendurada na parede.

— Não curto, não.

— É, você não faz o tipo esportista mesmo, mas você tem um quadro de um surfista, já reparou? — ironizou.

— Curto a fotógrafa. — Tinha tanta malícia na voz e na expressão de Caio que não coube margem à interpretação na sua resposta.

— Ah... Entendi. Vocês estão juntos?
— Sim e não.
— Você é sempre enigmático assim?
— Pra ser honesto, dessa vez, nem estou sendo. É a pura realidade. Ela está na Austrália.
— Que porcaria. Como é essa coisa de manter um relacionamento a distância?
— Tem gente que leva numa boa, eu acho.
— E você?

Caio ri da insistência dela.

— É meio frustrante — confessa.
— Imagino... Faz tempo?
— Mais do que eu gostaria.
— E ela volta?

Caio olhou para Laura e quis responder que sim. Olhou para o monitor de seu computador e quis gritar que sim, mas não podia, não sabia, só queria.

— Espero que sim. — Optou por ser sincero.
— Olha... Eu tinha vindo me despedir, mas acho melhor a gente chamar o Gu, tomar mais uma, jogar alguma coisa e, sei lá, pedir uma pizza, esticar esse almoço para o jantar. O que acha?
— Pareço deprimido demais para ficar sozinho?
— Não, mas, meu, a Austrália é um bocado longe.

Caio sorriu porque aquele era o não mais sim que já tinha ouvido na vida.

35

A verdade é que o meu coração sofre tanto com o seu.

— Como é que eu conto para ele?
— Tem coisas, Vi, que não tem outro jeito de contar a não ser contando — diz Tatiana sem muita paciência.
— Ele vai me odiar.
— Não vai, não. Só vai ficar desapontado.
— Ah... Sim, agora estou me sentindo bem melhor.
— Você também ficou quando ele não foi te ver por causa do moleque e você sobreviveu, não foi?
— Foi diferente. Não estava previsto ele vir.
— Foi diferente, mas era igual. Que ladainha...
— Caramba, você está muito grossa — reclama.
— Desculpe, Vivi, mas você já sabe que vai ficar por mais tempo há quase duas semanas e ainda não contou. Fica neste sofrimento diário me aporrinhando as ideias e o pior, faz o cretino achar que são dias a menos na contagem regressiva, sendo que você nem tem mais data de retorno.
— Era aniversário dele, não podia dizer: ei, parabéns, sabe a foto do surfista? Então, me rendeu uma vaga bem legal na área de esportes radicais, vou ficar mais um tempo. Yupi!
— Faz quase duas semanas. Conta para ele e só me liga depois de ter feito isso. Tchau.

— Espera...
— Vi, está na hora de você encarar o fato de que o Caio pode ter sido um cara especial que passou, mas não ficou, amiga, ok?
— Não quero perdê-lo, Tati.
— Talvez ele já tenha te perdido, amiga. Conta para ele. — E desligou.

Tudo é muita coisa e é por isso que sempre ouvimos que não podemos querê-lo. E não podemos mesmo, é uma tarefa árdua demais, é pesado querer manter os amores, as competências e as conquistas.

Virgínia queria todas as oportunidades que despontavam em seu caminho e queria Caio no fim do dia para amá-la, fazê-la suar e sorrir. Porém, o fim de seu dia era o começo do dele, onde também desfilavam novas chances, novos rumos e alegrias. Não dá para querer tudo, porque só o querer já te sufoca, te enlouquece. Em contrapartida, abrir mão exige um desapego para o qual, normalmente, não se está pronto, e ela não estava.

Por isso, Virgínia encarou o celular, mas em vez de ligar, procrastinou. Perdeu tempo jogando candy crush, leu notícias aleatórias e gastou horas nas redes sociais. Quando cansou, convenceu-se de que precisava arrumar seu quarto, suas roupas e também lavar os cabelos. Depois, foi ao mercado comprar alguma coisa para comer, mas não comeu. Ela ainda não estava pronta, mas começou a se sentir uma farsante. Até quando poderia empurrar essa conversa para depois? Até quando se pode negar o inevitável?

Pegou o celular e respirou fundo, tentou acreditar que aquilo seria uma conversa simples. Quanto tempo a mais ela precisaria? Três meses? Seis? Não sabia... Até que ponto era justo pedir mais um tempo? Justiça era a palavra correta para ser usada? Por outro lado, sabia que não conseguiria simplesmente virar as costas sem acreditar que haveria uma volta, sem nenhuma promessa, enfim. Mas prometer o quê?

Virgínia decidiu parar de pensar e ligar de uma vez, antes que desistisse de novo. A cada chamada, seu coração parecia querer saltar peito afora.

— Oi, tudo bem? Não foi trabalhar? — Caio perguntou preocupado.
— Não. Saí do supermercado, não vou mais trabalhar lá.
— Mesmo? E agora? Precisa de alguma coisa?
— Na verdade, pedi para sair. Arrumei outra coisa...
— Outra coisa? Mas para tão pouco tempo?
— Vão começar uns campeonatos malucos por aqui e vão precisar de bastante cobertura, sabe?

Caio ficou em silêncio tentando ignorar o que seu coração já havia adivinhado.

— Vou cobrir alguns eventos e como não tenho contrato de exclusividade, apenas de preferência, ainda posso vender algumas fotos — continuou.
— Entendi.
— É uma grande oportunidade.
— É, sim.
— Como está a mãe do Matheus?
— Ela voltou para casa.
— Isso é ótimo.
— Não é, não. Ela voltou pois não há mais nada que os médicos possam fazer.
— Ah... Não...
— Vi?
— O que foi?
— Manter um relacionamento assim é melhor do que não manter?
— Como assim?
— Só queria poder te ver tomando sol na espreguiçadeira do quintal, queria minha namorada no dia do meu aniversário, só queria que você estivesse aqui quando a mãe do Matheus morrer porque eu não sei se vou conseguir segurar as pontas dele. Queria te contar que a nossa loja está crescendo tanto que vou ter que alugar um galpão... Queria poder te olhar toda noite e agradecer por ter encontrado a mulher da minha vida. É muito? Eu não sei se estou pedindo muito da vida, estou?

— Não é muito e é o que quero também. Queria você aqui para fazermos um piquenique no parque e andar na praia. Queria te levar no meu bar favorito... Eu também queria você aqui, queria dormir no seu colo.
— Mas não estou aí, nem você aqui. Como fazemos?
— Você está terminando?
— Terminando o quê, Virgínia? O desejo de um dia ficarmos juntos? Só se for isso, porque, honestamente, é só o que temos.
— E se for? E se for só um desejo, você terminaria com ele?
— Não posso controlar isso, Vi, mas acho que o resto já está decidido, não é mesmo?

Quem decide? Quem colocou Caio e Virgínia naquela mesma noite? Quem fez as células do cérebro da mãe de Matheus brigarem até começarem a se matar? Quem guardou o sucesso de Virgínia lá do outro lado do mundo? Ninguém sabia, mas se descobrissem, cobrariam algumas explicações, exigiriam alguns reparos, certa clemência e gentileza. Contudo, não há de quem cobrar. Pode-se perder metade da vida questionando como foi que as coisas aconteceram e o motivo de cada uma delas, mas o mistério nos exige que apenas façamos a parte que nos cabe: viver da melhor maneira possível.

A parte que coube a Caio foi abraçar Matheus bem forte e permitir que ele molhasse seu ombro com tantas lágrimas. Coube a ele simplesmente não dizer nada, pois não tentar explicar é respeitar a dor do outro. Não há consolo para a morte, não há motivo que justifique, não há como amenizar a dor da separação. Não há como acalmar a tristeza de uma criança pequena — ou já crescida — que acabou de perder a pessoa que mais a ama no mundo. A Terra fica vazia e muito só. Então a gente abraça como quem assopra a ferida, faz companhia e espera os dias passarem. Espera a dor virar saudade, espera o silêncio virar conversa e espera a própria vida arrumar o caos que instalou. Espera no sentido de esperança, no sentido de fé.

A parte que coube a Virgínia foi vencer seus medos, inseguranças e perseverar, mesmo com vontade de desistir. Coube a ela e a ninguém mais ver Chico no colo de sua irmã pela webcam e se sentir a pessoa mais sozinha do mundo. Os sonhos cobram caro, não há maneira fácil de crescer. Virgínia se perguntou todos os dias se tinha tomado a decisão correta, se devia ter ficado, se devia ter partido e se um dia teria certeza de algo. Ela olhou para si e teve medo de voltar a ser aquela garota que desperdiçou toda a glória de existir.

A parte que lhes coube foi a de pensar um no outro com carinho e permitir que morassem em um lugar especial daquela rotina esquisita que parecia sempre pela metade. Talvez, um dia, eles coubessem no passado um do outro, no lugar do primeiro amor, aquele especial do qual somos capazes de nos lembrar sem torcer para um dia reencontrarmos. Quem sabe em algum momento eles fossem capazes de recordar sem ter saudade, porque ainda não eram. Não ainda.

Um ano depois

36

Será que todo amor é cicatriz?

— Pensei que teria mais gente neste jantar — diz Caio enquanto Laura se diverte com o nervosismo dele.

— Não disse que teria mais gente.

Caio coça a nuca, olha em volta e se dá conta de que caiu em uma emboscada.

— Sabe que tenho que buscar o Matheus hoje. Desde que ele se mudou, anda chateado e prometi que passaria o fim de semana com ele.

— Como é que você virou pai desse garoto? Melhor... Como é que o pai dele permitiu tão facilmente compartilhar a guarda contigo? — ironiza enquanto lhe oferece uma bebida.

— Você é péssima — brinca.

— Mentira. Sou ótima. Tanto que você me explora.

— A gente tem trabalhado demais, né? — Caio tenta relaxar no sofá.

— Temos, mas é porque as coisas têm dado certo.

— É, essa coisa de projetos exclusivos e decoração foi uma grande sacada. Sabe o que tenho pensado?

Laura coloca o indicador sobre os lábios de Caio o fazendo calar.

— Honestamente não estou interessada, não agora — ela diz se aproximando.

— Laura...
— Caio, só quero te beijar, não quero me casar com você.
— Assim você me ofende.
— Eu acreditaria se não convivesse com você.
— Nós somos amigos.
— Ainda vamos ser amanhã.

É estranho dizer que Caio não tinha se envolvido com ninguém naquele ano, nem superficialmente. O foco dele tinha sido a família, Matheus, Gustavo, a empresa e, depois, Laura, que se juntou a este ciclo que virou seu pequeno mundo. Ele gastava sua energia e charme atendendo aos seus clientes, utilizava sua criatividade em novos projetos e seu lado boêmio andava se contentando com cigarros na janela do quarto.

Ele ficou com Laura aquela noite e em mais algumas outras, a princípio porque precisava, e depois porque gostou. Ela era uma mulher muito diferente de Virgínia, assim como ele era um Caio muito diferente daquele que ofereceu o celular para uma garota aflita em frente a uma casa de shows. Eles tinham um relacionamento mais parecido com algo próximo do maduro ou o que Caio julgava ser.

Eles se viam de três a quatro vezes por semana, sempre na capital, onde ela morava, jantavam fora em um lugar bacana, transavam e depois dormiam. Laura sempre preparava o café da manhã antes de Caio pegar a estrada de volta para o interior e ele se sentia bem com aquilo. Quando se separavam, sentiam certo alívio, e era assim até a vontade de se ver aparecer de novo e voltarem a repetir o ritual. Era bom, era correto, só não era arrebatador, mas quem disse que tem ser?

A questão é que Caio tinha vontade de comer em locais mais simples de vez em quando, andar pela rua e sentar em alguma calçada. Antes do beijo, ele queria dizer algo que a fizesse rir, durante o sexo, queria aquela sensação de não ser apenas dois corpos se contorcendo. Caio continuava a querer deixar a TV ligada em algum filme antigo, mas Laura reclamava que não conseguia dormir, e se ele colocasse fones de ouvido para se distrair com alguma de suas canções, ela também se incomodava. Ela não era ruim, só era diferente, e esse fato só trazia as lembranças de Virgínia para mais perto dele. Contudo, ele não queria viver de lembranças, ele precisava seguir em frente, afinal, era a única direção disponível.

— O que vocês vão pedir? — perguntou Tatiana olhando para uma vitrine repleta de sanduíches.
Virgínia a olha meio sem jeito, sem saber o que dizer.
— O que foi? Aqui na Austrália pedir sugestão é alguma ofensa?
— Claro que não, Tati, mas o Loui não vai querer comer nada disso.
— Por quê? Ele é alérgico?
— Não, mas essas coisas têm maionese, farinha branca, salame, queijo amarelo e uma lista de coisas...
— Deliciosas.
— Eu ia dizer gordurosas.
— Certo. O que seu peguete come?
— Salada. Salada. Muita salada e frango, mas só o peito.
— Ele tem dois metros de altura, como ele fica em pé?
— Pois é.
— Ele fica em pé, amiga? Fica? — Tatiana faz expressões e gestos libidinosos.
— Que horror. Francamente...
— Sério... Não confio em caras grandes que comem salada. Sei lá... Não inspiram confiança. Só estou dizendo... — e gargalha.
— Tati, por favor, quer parar?
— Ok, ele pode comer a salada dele numa boa, mas eu vou pegar um desses gordurosos e deliciosos sanduíches, e você também deveria. O que acha?
— Certo. A gente senta em algum lugar por aí para comer.
Loui era um cara legal. Meio neurótico com a aparência e a saúde, é verdade, mas nada além disso. Ele ama pegar a estrada para escalar montanhas, Virgínia adora pegar a estrada para fotografá--las, e foi assim que começou. Uma montanha atrás da outra, uma conversa atrás da outra, dois corações partidos e um beijo aconteceu. Ele da França, ela do Brasil, acabaram se apoiando naquele novo lugar, naquela nova vida.

Seria perfeito se Virgínia não amasse macarrão à bolonhesa acompanhado de vinho tinto, e ele não suportasse nem o cheiro do macarrão e nem do vinho. Seria lindo se ela não sentisse tanta falta de Chico a ponto de pedir para Tatiana levá-lo em sua visita, mas tivesse que desistir porque Loui era terrivelmente alérgico a gatos. Ela estaria totalmente feliz se ele entendesse que ela vê poesia em certas coisas, em muitas coisas. Veja bem, ele não era mau, só era diferente, e isso a impedia de esquecer totalmente o cara que lhe preparava carne assada, a beijava com gosto de álcool e filosofava por horas sobre um diálogo de filme, de livro ou um refrão de música. Não era sempre, mas em algumas horas, Virgínia sentia que Caio tinha arruinado suas chances de ter uma vida normal, mas ela se sentia enclausurada nesta única opção naquele momento.

37

O destino existe, mas a gente é que caminha até ele.

A noite estava clara e fresca, mas Caio se sentia claustrofóbico naquele restaurante com mesas apinhadas e conversas sussurradas. Ele estava de jeans, mas vestia uma camisa branca para agradar Laura, que estava belíssima em um vestido preto justo. Eles estavam comemorando algo, mas, por um instante Caio não lembrou se era alguma data especial, algum número da empresa ou algo que ela ainda diria. Colocou a mão na testa e sentiu-se estranho. Achou que ficaria doente.

— Está tudo bem? — ela questionou.
— Quente aqui, né? Quente e mal-iluminado — reclamou.
— Romântico.
— Não sei o que tem de romântico em velas. Mal consigo te enxergar.
— Mulheres gostam de penumbra.
— Nem todas.
— Ah... Claro. Ótimo momento para você se mostrar tão experiente no assunto — retaliou.
— Não foi minha intenção. Só quis dizer que o romantismo pode existir às claras, no olho no olho... Dá para ser romântico com as luzes acesas, gosto de ver as expressões, os detalhes da pele... Ah... Deixa pra lá. — Caio sentiu que não estava chegando a lugar nenhum com aquela conversa.

— Entendi seu ponto — amenizou.
— Vou ao banheiro. Licença.

Caio estava irritado, mas não era com Laura, com o restaurante nem com aquela cena de ciúme inédita. Ele não sabia explicar, talvez fosse cansaço, talvez ele só sentisse necessidade de dormir um pouco e de um novo dia para recomeçar. Foi ao banheiro, lavou as mãos e o rosto. Respirou fundo e criou coragem para pedir para Laura que fossem embora. Na saída, como uma bola que surge do nada e lhe atinge bem no meio do rosto, ele viu, ao fundo do restaurante, Virgínia e um rapaz conversando de rosto colado. Ele quase caiu. Por um segundo, Caio não soube onde estava e o que deveria fazer. Era mesmo Virgínia? Tentou olhar novamente, mas o casal começou a se beijar e a mão do rapaz lhe cobriu parte do rosto. Em compensação, os cabelos dela, a franja, as mãos... Sem conseguir olhar por mais tempo, Caio voltou para sua mesa, sentou-se e encheu sua taça.

— Opa... Você está bem?
— Podemos ir embora? Não estou me sentindo bem.
— O que foi? Será que está com febre? Esse surto de dengue, febre amarela e sei lá mais o que está preocupante.
— Laura, relaxa. Deve ser gripe.
— Você não quis tomar vacina, também está com surto de influenza. Sabia?
— É São Paulo, aqui tudo vira surto. Relaxa. — Caio estica a taça de vinho para ela.
— Não, obrigada. — Ele nota que ela bebeu apenas água desde que chegaram.
— Não vai me dizer que a razão deste jantar é para me contar que você está grávida, né? — brincou.

Os olhos dela lacrimejaram instantaneamente.

— Ah... Merda — deixou escapar.

O pânico que tomou conta de Caio não estava relacionado à paternidade, ele nem havia chegado a esta etapa da situação ainda, seu desespero era algo cru, quase animalesco. Ele apenas olhava para Laura e pensava "e agora?". Caio tentou sair daquela situação buscando uma palavra que absolvesse suas últimas ditas, mas nenhuma apareceu para salvá-lo. Seu cérebro estava emperrado na dúvida dos dias que viriam.

— Peça a conta — ela ordenou.
— Tem certeza? Não quer comer?
— Peça a conta — insistiu.

No caminho para o carro, Caio parou e tentou se desculpar, mas Laura continuou andando sem dar atenção ou fingindo não dar. Ele voltou a segui-la repetindo sem descanso que sentia muito, que não queria magoá-la e que gostava muito dela. Foi assim até ela não aguentar, parar na esquina e virar para confrontá-lo.

— Não estou grávida, caso seja esta a sua preocupação. Fique tranquilo que não há nada que te prenda a mim de maneira tão irremediável — esbravejou.

— O quê? — Caio estava perdido naquela conversa, naquela noite absurda.

— Você está incomodado desde que chegou e mal consegue disfarçar. Mas o problema nem é esse, a questão é que eu não sei por que quero te manter aqui mesmo tão enfadado. Por que eu não te mando embora? Por que não digo: ok, foi divertido enquanto durou?

— Laura, só não estou me sentindo bem, queria ir pra casa contigo. Só isso.

— Queria poder te mostrar o seu rosto quando pensou que eu pudesse estar grávida. Foi de desespero, Caio.

— Claro que foi, eu tinha te magoado. Falei de um jeito terrível, grosseiro... Já pensou se você estivesse mesmo? Seria o pior anúncio de todos os tempos.

— Não foi isso, foi medo, e entendo... A gente é amigo, conheço você — Laura o abraçou.

— Você não está mesmo grávida? Não esconderia isso, não é? Eu posso até ser um babaca de vez em quando, mas eu jamais...

— Eu sei... Não estou. Não bebi nada porque tomei um remédio para enxaqueca. Só isso — interrompeu.

— Vai ficar tudo bem, Laurita. — Caio beijou seus cabelos, enterrou o rosto no pescoço dela e, por um minuto, pediu a Deus para amá-la, mas antes de sua prece chegar ao céu, um estalo agudo e certeiro alcançou seus tímpanos.

— Isso foi um tiro?

Caio correu como se conhecesse o caminho.

— Caio! — Laura chamou assustada, mas ele continuou correndo como se o seu coração soubesse o destino.

Em uma viela atrás do restaurante, do lado de fora de um carro, um homem chorava tentando tirar uma garota de dentro do carro.

— Virgínia! — Caio urrou como se sua alma adivinhasse o tamanho de toda dor que assola o mundo.

Algumas horas antes

38

Toda história tem um fim, mas como chegaremos a ele?

— Vai querer sobremesa?
— Ansioso... — debochou.
Ele riu por ser tão transparente, riu ligeiramente envergonhado por ela notar sua pressa em ir embora só para poder tê-la em seus braços novamente.
— Sem sobremesa — ela acatou.
A conta foi aguardada com os olhos grudados um no outro como se o magnetismo entre eles pudesse ser explicado pela física, mas não podia, transcendia. As mãos quentes entrelaçadas, os inevitáveis beijos e pequenos sorrisos. Não se lembravam de quando se sentiram tão felizes antes, não sabiam se conseguiriam ser tão felizes assim no depois, mas o agora bastava tão completamente que nem sequer pensavam, só sentiam e queriam.

Aquela noite era extremamente especial e jamais esqueceriam o motivo: anunciariam o casamento no dia seguinte para suas famílias. Casamento. Como foi que isso aconteceu tão depressa?

Ela não queria cerimônia, nem vestido, nem papéis, só queria suas coisas e as coisas dele, seu corpo e o corpo dele, sua casa sendo a casa dele. Então casamento era a palavra. Ele também não queria festa nem babados, mas queria a lua de mel, queria levá-la para ver seus lugares favoritos, o mesmo sol queimando a pele dela e a dele, o mesmo céu sobre ela e ele, o mesmo mar no horizonte dela sendo o horizonte dele.

Era para ser assim e por isso saíram apressados em direção ao carro. Apressados para viverem o futuro, os dias, as noites e a vida. Apressados demais para notarem qualquer coisa à sua volta.

— Espere só mais um pouquinho que já estou fechando o cinto. Só não quero te machucar — disse com doçura.

— Não machuca nunca. — Ela passou a mão pelo rosto dele como se estivesse vendo algo sobrenatural de tão bonito.

Ninguém sabe, mas o tempo parou. Só um pouco. Milésimos de segundo. Parou por dádiva, por piedade e para permitir que o mundo recebesse só um pouco mais daquela beleza.

— Perdeu, playba. Nem olha para trás — falou como uma faca atravessando a seda que revestia o momento.

Diogo, fisioterapeuta e namorado de Luiza, ouviu aquelas palavras como se não fosse com ele, ainda estava preso na magia que os rodeava, ainda pensava nos nasceres dos sóis que dividiria com ela.

— Vamos, passa a chave e se afasta do carro devagar.

Durou dois minutos, dois segundos ou duas horas? Diogo entregou as chaves pedindo calma, enquanto um dos bandidos repetia as mesmas palavras incansavelmente:

— Quietinho! Não tenta nada!

Eram dois ou três? Um lhe apontava a arma com certeza, ele a sentia contra as costas e, depois contra a cabeça. O outro mirava Luiza, disso ele jamais esqueceria, mas aqueles gritos nervosos, ele não conseguia identificar.

— Sai, sai sai, sai, sai, sai!!!

— Ela não consegue — Diogo tentou explicar. — Ela precisa de ajuda. — Sua voz embargou.

— Eu mato ele! Está entendendo? Vamos! Sai!!!

Duas horas de angústia.

Dois minutos sem ar.

Dois segundos para uma bala atravessar o cano da arma, o ar, o tempo e o peito.

O tempo parou. Diogo percebeu. Parou por medo do que viria e mais ainda do que nunca seria. Parou por pena, por fraqueza e para reajustar o futuro que apenas um viveria.

Foi Caio que voltou a fazer os ponteiros andarem. Seu grito empurrou alguma coisa na engrenagem dos acontecimentos. Diogo não ouviu, mas Luiza sim, e instintivamente se sentiu feliz por ele estar enganado, por ser ela e não a irmã. Sempre se sentiu forte por ser a protetora de Virgínia e continuaria sendo assim sempre. Ela jamais falharia nesta missão.

— Entra no carro, vou dirigir até o hospital — disse Caio assim que notou a situação.

— Ela, ela... — Diogo estava desorientado.

— Ela precisa de socorro médico urgente, ok? — Caio tentou parecer confiante.

Diogo aquiesceu.

Caio não notou, mas Luiza esboçou um sorriso assim que o viu entrando no carro. É cruel dizer isso, mas ela sentiu como se tudo estivesse em seu lugar e doía saber disso, mas havia algo de consolador também, como se mesmo todas as dores existissem por uma razão maior, e isso lhe deu certa paz. Diogo a colocou em seu colo e mentalmente Luiza agradeceu a Deus por ser assim. Pensou na grandeza de sua vida rodeada de afeto, de superação e amor. Pensou no privilégio e na alegria de poder ter chegado acompanhada de sua irmã e de agora poder partir nos braços do único homem que amou. Luiza nunca se sentiu só e esse é o maior presente que um ser humano pode receber na vida.

Ela foi embora de mansinho, tão devagar que ninguém notou. Nem Diogo, que a segurava nos braços. Por isso, ele entrou no hospital em desespero, gritando e pedindo socorro com ela sangrando em seus braços.

Caio correu atrás dele e sofria tanto com aquilo que não conseguia nem chorar. Como é que uma noite de amor pode de repente virar uma tragédia? Não se sabe, mas acontece mais do que gostaríamos. Caio pensou em tudo isso e não conseguia parar. Poderia ser ele segurando Laura. Poderia ser alguém com Virgínia, poderia ser ele carregando seu grande amor...

Se fosse acontecer, se você não pudesse evitar... Você escolheria sofrer com aquilo, estar ao lado, ter vivido, ter do que se lembrar? O que você faria?

Ele sabia.

39

Dobrem os sinos, façam silêncio.
A minha metade morreu.

Caio ficou sentado ao lado de Diogo em silêncio. Eles permaneciam inertes, encarando um ponto qualquer da parede, esperando por alguém, por algo, por acordarem do que parecia um pesadelo. Permaneciam à espera sem saber exatamente do quê.

Quando os pais de Luiza chegaram, Diogo se levantou e foi ao encontro deles no balcão da recepção, mas Caio permaneceu parado, olhando para a porta de entrada. Virgínia entrou logo atrás, ela não correu atrás de informações, nem apressou o passo, ao contrário, pareceu hesitar assim que atravessou a porta de entrada.

Caio levantou e deu alguns passos em sua direção, ela o viu imediatamente e estranhou sua presença. Não entendeu o que ele fazia ali, mas desistiu de questionar, sentiu que aquele porquê era menor do que o fato em si, por isso, caminhou até ele e o abraço que os uniu foi instantâneo, inevitável e necessário.

— Fala — ela pediu entre lágrimas.

Caio acenou que não, tentando enxugar suas lágrimas com os dedos.

— Diz o que estou tentando negar desde que o meu telefone tocou.

— Sinto muito — sussurrou beijando seus cabelos.

Virgínia chorou de desespero, de dor e de medo. Chorou como se aquelas palavras tivessem tornado verdade tudo o que já era real, mas se negava a acreditar. Caio a apertava em seus braços como se pudesse acariciar sua alma, mas se sentia impotente diante de tanto sofrimento. E era, todos nós somos. Doer só dói e não há nada que possamos fazer sobre isso.

O silêncio que tomou conta de todos eles nos momentos seguintes foi algo marcante, parecia que alguém tinha tirado o som do mundo, do choro, do lamento e da raiva. Não teve conversa, desabafos ou descontrole, teve um luto calado, muito vazio e meio solitário.

— A gente ia casar — sussurrou Diogo em algum momento, mais para si do que para qualquer outra pessoa.

Cada um pensou em algo sobre o futuro, mas utilizando o tempo passado desta vez. A vida é assim: um segundo e os tempos mudaram e você nem se deu conta. Nem percebeu como foi parar naquele ponto do caminho e só consegue sofrer por cada dia que não viveu e nem vai, pois é daqui para a frente. Sempre. Sempre. Cruelmente.

Foi tudo muito rápido ou talvez tenha parecido depressa demais, porém, o que ficou foi a lembrança de meia dúzia de pessoas em volta de um caixão sendo posto na terra e de alguém ao longe observando. O começo e o fim de cada indivíduo são bem parecidos, talvez por isso a importância maior esteja no meio.

A pessoa ao longe era Caio, que se sentia um pouco intruso naquele cenário. Ele permaneceu por perto o tempo todo, mas não queria sufocar Virgínia com sua presença. Na verdade, ele não sabia o que pensar: qual função lhe cabia naquilo? Ele sabia qual queria, mas não era o momento, algum dia seria?

Virgínia caminhou até ele e a cena seria bonita se não fosse triste.

— Oi.

— Oi, Vi.

Ela olhou para os lados, enfiou as mãos nos bolsos da calça, fechou os olhos e respirou fundo.

— É bonito aqui — ela disse baixinho.

— É, sim — concordou.

Era um desses cemitérios-jardim, sem monumentos ou coisas do tipo, apenas grama, flores e lagos.

— Fazia dois dias que eu tinha chegado. A gente passou a noite acordadas conversando. Ela estava tão apaixonada...

— Ah... Vi... — Caio sentiu um nó e não pôde continuar.

— Eu sei, eu sei que sente. — Virgínia secou as lágrimas. — Meus pais vão para a chácara da minha tia, vão colocar a casa à venda. É difícil ficar lá, sabe? — Tentou se recompor.

Caio aquiesceu emocionado.

— E você? — Não se conteve, ele se importava demais para ignorar.

— Não sei. Acho que vou com eles, pelo menos por uns dias. Depois...

— Vai voltar para a Austrália?

— Era para ser assim, mas agora não sei mais.

— Muito cedo para pensar nisso. Vai cuidar um pouco da sua família, de você. Depois vê o resto...

— Não acredito que você a socorreu...

— Fui o mais rápido que pude, Vi. Juro, mas quando a gente chegou ao hospital... — Caio não conseguia concluir as frases por achar que dizer aquelas coisas era como chicotear a ferida aberta de Virgínia.

— Eu sei, Caio, jamais pensaria diferente.

— Vi, eu achei que fosse você. — Caio segurou os trêmulos dedos dela e quase sufocou de tanta emoção.

Os pais de Virgínia se aproximaram e Caio deixou a mão dela escapar.

— Oi, menino. — O pai de Virgínia parecia muito mais envelhecido.

— Meus pêsames, senhor.

— Obrigado.

— Vamos, filha? – chamou a mãe.

Virgínia encarou Caio desejando ficar e ouvir mais, saber o que ele queria dizer com aquela última frase ou apenas ouvir mais a sua voz, mas havia uma urgência em sua mãe que ela precisava atender. Ela precisava ser filha mais do que nunca.

— Meu telefone é o mesmo — disse ela beijando o rosto dele.
— Eu te ligo.
Virgínia saiu abraçada pelo pai e pela mãe. Ela parecia menor, mais magra, parecia pela metade, e Caio se perguntou se mais alguém havia notado aquilo.

40

*O que é que a gente faz com tudo isso?
Com esse monte de coisas que não entendo,
mas é o meu EU agora?*

Virgínia ficou três dias com o mesmo pijama. Dormia, acordava, comia, ia ao banheiro, voltava a se deitar, chorava, dormia e começava tudo de novo. Sua mãe não estava muito diferente e seu pai tentava segurar as pontas em frente à TV, mas agora trocava de canal quando começava o jornal. Ninguém queria saber das notícias, ninguém queria saber sobre inflação, corrupção e violência. Estavam fartos da falência do Estado, do abandono que chegou até eles da forma mais difícil de todas: a perda de alguém. Eles não queriam saber, porque não tinham como resolver e isso só fazia doer mais.

Três dias sem pensar, sem querer viver, essa é a verdade. Virgínia não entendia, não aceitava e se sentia como se tivesse levado uma surra do Universo, uma da qual jamais se recuperaria.

Caio não ligou, mas enviou uma mensagem durante a noite, enquanto Laura dormia e ele estava insone no sofá da sala.

"Não sei se você já assistiu, mas está passando AS HORAS."

Virgínia viu, mas ficou sem vontade de responder.

"*A vida fala comigo através das músicas, dos filmes e dos livros, você sabe. Parece bobagem, mas o recado sempre chega para mim dessa forma, mas acho que dessa vez o recado é para você, pois um dos personagens do filme é a Virginia Woolf... Não precisa conversar comigo, lobinha, mas deixa a vida conversar com você."*

Caio enviou o nome do canal em que estava passando e Virgínia ligou a televisão mesmo sem conseguir se conectar com a visão de Caio. Ela estava tão vazia naquele momento que mesmo o encantamento dele não a atingiu. Nem isso, nem o início do filme. Ela quase desligou tudo e voltou a dormir, mas algo a impediu, algo maior do que sua apatia, do que sua angústia e falta de paz.

"Por que alguém sempre tem que morrer?", Woolf é questionada no filme.

"Para que os vivos deem valor à vida", ela responde categoricamente.

Virgínia acha aquilo ridículo. Acha de péssimo gosto querer diminuir a vida de alguém à mera moeda de troca. Alguém que simplesmente deixe toda sua vida, seus planos, seu futuro para que os outros passem a olhar para si e para os dias com mais respeito, mais gratidão, mais fé.

Virgínia teve raiva daquela fala e achou que seu choro era devido a isso. Sentiu-se acuada, perdida e sozinha. Pegou o telefone e, sem raciocinar, ligou.

— Você não pode dizer que minha irmã morreu só para que eu desse mais valor à vida, isso não faz o menor sentido. É egoísta, é mesquinho... Entendeu? Já não basta todo o nosso nascimento? Você sabe como me sinto em relação a isso. Abri meu coração para você e agora você me diz que tenho culpa?

— Virgínia? — Caio chamou calmamente.

— Você não pode dizer isso, não pode.

— Mas não disse. Não acho que sua irmã teve paralisia cerebral porque deixou você passar na frente na hora de nascer, não acho que ela morreu para permitir que você viva plenamente um futuro lindo e consciente. Você se sente assim. Mas é a história dela e ela viveu plenamente.

— Não estou entendendo nada...

— Está sim, Vi. O nascimento e a morte da sua irmã foram definidos pela paralisia, mas a vida não. Ela fez tudo o que pôde da melhor maneira. Ela nunca se escondeu. Ela viveu plenamente. Você não precisa desse protagonismo, as coisas pelas quais sua irmã passou não são sobre você.
— Você é louco.
— Virgínia, eu queria dizer coisas fáceis, coisas que te fizessem falar comigo a noite toda, coisas que não te afastassem, mas eu te amo e prometi não te enganar nunca mais, e é só por isso que te falo tudo isso.
— Você está dizendo que sou egocêntrica porque me ama?
— Estou dizendo que quando você sofrer pelas razões certas, doerá menos.
Virgínia desligou sem se despedir nem dizer mais nada. Caio jogou o celular no sofá e se arrependeu no mesmo instante por ter tido aquela conversa. Não podia ter dito aquilo, não por telefone, não tão cedo.
— Está tudo bem? — quis saber Laura.
— Não. — Caio a viu de camisola, de cabelos ondulados e soltos, com rosto de sono e seu coração se encheu de remorso. — Desculpe.
— Há algo que eu possa fazer?
— Acho que não dá mais.
— Chegamos ao inevitável? — Tentou sorrir.
— Não consigo superar. Quando acho que estou resolvendo essa questão...
— Nunca esteve resolvido, nunca chegou nem perto, Caio.
— Desculpe.
— Ei, sem desculpas... Eu disse que não queria me casar com você — brincou com os olhos brilhantes de tristeza.
— Você é uma ótima amiga.
— Só me dá uns três dias para eu conseguir voltar a ser só sua amiga, está bem?
Caio aquiesceu.
— Tranque a porta quando sair e deixe a chave na portaria, por favor — pediu ela, voltando para o quarto.

No dia seguinte, Caio amanheceu em um hotel em São Paulo como há muito tempo não acontecia e Virgínia tirou o pijama finalmente. Não era um dia feliz para nenhum deles, mas era um dia novo realmente.

— Que bom que se levantou, seu pai fez café.
— Senti o cheiro lá do quarto. — Virgínia tentou sorrir.
— Conseguiu dormir?
— Briguei com Caio.
— Como? — Silvia fez uma careta, enquanto seu marido tentou não achar graça.
— Deixa pra lá, mãe.
— Vivi, preciso te dizer uma coisa.
— O quê?
— Sei que passei muito tempo cuidando da sua irmã...
— Pode parar. Nem vem, mãe. A Lu precisava, ok? Não tem necessidade dessa conversa.
— Ela precisava, é verdade, mas você também. Você cresceu se colocando em segundo lugar e se adaptando. Sempre vi isso como uma qualidade, mas você acabou ficando insegura, mudando conforme seus amores, precisando de aprovação a qualquer custo... Permiti isso, falhei com você.

Virgínia se sentiu fraca, cansada e sem argumentos.

— Mas não vou falhar de novo. Está me ouvindo?
— Mãe? O que eu faço?
— Não posso te dar essa resposta, mas posso te contar como descobri o que eu devia fazer. Quer ouvir?
— Você contou para a Lu?
— Não. Essa história eu nunca contei para ninguém, nem para a sua vó.
— Certo. Estou ouvindo.
— Aos quatro meses de casados, seu pai e eu estávamos levando uma vida miseravelmente infeliz. Brigávamos todos os dias, era um inferno. Quando as pessoas diziam que ainda estávamos na lua de mel, eu pensava: "Deus, como isso pode piorar?"

Virgínia fez uma careta de estranhamento, mas sua mãe não se intimidou.
— Não aguentávamos mais. Era um cabo de guerra do qual sairiam dois perdedores. Pedi para me separar, não dava mais. Seu pai sugeriu que déssemos um tempo e eu aceitei. Falamos para a família que viajaríamos juntos, mas cada um foi para um lado. Tínhamos trinta dias para decidir.
— Que moderno — ironizou.
— Mas a grande questão é que eu já estava decidida, não queria mais aquilo. Quando cheguei à praia, olhei para o mar e não vi seu pai ao meu lado para me irritar foi libertador, me senti livre. Foi maravilhoso.
— Não estou entendendo.
— Bem, foi assim nos primeiros dias, cheguei até a ficar com outro rapaz...
— Mãe! — censurou.
— Ah, não seja criança e me deixe terminar — advertiu.
— Ok.
— Mas depois de um tempo, fui percebendo que conviver exige certo esforço e que talvez pudéssemos resolver nossos problemas que, na verdade, nem eram tão grandes assim. Antes dos vinte dias, já queria voltar para casa, ouvir a voz do seu pai e recomeçar.
— Por que está me contando isso, mãe?
— Porque no vigésimo oitavo dia eu voltei para casa e seu pai já estava lá. Ele me recebeu e eu quis contar tudo que tinha acontecido enquanto estávamos separados, mas ele apenas disse: "Não importa o que houve nesses dias, foram eles que nos trouxeram de volta."

Virgínia sentiu as lágrimas rolarem pelo seu rosto. Sua mãe, também emocionada, segurou sua mão e voltou a dizer:
— Não importa o que houve, minha filha, nem de triste nem de feliz, foram os dias que nos trouxeram de volta.
— Mas a Lu...
— Luiza não pode voltar, mas ainda estamos aqui com tudo o que vivemos dentro de nós e, pelo visto, ainda há gente por aí precisando voltar.

— Talvez seja tarde demais. Faz muito tempo...
— Para o Diogo e sua irmã é tarde demais, não para você. Não vai deixar escapar a única pessoa que não te faz desaparecer, pelo contrário, te traz de volta.

A morte não é um exemplo, é parte da existência do outro, mas nos marca, e essa cicatriz passa a ser parte da nossa existência, nos modificando de maneira profunda. Mas nem toda mudança é maléfica, nem toda dor só machuca.

Pela primeira vez, Silvia e Virgínia abraçaram suas imperfeições e mágoas, pela primeira vez se consolaram. Mesmo sem Luiza, ainda existia uma família e as lágrimas não eram apenas saudade, eram também reconciliação.

O pai observou tudo da porta e sentiu uma paz enorme. Sabia que para tudo havia um sentido maior, um que muitas vezes escapa quando tentamos nos aproximar, mas que dessa vez estava tão perto que quase pôde tocar em torno daquela mesa.

A morte não existe para dar lições, mas tudo é lição para olhos e corações atentos.

Um mês depois

41

Existir.

Tocar uma campainha não é difícil. Você levanta o braço, estica o dedo, aperta o botão e pronto. É fácil, mas Virgínia continuava em pé olhando a campainha sem fazer nada, como se fosse incapaz de se mover, de fazer qualquer coisa, de agir.

— Você é a garota da camiseta — uma voz interrompeu sua inércia.
— Oi? — ela disse sem entender.
— Você quer falar com o Caio?
— Er... sim?
— Você não tem certeza se quer falar com ele?
— Como assim?
— Você falou com entonação de dúvida, o que demonstra claramente sua hesitação.
— Você é o Matheus, não é? — Virgínia se lembrou dos comentários sobre o menino falante.
— Sou sim, e você é a garota estilosa da camiseta.
— Não faço a menor ideia do que você está falando.

Caio abriu a porta e deu de cara com Virgínia e Matheus conversando. Foi a cena mais inesperada e bonita que a vida podia lhe presentear. Ele atravessou o jardim e abriu o portão.

— Ela ainda não sabe se quer falar com você — disse Matheus sem cerimônia.
— Fica quieto, moleque.
— Só estou dizendo... — Matheus falou enquanto entrava na casa.
— Você é nova por aqui — disse Caio sorrindo.
— Sim. — Ela devolve o sorriso.
— Você não pegaria um ônibus e rodaria tantos quilômetros até aqui se não tivesse certeza de que quer falar comigo — disse Caio com despretensioso charme.
— Metido.
— Já fui mais.
— Eu sei.
Os sorrisos aumentaram.
— Desculpe aparecer sem avisar, mas eu tinha o endereço nas correspondências que você me enviava e eu queria lhe entregar isso pessoalmente. — Virgínia se explicou e esticou um envelope na direção dele.
— Tudo bem, você é bem-vinda — falou lendo o papel. — Uau, uma mostra de fotografia, isso é algo, mocinha. Isso é grande.
— Bem, não é a National Geographic, mas...
— Certeza de que alguém na National Geographic sonha em ver suas fotos numa mostra importante em alguma cidade como São Paulo.
— Pode ser.
— Entra.
— Caio, eu vim também porque precisava te agradecer.
— Ok, mas você pode fazer isso tomando chá gelado na sombra ou é alguma promessa torrar debaixo deste sol?
— Chá gelado é uma boa.

Virgínia entrou sentindo a mesma leveza que tinha no peito quando chegava em casa no fim do dia e o mundo parecia alinhado com Chico deitado no tapete e Caio cantando pela casa. Ela não notou, mas Caio também sentiu uma alegria parecida com a que tinha em todo o corpo enquanto acariciava seus pés esverdeados, um pouco antes de amá-la pela primeira vez. Era verão de novo, em todos os sentidos.

Não havia mais ninguém na casa além de Matheus, que jogava bola no quintal. Caio a chamou para se sentar na varanda e lhe deu um copo repleto de gelo e chá como fazia antes, como se fosse possível voltar ao antes.

— Como ele vai indo? — Virgínia perguntou como se perguntasse sobre si.

— Melhor, mas é algo que não vai embora.

— É... Não é fácil lidar com o para sempre.

— Não, e você, como vai indo?

— À vezes bem, às vezes bem mal.

— Imagino, e seus pais?

— Meio difícil definir.

— Desculpe pelo que eu disse no telefone da última vez. Eu queria te consolar de alguma maneira, falar tanta coisa, mas acho que me precipitei. Não era uma conversa simples, não podia ter jogado tudo aquilo em você tão de repente.

— Talvez, mas não se desculpe. Foi bom, me despertou de alguma forma, foi por isso que vim agradecer.

— Eu só queria que você soubesse que...

— Eu não devia colocar na balança a minha vida e a da Luiza e sempre achar que a dela valia mais, por tudo de bonito que sempre enxerguei nela e nunca vi em mim.

— Virgínia... — Caio colocou sua mão sobre a dela.

— Talvez eu não tenha mesmo nada a ver com tudo o que aconteceu com a gente, com nossa história como irmãs, não sei... mas você tem razão em uma coisa: eu não sou privilegiada ou Luiza uma coitada. Nossa ligação não é essa... Só que, independentemente disso, o mundo perdeu muita cor desde que ela se foi.

— É claro que perdeu, dá pra notar, ela era importante pra você.

— Caio pressionou os dedos de Virgínia em sua palma com certo sofrimento. — Você também é importante e nem gosto de imaginar de qual cor ficaria o mundo sem você.

A mão dela espremida na dele e o olhar aflito de Caio sobre si fizeram Virgínia entender que nossa existência pode não ser grande coisa para o infinito Universo, mas é essencial neste pequeno mundo que gira entre a nossa rotina, pensamentos aleatórios e tanto sentir. Pode ser um pedaço pequeno, um par de gente, não importa, nos pertence e este é o grande existir: tocar o outro, fazer uma tarde feliz, segurar a mão, dizer "estou aqui", olhar profundamente, sorrir. Saber que temos responsabilidade com quem divide o mesmo ar que a gente e, se não pudermos deixar o nosso entorno melhor, que pelo menos não deixemos um rastro infeliz atrás de nós. Isso é mais do que simplesmente viver, é existir com beleza. Virgínia testemunhou isso em sua irmã e presenciava também nas tentativas diárias dela, de Caio, de seus pais, repetidas tentativas que marcavam toda sua vida.

Os pais de Caio chegaram interrompendo o momento, trazendo compras do mercado, cheiro de bolinho de chuva, barulho de família e um ar feliz a um dia que Virgínia não tinha ideia de como seria, mas acabou sendo como Caio imaginou tempos antes: um sábado quente, sua mãe encantada com a doçura de Virgínia e seu pai impressionado com os feitos profissionais dela.

— Arrumo os quartos para ficarem aqui ou vão para o galpão?
— Ei... Não é um galpão, mãe.
— É um galpão bem arrumadinho, filho.
— Na cidade chamam de *studio* e custa uma fortuna, ouviu?
— Aqui a gente chama de galpão, o arrumadinho é porque a tia está sendo generosa.
— Isso significa que você vai ficar aqui, Matheus?
— Sim, a senhora prometeu fazer pipoca doce. — Matheus, cúmplice, pisca para Caio, deixando claro que não era nada daquilo.
— Bem, quer conhecer meu galpão arrumadinho, Virgínia? Fica a cinco quadras daqui, depois a gente pode voltar.
— Claro, comi tanto, vai ser bom caminhar um pouco.

Caio e Virgínia andaram o primeiro quarteirão em silêncio sentindo a brisa da noite invadindo o fim da tarde. Ainda havia sol colorindo o céu, deixando o início da noite com aquele ar feliz de verão, parecia férias.

— Pensei que você voltaria para a cidade — Virgínia quebrou o silêncio.
 — Também, mas aqui o custo para o nosso negócio é bem menor, e como era tudo o que eu tinha...
 — Era? — Virgínia parou de andar.
 — Basear o tudo em um negócio é um grande erro.
 Virgínia concordou e voltaram a caminhar em silêncio até Caio parar.
 — Chegamos.
 — Caio, vim sem pensar, sabe? Tinha medo de desistir se raciocinasse demais, então só arrumei as coisas e vim.
 — Por que desistiria?
 — Já faz tanto tempo, mas... Ai, meu Deus, nem sei se existe outra garota. O que estou fazendo? — ela disse aflita.
 — Vi, toda vez que boto os meus olhos sobre você fico me perguntando se algum dia haverá outra garota — Caio confessou apaixonado.
 — Isso quer dizer que posso entrar?
 — Isso quer dizer você pode entrar e ficar, se quiser.
 Caio mostrou o estoque, o escritório, os projetos, a sala de reuniões e tudo o que havia construído enquanto esteve longe dela. Virgínia olhou tudo com verdadeira empolgação, mas sem achar surpreendente, pois, de alguma maneira, achou que aquilo tudo era a concretização das abstrações que sempre enxergou em Caio. Toda a beleza que ela sempre viu nele estava ali espalhada em coisas que agora as pessoas podiam ter, e é claro que era um sucesso. Quem não quer um pedaço criativo, bonito, bondoso, visionário... Quem não quer um pedacinho do melhor de alguém?
 Subiram uma escada e lá estava a casa de Caio, que era apenas um espaço grande e único com cozinha, quarto e uma parede enorme coberta por prateleiras com livros, vinis, blu-rays e fotos. Sim, a do surfista, a dele, alguns sóis e mais algumas outras, mas todas tiradas por ela, por Virgínia.
 — Seu galpão é muito você, Caio, mas isso aqui é novidade, não sabia que era apaixonado por fotografia — diz ela emocionada.

— Sou apaixonado pela fotógrafa.
— Ainda?
— Sempre. — A emoção de Virgínia finalmente se transformou em lágrimas. — Por que você veio, Vi? Não pelo convite, não para me agradecer, não por impulso. O grande porquê — continuou.
— Porque a gente sempre acha que as pessoas estarão lá. Eu voltaria e sempre haveria uma festa do pijama para mim e Luiza, uma calçada para mim e você. Sabe? Como nos filmes em que a mocinha cresce, vive e depois de amadurecida tropeça no mocinho e eles finalmente estão prontos.
— Será que não foi uma reação do seu luto?
— Talvez. É bem provável que seja.
— Não era bem isso que eu queria ouvir.
— Eu sei, mas alguém me ensinou que o amor pra ser honesto, às vezes, é duro.
— Pessoa sábia. — Eles riram, mas a emoção já estava prestes a se derramar pelos olhos.

Virgínia procurou algo na bolsa, retirou uma caneta e pegou a mão de Caio.

— Depois eu é que não sou criativo...
— Cala a boca.
— Pode copiar, mas preciso dizer que todas as tentativas de uma noite memorável foram verdadeiros fracassos, acabaram inclusive no hospital. Sei lá, essa coisa de recados na mão pode não ser uma boa ideia.
— Fica quieto e lê.
"A vida."
— Não quero uma noite para provarmos ser o amor da vida um do outro. Caio, quero a vida toda. Quero viver contigo para poder morrer contigo. Foi por isso que eu vim. Esse foi o grande porquê.

Caio não se permitiu segurar toda a emoção que sentiu e a agarrou com amor, desejo, pressa e certa dor. Eles se beijaram entre lágrimas, saudades e certeza. Neste instante, entre tantas canções guardadas na mente de Caio, foi "My Funny Valentine" que começou a tocar, e seu coração sorriu com a escolha aparentemente aleatória, mas certamente não sem sentido. Virgínia era sua garota e ela finalmente tinha vindo para ficar. Amar não é estar amadurecido, se sentir pronto ou saber lidar com todos os problemas de maneira sempre lógica ou adequada. Amar talvez seja somente ter certeza de que, entre todas as pessoas do planeta, é com aquela que você quer sorrir e chorar, quer dormir e perder o sono, quer tomar decisões e se arrepender. Entre todas as pessoas que cruzaram contigo foi com aquela que você escolheu viver e também morrer.

O amor é sobre isto: quem é que estará contigo? Quem segurará sua mão? Com quem você dividirá suas memórias, sua história e tudo aquilo que seus neurônios vão esquecer? Quem te fará sentir que o mundo não seria o mesmo se você não existisse?

"Para que os vivos deem valor à vida."

Ela entendeu.

Epílogo

Uma noite por toda a vida.

Sei que você quer saber se Caio ficou rico, se Virgínia voltou para a Austrália ou se viajou metade do mundo fotografando. Se eles tiveram filhos, se se casaram num bar de jazz e blues da avenida Paulista e viveram no galpão arrumadinho no interior de São Paulo. Eu sei que quer. Sei que quer saber como Matheus passava os finais de semana com eles ou viajava nas férias com seus pais postiços atormentando a mente deles com seus comentários sarcásticos e inteligentes.

Você adoraria saber que Tatiana se mudou para a França e começou a trabalhar em uma grife importante até desenhar para sua própria marca, adoraria saber que ela nunca se casou, mas adotou duas crianças maravilhosas e teve uma vida feliz ao lado delas.

Você ficaria contente em saber cada detalhe porque se despedir é difícil, eu sei, mas as pequenezas realmente importam?

Será que não é melhor eu te contar que eles viveram juntos mesmo quando discordaram, mesmo quando se odiaram e principalmente quando voltaram a se apaixonar?

Os empregos, a rotina, as contas, os dias acontecem e aconteceram para eles. O sucesso, o fracasso, o recomeço e as mudanças acontecem, e é claro que aconteceram para eles. Mas a cumplicidade, a intimidade, o real afeto nem sempre permanecem, mas com eles permaneceram.

Os dias de Virgínia foram felizes ao lado de Caio, que continuou a amando ao som de jazz. Ela continuou feliz mesmo quando a tristeza lhe assolava, porque felicidade está além das alegrias, está mais relacionada à plenitude que se alcança, à paz que se conquista.

O cotidiano de Caio foi feliz ao lado da garota que lhe mudou o olhar, a garota que o fez perceber que traços de personalidade servem para o bem ou o mal, nos cabe escolher. A garota que o ensinou a amar a si, ao outro, a ela.

Não é melhor eu te contar que eles nunca estiveram prontos, perfeitos e completamente maduros, mas que se amaram loucamente mesmo assim, porque o amor não é uma poção destinada a privilegiados, aos plenamente capazes, é uma simples dádiva oferecida livremente para todos aqueles que estejam dispostos a cultivá-lo?

Prefiro te dizer que, embora haja muitas histórias começando agora, neste exato minuto, e que nem todas elas terão um final feliz — porque a vida pode ser cruel, e mesmo quando não é, amar dá trabalho, conviver é custoso, exige paciência e precisa de dois, da vontade, da energia e do bem querer de dois —, essa aqui aconteceu com eles e foi exatamente assim. E que bom que eles perceberam que o amor não é sobre uma noite, é sobre os desdobramentos dela, sobre tudo o que você foi capaz de construir, permitir, dividir e sentir por toda a vida até chegar a hora do **Fim**.

Ouça a trilha sonora
de Caio e Virgínia

What About Us — P!nk
Happier — Ed Sheeran
Forever Blue — Chris Isaak
Million Reasons — Lady Gaga
Dear Love — Lauren Marsh
I Try — Jasmine Thompson
Missed — Ella Henderson
This Town — Niall Horan
Dancing On My Own — Calum Scott
Belong — Joshua Radin
One Call Away — Charlie Puth
Ilusión — Julieta Venegas, Marisa Monte
Agora eu quero ir — Anavitória
Pra você dar o nome — 5 a Seco
Dom Quixote — Engenheiros do Hawaii
Onde anda você — Toquinho, Vinícius de Moraes
Na sua estante — Pitty
Só tinha de ser com você — Elis Regina, Tom Jobim
Nossa conversa — Kell Smith
Tudo certo — Luiza Possi
Piece of My Heart — Janis Joplin

What a Wonderful World — Louis Armstrong
Feeling Good — Nina Simone
Dream a Little Dream of Me — Ella Fitzgerald, Louis Armstrong
Like a Rolling Stone — Bob Dylan
Seems Like Old Times — Guy Lombardo
So in Love — Cole Porter
Kiss of Fire — Louis Armstrong
My Way — Frank Sinatra
That's Right — Miles Davis
Cheek to Cheek — Ella Fitzgerald, Louis Armstrong
Prelude to a Kiss — Billie Holiday
True Colors — Cyndi Lauper
Dead Things — Philip Glass
Cry Me a River — Ella Fitzgerald
I'm Beginning to See the Light — Ella Fitzgerald
(Love Is) The Tender Trap — Frank Sinatra
Hallelujah, I Love Him So — Peggy Lee
My Funny Valentine — Ella Fitzgerald
Just in Time — Frank Sinatra
La vie en rose — Louis Armstrong
Fly Me to the Moon — Frank Sinatra, Count Basie
L-O-V-E — Nat King Cole
Moon River — Audrey Hepburn
Anyone Else But You — The Moldy Peaches
And I Love Her — The Beatles

Siga e escute aqui: